LOTTI TOMKE

Neue
Zeiten
am
Leuchtturm

ÜBER DAS BUCH

»Manchmal muss man einen Fehler im Leben zweimal machen, um das Richtige zu tun.«

Jola ist Architektin und zieht nach Prielhagen, um dem alten Fabrikgelände neues Leben einzuhauchen. Bereits am Tag des Spatenstichs kommt es jedoch zu Komplikationen, die das gesamte Projekt gefährden.

Da kann Jola zwei Dinge ganz gewiss nicht brauchen: Herzklopfen und Bauchkribbeln. Doch genau das empfindet sie in Gegenwart des attraktiven Landschaftsgärtners Henrik. Als sich die beiden näherkommen, verhält sich Henrik auf einmal eigenartig und abweisend. Was hat er zu verbergen?

1

Die Möwe kam langsam näher. Einen Meter vor mir blieb sie stehen, neigte den Kopf und taxierte mit kaltem Blick meine Hand.

»Vergiss es.« Ich steckte mir den Rest des Himbeercupcakes in den Mund, den ich mir gerade im Café Sanddornliebe geholt hatte.

Nervennahrung.

Gleich musste ich nämlich ein Interview geben. Im Radio. Und leider handelte es sich nicht um Fragen, die ich bereits vorher kannte. Nein, die Zuschauer sollten direkt im Studio anrufen, weil das angeblich für mehr Dynamik und Spontaneität sorgte. Für eine Frau wie mich, die gerne alles im Detail plante, der blanke Horror. Aber da musste ich jetzt durch.

Entschlossen drückte ich die Glastür mit der Aufschrift »Antenne Prielhagen« auf und folgte erst einmal dem Hinweisschild Richtung Toiletten. Auch wenn mich die Anrufer nicht sehen würden, so saß ich doch dem Moderator gegenüber. Und den wollte ich nicht mit Krümeln zwischen den Zähnen und zerzausten Haaren aus dem Konzept bringen.

»Du schaffst das«, sagte ich zu meinem Spiegelbild und lächelte mir aufmunternd zu.

Hastig brachte ich meine kurzen Haare in Ordnung und tupfte etwas Pflegecreme auf meine Lippen.

»Kuckuckskind«, hatte mich meine Großmutter immer liebevoll genannt, weil ich schwarze Haare, blaue Augen und eine blasse Haut mit Sommersprossen hatte. Dazu einen viel zu großen Mund.

Mein Aussehen war total untypisch für unsere Familie und es wurde immer gescherzt, dass sie mich bei meiner Geburt im Krankenhaus vertauscht haben mussten. Manchmal glaubte ich es selbst, wenn ich an meine Eltern und meinen Bruder dachte. Im Gegensatz zu mir waren sie konservativ, sicherheitsorientiert und ziemlich blond.

Mein Lebensentwurf als freie Architektin in Berlin führte immer wieder zu hitzigen Diskussionen. Die Affäre mit meinem verheirateten Chef hatte meinen Status als schwarzes Schaf in der Familie zementiert. Nun, ich fand es selbst nicht gerade toll, wie alles gelaufen war. Aber die Zeit ließ sich nun mal nicht zurückdrehen, begangene Fehler nicht rückgängig machen. So sehr ich mir das auch wünschte.

»Nicht an Ingo denken«, murmelte ich.

Schließlich wollte ich nicht mit Grabesmiene und schlechter Laune ins Studio treten.

Die Tür ging auf und zwei kichernde Mädchen kamen herein. Sie nahmen keinerlei Notiz von mir, sondern drängten sich zu zweit in eine Kabine und tuschelten aufgeregt. Ich warf einen letzten kontrollierenden Blick in den Spiegel und machte mich auf den Weg ins Aufnahmestudio.

Nadja, die sich als Mädchen für alles bei der Antenne Prielhagen vorstellte, nahm mich in Empfang.

»Schön, dass du hier bist, Jola. Ich darf doch Jola sagen, oder? Hier duzen sich alle.«

»Klar.« Ich lächelte sie an.

»Bist du aufgeregt?«

»Total. Ist mein erstes Radiointerview«, gestand ich.

»Keine Sorge, das wird super. Nils ist ein toller Moderator. Keiner von der Sorte, die dir ins Gesicht lächeln, und hintenrum versuchen, dir ein Messer in den Rücken zu rammen. Wenn du weißt, was ich meine.« Nadja zog die Augenbrauen nach oben.

»Sehr beruhigend«, sagte ich.

Wobei mein Herz trotzdem wie verrückt klopfte. Als ich noch für Ingo gearbeitet hatte, war die Sache einfach gewesen: Wann immer die Medien Interesse bekundet hatten, war er es gewesen, der sein Gesicht in die Kamera oder vor ein Mikro gehalten hatte. Mein Name war allenfalls eine Randnotiz gewesen, was mich nie sonderlich gestört hatte. Ich stand nicht gerne im Rampenlicht.

Die Sanierung des alten Fabrikgeländes in Prielhagen war mein erster großer Auftrag als selbstständige Architektin. Nun war ich ganz auf mich allein gestellt – mit all den Vor- und Nachteilen, den dieser Zustand mit sich brachte.

»Ich zeige dir kurz das Studio. Und wenn Nils kommt, könnt ihr zusammen ein paar Lockerungsübungen machen. Das wird alles total easy.« Nadja grinste und ging voraus zu einer geschlossenen Tür. Sie ließ mir den Vortritt.

»Ganz schön klein«, sagte ich, als wir im Studio standen.

Es gab einen Tisch mit mehreren Bildschirmen und etwas, das aussah wie ein Mischpult. Dazu Laptop, Mikro und Unmengen an Kabeln. Neben dem Platz für den Moderator gab es noch zwei weitere bequeme Sessel mit Mikro für Studiogäste. Das war's. Kein Fenster, kein Bild an der Wand, keine unnötige Deko.

»Ihr seid heute nur zu zweit. Da lässt es sich aushalten. Sonst kann es schon mal stickig werden.« Nadja zeigte auf einen der Sessel. »Du wirst hier sitzen. Nimm mal kurz Platz, dann richte ich das Mikro ein.«

Ich setzte mich, Nadja nestelte herum, ich sagte ein paar Worte zur Probe und schon war der Spuk vorbei.

»Okay, eigentlich gibt es nur eine Sache, die du dir merken musst: Hände weg vom Mikro. Sonst entstehen komische Geräusche. Der Rest ist kinderleicht: Sei einfach du selbst. Die Sendung ist live, man kann nachher sowieso nicht mehr daran herumdoktern.« Sie lächelte mir aufmunternd zu.

Das Wort »live« hatte mein Herz allerdings erneut in einen Ausnahmezustand versetzt. Das war wie Zeichnen ohne Radiergummi – eine schreckliche Vorstellung.

Doch dann ging die Tür auf und Nils stand vor uns. Und all meine Bedenken lösten sich in Luft auf, als er uns mit einem flotten Spruch begrüßte. Die Worte selbst nahm ich gar nicht wahr, sondern nur Nils' Stimme und seine Ausstrahlung.

Er war kein großer Mann und mit seinem runden

Gesicht, der schiefen Nase und der untersetzten Figur auch nicht unbedingt der Inbegriff eines Frauenschwarms. Aber Nils verfügte über ein Charisma, das mich sofort in den Bann zog.

Die Mischung aus Herzlichkeit, Scharfsinn und Lebenslust, die aus seinem Blick und seiner Körperhaltung sprach, führten dazu, dass ich mich in seiner Gegenwart auf der Stelle wohlfühlte. Der Klang seiner Stimme – tief, mit diesem rauen Reibeisencharme, den man nur von professionellen Sprechern kannte – wirkte wie ein Beruhigungsmittel auf mich. Und als wir dann auch noch zum Lockern gemeinsam die Schultern kreisen ließen, ausgiebig gähnten und mit der Zunge schnalzten, war das Eis endgültig gebrochen. Ich fühlte mich bereit und stark genug für mein erstes Radiointerview.

2

»Huiuiui, die Telefone laufen heiß hier bei der Antenne Prielhagen. Und das, obwohl ich unseren Gast im Sonntagstalk noch gar nicht vorgestellt habe. Ich freue mich, heute die Architektin Jola Andersen begrüßen zu dürfen. Herzlich willkommen, Jola.«

»Hallo Nils, danke, dass ich hier sein darf.«

»Ich bedanke mich für dein Kommen. Genau wie die Hörerinnen und Hörer bin ich nämlich mächtig neugierig auf den Menschen, der unser schönes Städtchen endlich von einem ungeliebten Schandfleck befreien wird: Das alte Fabrikgelände sorgt schon seit vielen Jahren für Unmut.«

»Das wird sich definitiv ändern. Nach den Bauarbeiten wird das Gelände nicht wiederzuerkennen sein. Es wird Prielhagen aufwerten und den Bürgerinnen und Bürgern jede Menge Lebensqualität schenken.«

»Bist du deswegen Architektin geworden? Um Lebensräume zu gestalten?«

»Nein, dass mein Beruf diese Metaebene beinhaltet,

habe ich erst später verstanden. Den Entschluss, Architektur zu studieren, habe ich im Wartezimmer meines Zahnarztes gefasst. Dort lag ein Bildband über Traumhäuser in aller Welt. Und während der Notfall vor mir eine Zahnextraktion über sich ergehen lassen musste, habe ich das ganze Buch durchgeblättert. Später habe ich Dr. Brandau gefragt, ob er es mir leihen würde. Da meinte er, nein. Er schenkt es mir, weil ich so lange warten musste.«

»Okay, dann an dieser Stelle ein großes Dankeschön an Dr. Brandau. Sie haben der Welt zu einer begnadeten Architektin verholfen.« Nils lachte. »Oh, wie ich höre, haben wir die erste Anruferin in der Leitung. Hallo Martha, was würdest du denn gerne von Jola wissen?«

»Moin. Also, ich wollte sagen, dass ich den Entwurf wirklich schön finde. Da waren ja Bilder von in der Zeitung. Sieht echt gut aus. Aber das ist schon viel Glas. Wer soll denn die ganzen Fenster putzen?«

Nils schmunzelte. »Das ist mal eine lebensnahe Frage, das gefällt mir. Allerdings wird Jola die Antwort darauf nicht kennen. Ich nehme an, den Auftrag wird eine ortsansässige Reinigungsfirma erhalten.«

»Ich möchte aber gerne etwas dazu sagen, weil ich die Beobachtung von Martha sehr wichtig finde. Ein Gebäude muss in meinen Augen immer so pflegeleicht wie möglich sein. Deswegen habe ich bei der Planung darauf geachtet, dass alle Glasflächen frei zugänglich und leicht zu reinigen sind. Es gibt nichts Schlimmeres, als Dachluken, an die man nicht rankommt oder verwinkelte Festverglasungen in absurden Höhen.«

»So etwas planen wahrscheinlich nur Männer, die

keine Ahnung davon haben, wie viel Arbeit der Haushalt macht«, sagte Martha.

Nils und ich lachten.

»Danke für deinen Anruf, Martha. Und an alle männlichen Architekten, die heute zuhören: Denkt daran, dass jedes Gebäude auch geputzt werden muss«, sagte Nils.

»Genau so ist es«, stimmte ich zu. »Mir persönlich ist es wichtig, dass etwas nicht nur schön anzusehen ist – es muss auch funktional sein.«

»Da gibt es doch auch diesen viel zitierten Leitsatz ›form follows function‹«, sagte Nils.

»Ja, genau. Wobei es nicht nur auf das Design ankommt, sondern auch auf die verwendeten Materialien und Technologien. Was bringt mir ein wunderschöner weißer, spiegelglatter Marmorboden in einer Kindertagesstätte? Edelhölzer in einem Kuhstall? Fliesen mit Rillen und Kerben in einem Hygienebereich? Architektur ist mehr als die hübsche Gestaltung einer Gebäudehülle – es ist das Zusammenspiel von Formen, Materialien, der Umgebung und der geplanten Nutzung. Architektur ist immer auch Kommunikation – mit der Umwelt, mit den Menschen. Schöne Räume laden zum Bleiben ein. Drinnen wie draußen. Das ist mein Ziel: Orte zu schaffen, an denen Menschen sich wohlfühlen und gerne Zeit verbringen.«

»Ein interessanter Ansatz. Mal sehen, was unser neuer Anrufer dazu sagt. Hallo Jörg. Was muss ein Gebäude für dich haben, damit du dich darin wohlfühlst?«

»Ja, hallo erst mal. Schönen Sonntag. Also, ich mag

es, wenn alles seinen Platz hat. Ja, und praktisch muss es sein.«

»Ah, dann stimmst du durchaus mit Jola überein«, sagte Nils. »Und was ist deine Frage?«

»Ja, also, ich wollte wissen, ob Jola verheiratet ist. Oder in einer Beziehung.«

»Jola, darauf musst du nicht antworten«, sagte Nils amüsiert.

»Stört mich nicht. Ich bin Single«, sagte ich.

»Ja, dann lass ich mal meine Nummer da«, sagte Jörg. »Kannst ja mal anrufen.«

Nils drückte den Anruf aus dem Studio und moderierte einen Song an.

»Tut mir leid«, sagte er, als Lady Gaga lief. »Ich erkläre Nadja, dass sie die Leute besser aussieben muss. Bin gleich zurück.«

Nils sprang auf und verschwand aus dem Studio. Ich lehnte mich zurück, trank einen Schluck Wasser und atmete tief durch. So schlimm war es gar nicht. Also, auf jeden Fall, solange ich vor dem Mikro saß. Wenn ich mir die Sendung nachher anhörte, erschrak ich bestimmt vor meiner eigenen Stimme.

Eine Minute später kam Nils zurück. Er machte ein schuldbewusstes Gesicht.

»Tut mir leid. Aber Nadja hat schon die harmlosesten Fragen durchgestellt. Andere wollten wissen, ob du gläubig bist, Fleisch isst und wie viele deiner Gebäude schon eingestürzt sind. Unsere Hörer sind ein wenig eigen. Ganz Prielhagen ist so.«

»Ich weiß. Meine Freundin Sophie lebt mittlerweile

seit über einem Jahr hier. Da ist mir bereits die ein oder andere Anekdote zu Ohren gekommen.«

»Ach, etwa *die* Sophie? Die Oves Kate gekauft hat und im Café Sanddornliebe bei Pia die leckeren Pralinen zaubert?«

»Genau die.« Ich musste schmunzeln. Sophie hatte mit ihren Pralinen die Herzen der Prielhagener im Sturm erobert.

Der Song endete und Nils gab mir ein Zeichen, dass die Sendung weiterging. Ich räusperte mich und trank noch schnell einen Schluck Wasser.

»So, das war Lady Gaga mit ›Paparazzi‹. Mein Studiogast heute ist Jola Andersen, Architektin und Gewinnerin der Ausschreibung zur Sanierung des alten Fabrikgeländes. Ihr Entwurf für den Garten der Sinne und das Haus der Begegnung hat sich gegen viele Mitbewerber durchgesetzt. Wie ist das so bei Architekten, lauern euch Paparazzi auf?«

»Hm, mir nicht. Zum Glück«, sagte ich lachend. »Klar, es gibt durchaus bekannte Architekten, die Promistatus genießen und die dann auch auf der Straße erkannt werden. Aber die Regel ist das nicht.«

»Du hast für Ingo Stübben gearbeitet. Ich könnte mir vorstellen, dass er durchaus zu diesen Ausnahmen gehört, oder?«

»Ja, Ingo genießt in Fachkreisen schon eine große Präsenz und Reputation. Aber auch er wird nicht von Fans auf der Straße belagert wie ein Rockstar.«

Wobei ihm das bestimmt gefallen würde, dachte ich. So eitel, wie er war.

Zum Glück wechselte Nils das Thema.

»Jolanda Andersen. Das ist ja auch ein ganz besonderer Name. Verrätst du uns seine Bedeutung?«

»Iolanthe bedeutet auf Altgriechisch Veilchen. Meine Mutter ist eine große Gartenliebhaberin, daher der Name. Der Garten von unserem Reihenhaus ist winzig, aber wenn man hineingeht, betritt man eine andere Welt. Überall blüht und summt und duftet es. Und das mitten in Berlin. Mein Bruder heißt übrigens Ivo, das bedeutet Eibe. Der Kater meiner Eltern trägt den Namen Peppermint.«

»Okay, da erfahren wir ja schon eine ganze Menge über dich. Aber ich bin chronisch neugierig und möchte noch mehr wissen: Was ist Jola Andersen für ein Mensch? Was mag sie? Was lehnt sie ab?«

»Oh Mann, es ist total schwierig, sich selbst zu beschreiben. Meine Freundinnen können das bestimmt viel besser.«

»Gute Idee. Wir könnten Sophie anrufen. Liebe Hörerinnen und Hörer, ihr kennt doch Sophie Nicolai, oder? Sie zaubert seit einem Jahr diese unglaublich leckeren Pralinen im Café Sanddornliebe, nach denen wir alle süchtig sind. Lasst uns herausfinden, was sie uns über ihre Freundin Jola erzählen wird.«

Das Freizeichen ertönte.

»Sophie Nicolai.«

»Hallo Sophie, hier ist Nils von Antenne Prielhagen. Deine Freundin Jola ist ja heute unser Gast beim Sonntagstalk. Und als ich sie gefragt habe, was für ein Mensch sie ist, meinte sie, dass das am besten eine ihrer Freundinnen beantworten könnte. Also, wie ist Jola so?«

»Oh, hi Nils. Hallo Jola.« Sophie kicherte. »Also, Jola

ist unglaublich ordnungsliebend. Sie kann fantastisch zeichnen, Dinge im Detail planen, Fehler erkennen. Sie ist zuverlässig, hat Humor und ein Herz aus Gold. Aber wenn ich zwei Dinge nennen müsste, die Jola am besten beschreiben, dann Disziplin und Geradlinigkeit. Ich kenne keinen Menschen, der so hart für seine Ziele gearbeitet hat wie sie. Und nur wenige, die so viel Rückgrat und Loyalität besitzen.«

»Wow, das geht runter wie Öl, oder Jola?« Nils zwinkerte mir zu.

»Ich hätte mich wahrscheinlich anders beschrieben, das stimmt«, gab ich etwas verlegen zu.

Eigenlob war nicht so mein Ding. Mir fiel es immer leichter, über meine schlechten Eigenschaften zu sprechen als über meine guten.

Nils verabschiedete sich von Sophie und stellte einen Anrufer ins Studio durch, der wissen wollte, welchen energetischen Standard das Haus der Begegnung am Fabrikgelände haben würde. Danach moderierte Nils einen Song an und wir hatten ein paar Minuten Zeit, um durchzuatmen und etwas zu trinken.

»Wahnsinn, diese Stimme, findet ihr nicht?«, sagte Nils, als die letzten Töne von »Wild Horses« der Rolling Stones verklangen. »Hast du eine Lieblingsband, Jola?«

»Ich mag elektronische Musik. Da kann ich mich herrlich darin verlieren. Ich hab nicht viel Freizeit und bin auch arbeitstechnisch eine echte Nachteule, aber wenn ich mal weggehe, dann tanze ich mir gerne in einem Berliner Club die Fußsohlen heiß.«

»Oh, das wird in Prielhagen schwierig«, sagte Nils. »Aber im Backbord lässt sich ganz ausgezeichnet das ein oder andere Bierchen trinken – manchmal bis fünf Uhr morgens. Oder du besuchst Knut am Leuchtturm, da ist auch ziemlich oft etwas geboten. Jetzt bin ich allerdings neugierig geworden. Du sagst, du hast nicht viel Freizeit. Gibt es denn trotzdem Hobbys in deinem Leben?«

»Ich fahre gerne Rad. Und ich liebe es, durch Berlins Galerien zu schlendern. Oder mit Freunden an der Spree zu sitzen und zu picknicken. Aber ausgefallene Hobbys habe ich keine.«

»Wir haben einen neuen Anrufer in der Leitung«, sagte Nils. »Besser gesagt, eine Anruferin. Hallo Sandra, was würdest du gerne von Jola wissen?«

»Hallo, ich habe einen Hund. Und ich wollte fragen, ob der später in den Garten der Sinne mitkommen kann? Oder wird es dort ein Hundeverbot geben?«

»Diese Frage wird Jola leider nicht beantworten können, da sie in den Zuständigkeitsbereich des Ordnungsamtes fällt«, sagte Nils.

»Das tut es in der Tat«, sagte ich. »Aber wir haben bereits bei der Planung darüber gesprochen. Hunde sind Familienmitglieder und dürfen mit in den Garten der Sinne. Aber sie sollten an der Leine geführt werden und es wäre natürlich wünschenswert, dass die Hinterlassenschaften umgehend entsorgt werden.«

Sandra verabschiedete sich erfreut.

»Bist du ein Hundefreund?«, fragte Nils.

»Ich mag Tiere grundsätzlich sehr gerne. Vor allem Schildkröten. Frag mich nicht, warum. Vielleicht, weil ich als Kind die ›Unendliche Geschichte‹ geliebt habe.«

»Ach ja, die uralte Morla. Fuchur. Atréju. Wer hat sie nicht geliebt.« Nils seufzte. »Aber in unserem Gespräch heute wurde immer wieder deutlich, dass Architekten nicht in einem weltfremden Elfenbeinturm für Design sitzen, sondern tagtäglich mit sehr lebensnahen Themen konfrontiert werden. Nervt dich das an deinem Beruf?«

»Nein, überhaupt nicht. Genau das macht den Reiz aus. Nutzbare Räume für Menschen zu schaffen, keine musealen Orte, wo man flüstert und auf Zehenspitzen herumschleicht, um nur ja nichts kaputtzumachen. Orte, Räume, Gebäude müssen leben. Allerdings kann ich nur die Voraussetzungen dafür schaffen. Mit Leben füllen müssen sie die Menschen dann selbst.«

»Mensch, Jola. Die Zeit mit dir ist wie im Flug vergangen. Ich könnte noch stundenlang mit dir plaudern. Aber bevor wir ganz am Ende angekommen sind, möchte ich noch unser ›Oder-Spiel‹ mit dir spielen. Ich nenne dir zwei Begriffe und du entscheidest dich für einen davon, okay?«

»Ich werd's versuchen. Bei Vanille oder Schoko wird es aber schwierig. Ich mag beides gleich gern.«

»Tee oder Kaffee?«

»Eindeutig Kaffee. Gerne zu jeder Tages- und Nachtzeit. Schwarz, ohne Zucker.«

»Sommer oder Winter?«

»Sommer.«

»Flip Flops oder High Heels?«

»Sneaker.«

»Strand oder Berge.«

»Strand.«

»Buch oder Fernsehen?«

»Buch. Außer es kommt ein Film von David Fincher.«

»Geld oder Liebe?«

»Liebe.«

»Das ist ein schönes Schlusswort, finde ich. Der Sieg der Liebe. Das lassen wir so stehen«, sagte Nils. »Danke, Jola, dass du hier warst. Wir sind gespannt auf deine Arbeit am alten Fabrikgelände und wünschen dir viel Erfolg.«

3

Erleichtert verließ ich den Radiosender. Das Gespräch war zwar nicht so schlimm gewesen, wie ich mir vorgestellt hatte, aber ich war trotzdem froh, nicht mehr im Mittelpunkt zu stehen. Ich überlegte, ob ich zu Pia und Sophie ins Café Sanddornliebe gehen sollte, entschied mich aber für einen Spaziergang am Meer.

Es war ein herrlicher Frühlingstag Mitte April. Die Sonne strahlte von einem babyblauen Himmel, der Wind wehte nur mäßig und das Thermometer war auf angenehme achtzehn Grad geklettert. Ich ging zum Promenadenweg, der direkt am Meer zum Leuchtturm führte.

Natürlich war ich an diesem herrlichen Sonntagnachmittag nicht die einzige Person mit dieser Idee. Es tummelten sich Spaziergänger, Jogger, Hundebesitzer und dazwischen allerlei fröhliche Kinder auf der Promenade. Der Geruch von Meer und blühenden Sträuchern hing in der Luft und ich musste an das Gedicht »Er ist's« von Eduard Mörike denken.

»Frühling lässt sein blaues Band, wieder flattern

durch die Lüfte. Süße, wohlbekannte Düfte, streifen ahnungsvoll das Land«, murmelte ich.

Weiter kam ich nicht. Text vergessen, obwohl ich in der Grundschule eine Eins fürs Auswendiglernen bekommen hatte. Hach, war das lange her.

Das Leben hatte sich damals so leicht angefühlt. Der Kühlschrank immer voll, die Kleidung gewaschen und gebügelt im Schrank und abgesehen von den Hausaufgaben nichts zu tun, außer ab und an mal den Geschirrspüler auszuräumen oder den Müll rauszubringen. Keine Gedanken ums Geld, kein Ärger mit Männern, keine Sorgen um die Zukunft. Danke Mama, danke Papa!

Ich spürte, wie ich mich nach dieser Leichtigkeit sehnte. In den vergangenen Jahren hatte sich unbemerkt eine Schwere in mein Leben geschlichen, die mir Kraft raubte. Nicht so viel, dass ich wie ein Häufchen Elend in der Ecke saß, aber ich hatte doch ein wenig an Lebensfreude eingebüßt.

Was meine eigene Schuld war. Ich hatte ein Verhältnis mit meinem Chef angefangen. Mit meinem verheirateten Chef. Und solche Affären endeten nur selten glücklich, wie jeder wusste.

Ingo Stübben war ein faszinierender Mann. Meine Freundin Sophie behauptete, ich hätte mich nur in ihn verliebt, weil ich vor lauter Arbeit keine anderen Männer zu Gesicht bekam. Aber das stimmte nicht. Ingo hatte mich durch seine Leidenschaft in seinen Bann gezogen.

Nicht die Leidenschaft für mich, sondern für die Architektur. Sein Blick für Formen, Linien und Details war einzigartig, die Welt durch seine Augen zu sehen, war eine Offenbarung. Er war nicht in herkömmlichem Sinne attraktiv, aber er hatte dieses spezielle Charisma von Menschen, die für ihre Überzeugung lebten.

Menschlich gesehen war Ingo allerdings ein ziemlicher Arsch. Und ein guter Liebhaber war er auch nicht gewesen. Ich zerfleischte mich noch immer selbst, dass ich überhaupt etwas mit ihm angefangen hatte. Ein verheirateter Mann! Das gehörte sich einfach nicht. Ich wollte schließlich auch nicht, dass sich jemand an meinen Partner heranmachte.

Klar, man konnte sagen, dass ich nicht allein die Schuld daran trug, sondern dass immer zwei dazugehörten. Dass die Ehe so toll nicht sein konnte, wenn einer fremdging. Aber ganz ehrlich: Das waren doch nur Ausflüchte. Meiner Überzeugung nach datete man nur Männer, die frei waren. Und mit dieser Überzeugung hatte ich gebrochen. Ingo hatte nicht nur seine Frau betrogen, ich hatte vor allem mich selbst betrogen, indem ich all meine Prinzipien über Bord geworfen hatte. Und das war ein mieses Gefühl, das ich nie wieder fühlen wollte.

Daher galt ab sofort ein eisernes Gesetz in meinem Leben: Finger weg von verheirateten oder auf welche Art auch immer gebundenen Männern.

Egal, wie groß das Bauchkribbeln war, das sie in mir auslösten. Egal, welche Versprechungen sie machten. Dass die Ehe nur noch auf dem Papier bestand. Die Trennung sowieso unausweichlich sei. Bla, bla, bla.

Nein. Nicht mit mir.

Nie wieder.

Ich blieb stehen und ließ meinen Blick über die Ostsee gleiten. Das Meer schimmerte in einem silbrigen

Blau, kleine Lichtpunkte tanzten wie Goldstaub auf der Oberfläche. Ein paar Enten trieben nahe am Ufer, ein Segelboot zog in der Ferne über den Horizont.

Es tat gut, hier in Prielhagen zu sein. Dem stressigen Berlin für eine Weile den Rücken zu kehren und Abstand von Ingo zu bekommen. Die Umgestaltung des alten Fabrikgeländes war ein tolles Projekt. Ich freute mich auf den Spatenstich morgen. Und ich freute mich auf die Zeit mit Sophie.

Sie war seit vielen, vielen Jahren meine allerbeste Freundin, doch in Berlin hatten wir es vor lauter Arbeit und Alltag schon lange nicht mehr geschafft, uns regelmäßig zu treffen. Die Wochen hier bei ihr am Meer zu verbringen, fühlte sich ein bisschen an wie Urlaub.

Ich setzte meinen Weg zum Leuchtturm fort. Bevor ich nach Hause ging, konnte ich bei Knut und Yvi etwas trinken, ein wenig aufs Meer starren, Katerchen Opa Gertraud den Bauch kraulen und einfach den schönen Tag genießen.

Seit meine Freundin Sophie vor über einem Jahr nach Prielhagen gezogen war, hatte ich sie aufgrund der regelmäßig stattfindenden Projektsitzungen bereits viele Male besucht und mich mit einigen Leuten angefreundet. Es war leicht, hier Anschluss zu finden. Die Prielhagener waren offen und gastfreundlich. Allen voran Knut, der mit seinem Souvenirladen am Leuchtturm wirklich etwas Einzigartiges geschaffen hatte.

Auch heute drängten sich die Menschen in Grüppchen um das Haus und wanderten mit Getränken in der Hand plaudernd über das Areal. Der Blümchensessel, in dem Knut so gerne thronte, war allerdings leer. Ich kämpfte mich durch die Menge und warf einen Blick in den Laden. Er war brechend voll. Ich hörte Knuts knarzige Stimme und roch den Pfeifenrauch, sehen konnte ich ihn jedoch nicht. Auch Yvi schien nicht hier zu sein. Ich ging ums Haus auf die Terrasse.

Die Tür stand offen. Ich sah Yvi und Janosch mit dem Rücken zu mir an der Küchenzeile stehen. Gerade wollte ich an die Scheibe klopfen und mich bemerkbar machen, da hörte ich Janosch schimpfen.

»Aber so kann es nicht weitergehen, Yvi. Wie stellst du dir das vor? Dass du mit unserem Kind hier lebst und ich allein in meinem Haus sitze? Oder soll ich etwa auch noch hier einziehen? Das Haus hat keine achtzig Quadratmeter. Und Knut ist auf Dauer eine echte Herausforderung.«

»Ich weiß. Aber …«

»Nein, kein Aber mehr. Wir sind jetzt seit drei Jahren zusammen. Wir erwarten gemeinsam ein Kind. Es gibt keinen Grund, dass du bei deinem Vater wohnst und nicht bei mir.«

»Ich bin nicht dein Eigentum.«

»Wovor hast du solche Angst?« Janosch streckte die Hand nach Yvi aus, doch sie wich einen Schritt zurück.

»Ich habe keine Angst. Es ist der Ort hier. Ich liebe ihn.« Yvi drehte sich abrupt um, um aus dem Fenster zu schauen.

Selbst ich konnte an ihrer Stimme hören, dass es eine Lüge war. Oder zumindest nur die halbe Wahrheit. Ich überlegte, was ich jetzt tun sollte. Heimlich davonschleichen? Doch Yvi hatte mich schon bemerkt.

»Hi Jola!« Sie hob die Hand und ging zur Terrassentür. »Schönes Interview vorher im Radio. Magst du eine Tasse Tee? Ach nein, für dich muss es ja Kaffee sein. Ist auch frisch aufgebrüht.«

»Ich will nicht stören«, sagte ich ausweichend.

»Tust du nicht«, sagte Janosch. »Yvi ist froh, wenn ich ihr nicht weiter auf die Nerven gehen kann, nicht wahr?« Er funkelte sie wütend an, dann marschierte er aus dem Haus und stapfte zum Meer.

Yvi strich ihre langen blonden Haare zurück und lächelte etwas verlegen. »Er mag es nicht, wenn die Dinge nicht nach seinem Kopf gehen.«

In meinen Augen eine etwas unpassende Umschreibung für die eben geführte Diskussion, aber ich wollte Yvi nicht darauf ansprechen. So gut kannten wir uns nun auch wieder nicht. Und in Sachen Beziehung war ich wohl wirklich nicht gerade die beste Ratgeberin.

Ich nahm die Tasse Kaffee entgegen und setzte mich mit Yvi auf die Terrasse.

»Du hast das Gespräch zwischen Janosch und mir gehört, oder?«

Ich fühlte mich ertappt und wollte abwiegeln. »Ich, also, ähm …«, stammelte ich.

»Schon gut.« Yvi winkte ab. »Ist ja kein Geheimnis, dass Janosch will, dass ich zu ihm ziehe. Nur die andere Sache …« Yvi beendete den Satz nicht, sondern legte stattdessen die Hände auf ihren Bauch.

»Glückwunsch.« Ich lächelte sie an. »Es weiß noch niemand?«

»Fast niemand. Papa weiß Bescheid. Steppke. Und meine beste Freundin Mara in Spanien. Das soll vorerst auch so bleiben.« Yvi warf mir einen verschwörerischen Blick zu.

»Von mir erfährt niemand ein Wort«, versprach ich.

»Danke.« Yvi nippte an ihrem Tee.

Wir saßen eine Weile schweigend da und genossen die Aussicht auf den Leuchtturm und das Meer. Ein Schwarm Gänse zog schnatternd über den Himmel, das Laub der Bäume raschelte im Wind. Das Leben fühlte sich frei und grenzenlos an.

»Ich kann gut verstehen, dass du nicht von hier wegziehen willst. Der Ort ist wirklich einzigartig.«

»Ja, das ist er. Aber das ist nicht der einzige Grund«, sagte Yvi und schloss ihre Finger um die Tasse Tee, als würde sie dort den Halt finden, den sie so dringend suchte.

Sollte ich nachfragen, was der eigentliche Grund war? Nein, das kam mir aufdringlich vor. Wenn Yvi darüber reden wollte, würde sie es tun. Wenn nicht, dann nicht.

»Ich habe ständig die Worte meiner Mutter im Kopf«, sagte Yvi zögernd. »*Verlass dich nie auf einen Mann, Yvi. Bring erst dein Leben in Ordnung, bevor du dich verliebst. Du musst jederzeit auf eigenen Beinen stehen können, denn du weißt nie, wann er dich für eine andere sitzen lässt.* Diesen Rat hat sie mir bei jeder Gelegenheit eingetrichtert. Er hallt wie ein Mantra in meinem Kopf wider.« Yvi tippte sich an die Stirn.

»Oh je, solche Glaubenssätze können echt mörderisch sein«, sagte ich.

»Und wie! Ich meine, ich habe beruflich in Prielhagen Fuß gefasst. Der Souvenirladen läuft super, die Veranstaltungen am Leuchtturm auch. Ich werde nicht reich, aber ich stehe finanziell auf einem soliden Fundament und kann selbst für mich sorgen. Es gibt keinen Grund, nicht mit Janosch zusammenzuziehen. Aber die Angst ist trotzdem noch da. Das ist doch verrückt.«

»Na ja, der Bauch ist nach der Entbindung ja auch nicht gleich weg.« Ich grinste. »Wie heißt es so schön: Der Weg ist, wo die Angst ist.«

Aus eigener Erfahrung wusste ich jedoch, dass das leichter gesagt als getan war.

4

Ich wollte gerade die Tür zu Oves Kate aufsperren, die jetzt Sophie und Elias gehörte, aber trotzdem noch Oves Kate genannt wurde, da ließ mich ein Hupen innehalten.

Es war Steppkes gelbe Lieferwagenente, die in der Zufahrt auftauchte. Sophie saß auf dem Beifahrersitz, sagte etwas zu Steppke und sprang aus dem Auto. Ich winkte Steppke zu, der sich gleich wieder aus dem Staub machte.

»Hi.« Sophie begrüßte mich gut gelaunt und schwenkte einen Korb in ihrer Hand. »Ich hab uns Kuchen mitgebracht.«

»Dann schnell hinein. Wir müssen ihn aufessen, bevor Elias kommt.« Lachend sperrte ich die Haustür auf.

Elias verdiente seinen Lebensunterhalt als Sportfreak und Fitnessmodel. Kuchen war sein Erzfeind. Meine Freundin Sophie ließ sich davon nicht beeindrucken. Sie war Konditorin aus Leidenschaft und führte trotzdem eine glückliche Beziehung mit Elias.

»Wir können uns Zeit lassen. Elias bleibt noch in

Berlin. Er ist morgen spontan für ein Fotoshooting gebucht worden. Und danach wollte er noch seine Eltern besuchen. Sein Vater ist krank.« Sophie stellte den Korb am Boden ab, schlüpfte aus Jacke und Schuhen und steckte ihre Füße seufzend in kuschelige Pantoffeln.

»Nimmst du den Kuchen mit in die Küche? Dann räume ich den Korb gleich auf«, sagte ich.

»Das hat doch Zeit«, sagte Sophie.

Ich warf ihr nur einen kurzen Blick zu und sie winkte grinsend ab.

»Schon gut. Tu, was du nicht lassen kannst.«

Ordnung war mein Ding. Aber damit brauchte ich Sophie nicht zu kommen. So penibel sauber sie in der Küche arbeitete, so locker führte sie ihren restlichen Haushalt. Ich jedoch konnte es nicht leiden, wenn Sachen herumstanden, Couchdecken nicht zusammengelegt waren oder das Bett nicht gemacht war. So hatte jeder seine Spleens.

Als ich in die Küche kam, öffnete Sophie gerade eine kleine Flasche Sekt.

»Gibt es etwas zu feiern?«, fragte ich.

»Nun tu doch nicht so. Dein Auftritt im Radio war toll. Ich bin so stolz auf dich.« Sophie reichte mir ein Glas. »Auf dich und deinen ersten großen Auftrag.«

Wir stießen die Gläser aneinander und tranken einen Schluck.

»Den ich nur dir zu verdanken habe«, sagte ich. »Hättest du die Ausschreibung nicht zufällig entdeckt, hätte ich niemals davon erfahren.«

»Tja, wir waren schon immer ein gutes Team.« Sophie zwinkerte mir zu. »Aber den Entwurf hast du dir ganz allein überlegt. Kannst ruhig ein wenig stolz auf dich sein.«

»Im Moment habe ich eher Angst«, gab ich zu. »Ich war noch nie allein für so ein großes Projekt verantwortlich. Es gibt so viel, das schiefgehen kann.«

»Ja, das stimmt. Aber du wirst für jedes Problem eine Lösung finden, da bin ich mir sicher. Tschakka!« Sophie hob ihr Glas in die Luft. »Weißt du noch, wie mich nach Weihnachten jemand verdächtigt hat, dass er von meinen Pralinen die Salmonellen bekommen hätte? Er hat es in ganz Prielhagen herumerzählt und ist sogar zur Zeitung gegangen.«

»Ach, der Typ, der kurz vor Silvester die von Heiligabend übrig gebliebene Gans gegessen hat. Natürlich erinnere ich mich.«

»Erst dachte ich, das war's jetzt mit meiner Karriere als Konditorin in Prielhagen. Nach einem Jahr ist alles vorbei. Aber genau das Gegenteil ist der Fall: Die ganze Aufregung hat meine Produkte viel bekannter gemacht. Und die Moral von der Geschicht': Egal, was passiert, du weißt nie, wozu es gut ist.«

»Hast ja recht.« Ich lächelte Sophie an.

»Außerdem bist du nicht allein. Du hast mich. Und Elias. Und all die netten Prielhagener. Wir kriegen das Kind schon geschaukelt.«

»Ich bin echt froh, dass ich bei euch wohnen kann. Danke.«

»Elias ist doch sowieso die meiste Zeit unterwegs. Ich freu mich, dich hierzuhaben. Dann muss ich nicht immer alleine Kuchen essen. Schau mal, was ich uns mitgebracht habe: deftig und süß. Zwiebelkuchen, Gemüsequiche, Himbeer-Sahne und Schokocreme.«

Sophie verteilte die Kuchenstücke auf mehrere Teller und wir setzten uns.

»Hm, die sehen wirklich lecker aus. Und ich habe richtig Kohldampf. Außer dem Muffin vor dem Interview habe ich noch nichts gegessen.« Ich spießte ein Stück Gemüsequiche auf und kaute genüsslich. »Vermisst du Elias sehr?«, fragte ich.

»Ach, es ist okay. Wir wussten ja von Anfang an, dass unsere Lebensentwürfe ziemlich unterschiedlich sind. Manchmal glaube ich, dass genau das unsere Liebe frisch hält.« Meine Freundin grinste.

»Solange er nicht weiß, dass du heimlich Kuchen isst«, scherzte ich.

»Er ist viel lockerer geworden in dieser Hinsicht. Zum Glück. Seine Verbissenheit war wirklich anstrengend. Ich glaube, die Versöhnung mit seiner Familie hat auch dazu beigetragen, dass er das Thema Fitness und Ernährung jetzt entspannter sehen kann. Leben und leben lassen. Wobei er sich die klugen Ratschläge natürlich nicht verkneifen kann.« Sophie zuckte mit den Schultern.

»Na ja, sonst wäre es auch nicht mehr der Elias, in den du dich verliebt hast, oder?«

»Stimmt.« Kopfschüttelnd steckte sich Sophie ein Stück Kuchen in den Mund. »Unglaublich, was passieren kann, nur weil man sich eine kleine Auszeit am Meer nehmen will, oder? Dass Ove dieses Haus gleichzeitig an mich und Elias vermietet hat, hat mein ganzes Leben verändert.«

»Und der Lkw, der in deinen Laden in Berlin gerast ist«, sagte ich.

»Ja, der auch.« Sophie nickte. »Niemals hätte ich gedacht, dass ich mal sagen würde, dass das ein Glücksfall war. Aber sonst wäre ich nicht hier in Prielhagen geblieben. Und das war das Beste, was mir passieren konnte.«

»Willst du denn dieses Jahr doch noch eine eigene Konditorei aufmachen?«, fragte ich.

»Nein, ich glaube nicht. Das Arrangement im Café Sanddornliebe ist einfach perfekt. Pia und ich verstehen uns wirklich super. Allein ist alles viel schwieriger. So können wir uns gegenseitig aushelfen. Der Onlineshop wirft mittlerweile Gewinn ab und meine Produkte liegen in immer mehr Läden in der Region aus. Und Merle versorgt mit ihrer kleinen Crêperie die Kunden in Berlin. Es läuft alles besser, als ich es mir erträumt habe.«

»Das freut mich so für dich.« Ich lächelte Sophie an. »Du hast es dir verdient. Obwohl ich schon traurig bin, dass du nicht mehr nach Berlin zurückkommen wirst.«

»Für dieses Problem gibt es eine simple Lösung: Du bleibst einfach hier«, schlug Sophie vor.

»Ja, schön wär's.« Ich grinste schief.

»Mittlerweile haben einige Frauen Berlin den Rücken gekehrt und in Prielhagen eine neue Heimat gefunden«, konterte Sophie. Sie ließ meine Zweifel nicht gelten und zählte auf. »Sina von der Buchhandlung Eselsohr zum Beispiel. Oder Yvi vom Leuchtturm. Und Judith, die zwar noch immer für eine Steuerkanzlei in Berlin arbeitet, aber mit ihrem Bjarne hier in Prielhagen wohnt. Nur Merle hält es auf Dauer in der Pampa nicht aus. Aber die Wohnungssuche in Berlin zusammen mit Timon gestaltet sich äußerst schwierig. Gut möglich, dass die beiden über kurz oder lang auch hier landen. Übrigens haben all diese Frauen etwas gemeinsam.« Sophie zog die Augenbrauen hoch und sah mich herausfordernd an.

»Und das wäre?«

»Sie alle haben in Prielhagen ihr Herz verloren. Dieser Ort ist perfekt, um sich zu verlieben. Wäre doch gelacht, wenn wir nicht auch für dich endlich den Richtigen finden.«

Ich hob abwehrend die Hände. »Vielen Dank, aber mein Bedarf an Männern ist vorerst gedeckt. Ich bin mit der Architektur verheiratet. Das ist eine sehr gute Ehe.«

»Das ist keine Ehe, das ist Flucht vor der Realität. Du musst endlich mit Ingo abschließen. Okay, du hast einen Fehler gemacht. So what? Deshalb musst du nicht bis zu deinem Tod unglücklich sein und Buße tun.«

»Mach ich doch gar nicht.«

»Doch. Genau das tust du.« Sophie hielt ihre Gabel in meine Richtung und wackelte damit herum. »Aber glaub mir, das wird nicht lange so bleiben. In Prielhagen hat noch jeder Topf seinen Deckel gefunden.«

5

Heute war der große Tag. In weniger als einer Stunde würde der Spatenstich zum Umbau des alten Fabrikgeländes erfolgen. Zahlreiche Menschen tummelten sich auf dem weitläufigen Areal – Touristen, neugierige Anwohner, Vertreter von Presse und Lokalfernsehen, die regionale Politprominenz und natürlich Mitarbeiter der Stadtverwaltung und die am Bau beteiligten Unternehmer.

Kurdirektor Ludger Lingrön hatte sich in ein besonders gewagtes Outfit geschmissen – roter Anzug, schwarze Lackschuhe – und keine Kosten und Mühen gescheut, um den Spatenstich zu einem richtigen Event zu machen. Es gab mehrere Stände und Foodtrucks mit Essen und Getränken, hübsche weiße Zeltpavillons mit Tischen und Stühlen sowie die Prielhagener Stadtmusikanten, die für die musikalische Umrahmung des Festakts sorgten.

»Ganz schöner Affenzirkus, was?« Walter Loers, der beauftragte Bauunternehmer, trat grinsend neben mich.

In seinem schlecht sitzenden Anzug sah er aus, als

trüge er ein Karnevalskostüm. Ich hatte den Mann bisher nur in Arbeitskleidung gesehen, selbst bei den Besprechungen in Lingröns Büro war er im Blaumann erschienen. Loers war kein Chef, der arbeiten ließ. Er packte mit an, saß im Bagger oder machte sich auch beim Steineschleppen die Hände schmutzig. Ein sympathischer Kerl.

»Fast so ein Zinnober wie beim Bau der Elbphilharmonie«, scherzte ich.

»Ja, das würde dem lieben Ludger gefallen«, brummte der Bauunternehmer.

Es war deutlich, dass er nicht allzu viel von Lingrön hielt, was er aber niemals direkt aussprechen würde. Schließlich biss man nicht die Hand, die einen fütterte.

Ich hatte mir zu Lingrön noch keine abschließende Meinung gebildet. Er war kein einfacher Mensch und stets auf seinen eigenen Vorteil bedacht. Ansehen und Status bedeuteten ihm viel, und wenn ich so mancher Erzählung Glauben schenken durfte, beschritt er auch gerne mal unorthodoxe Wege, um seine Interessen durchzusetzen. Außerdem war er schrecklich eitel und sein Modegeschmack gewöhnungsbedürftig.

Aber er besaß durchaus auch gute Seiten. Prielhagen lag ihm ehrlich am Herzen, er wollte nur das Beste für den Ort. Er wusste, dass Qualität Geld kostete, und er war offen für neue Ideen.

Der Kurdirektor hatte Loers und mich erblickt und schritt lächelnd auf uns zu.

»Ich glaube, es wird Zeit, dass ich den Bagger in Position bringe«, sagte der Bauunternehmer und machte sich eilig aus dem Staub.

Lingrön schien das nicht zu stören, auf jeden Fall ließ

er sich nichts anmerken, sondern legte mir jovial die Hand auf die Schulter.

»Liebe Jola, das war gestern ein tolles Interview im Radio. Sehr menschlich, sehr sympathisch. Aber warum hast du denn nicht ein wenig von Ingo Stübben erzählt? Ich meine, es ist doch eine große Auszeichnung, dass du für ihn gearbeitet hast. Und dieser Glanz lässt unser schönes Prielhagen ja gleich noch viel heller erstrahlen.« Der Kurdirektor lächelte mich an.

Es schien ihm nicht aufzufallen, dass sein Kommentar alles andere als nett war und ich gekränkt sein könnte. Im Grunde hatte er mir gerade durch die Blume zu verstehen gegeben, dass er vor allem Ingos Arbeit bewunderte und nicht meine. Zum Glück blieb es mir erspart, nach einer diplomatischen Antwort zu suchen, denn Henrik Neuland trat zu uns.

Henrik war Garten- und Landschaftsbauer und würde die Gestaltung der Außenanlagen übernehmen. Ich warf ihm einen verstohlenen Blick zu und musste ein Schmunzeln unterdrücken. Er sah wie immer ein wenig zerzaust aus – die dunklen Haare, die trotz seiner nicht einmal vierzig Jahre bereits mit vielen grauen Strähnen durchzogen waren, standen wirr vom Kopf ab. Sie erinnerten mich immer ein bisschen an das drahtige Fell von Frodo, dem irischen Wolfshund eines Freundes.

Ich mochte Henrik. Er war geradeheraus und befand es nicht für nötig, sich zu verstellen. Egal, ob er mit dem Kurdirektor, dem Landrat oder dem Maurergehilfen sprach, er behandelte alle gleich. Er besaß eine starke Präsenz und strahlte pure Energie aus. Sein großer, athletischer Körper verriet, dass er zupacken konnte und viel Zeit an der frischen Luft verbrachte. Und der intensive Blick aus seinen klaren grünen Augen traf mich immer mitten ins Herz. Offenheit und wahres Interesse spiegelten sich darin.

Kurzum, ich freute mich darauf, mit ihm zusammenzuarbeiten. Henrik besaß ein einzigartiges Gespür für den Dialog von Landschaft und Architektur. Neuland – da war der Name wirklich Programm.

»Entschuldigt die Verspätung«, sagte Henrik. »Ein Baum hat sich als etwas eigenwillig erwiesen.«

»Und Zeit, dich umzuziehen, hattest du anscheinend auch nicht mehr?« Lingrön zog die Augenbrauen nach oben.

»Umziehen? Wozu? Niemand erwartet von einem Gärtner, dass er einen Anzug trägt, oder?«

»Denk doch an die Fotos, Henrik. Das hier ist ein großes Projekt. Das größte, dass es in Prielhagen in den vergangenen Jahren gegeben hat. Die Bilder werden durch die Medien wandern, unser Städtchen wird in aller Munde sein.«

»Glaub mir, Ludger, jeder wird nur Augen für dich haben.« Henrik musterte mit hochgezogenen Augenbrauen den roten Anzug des Kurdirektors, dann wies er auf den Bagger, den Loers in Position gebracht hatte. »Ich glaube, es ist so weit. Schnappen wir uns einen Spaten.«

Gemeinsam marschierten wir zur Stelle, die Lingrön für den symbolischen Spatenstich ausgewählt hatte. Der Bagger stand dekorativ im Hintergrund, der Landtagsabgeordnete telefonierte wichtigtuerisch, die Pressevertreter brachten sich in Stellung. Eine Mitarbeiterin der Stadt-verwaltung reichte uns nagelneue Spaten mit roten Schleifen, passend zu Lingröns Anzug.

»Gute Idee, oder?« Er schaute beifallheischend in die Runde, aber alle senkten schnell den Blick oder taten beschäftigt, um nicht antworten zu müssen.

Lingrön ließ sich davon nicht beirren, sondern griff nach dem Mikro, dass ihm eine Mitarbeiterin reichte.

»Meine sehr geehrten Damen und Herren, liebe Bürgerinnen und Bürger, geschätzte Projektbeteiligte, liebe Gäste, hochverehrter Herr Landrat.« Lingrön hielt einen Moment inne und schien zu überlegen, ob er noch weitere Leute begrüßen sollte, beließ es aber dabei. »Ich freue mich über das große Interesse an dieser Veranstaltung und bedanke mich für das zahlreiche Erscheinen. Heute ist ein wichtiger Tag für Prielhagen. Ein Tag, der in die Stadtgeschichte eingehen wird. Endlich sorgen wir dafür, dass sich dieser Schandfleck aus Beton und Unrat in eine Oase der gesellschaftlichen Begegnung verwandelt. Es freut mich sehr, dass der allseits geschätzte Landrat …« Lingrön redete und redete.

Ich schaltete innerlich auf Durchzug. Mittlerweile kannte ich Lingrön gut genug, um zu wissen, wie sehr er sich in der Rolle als eloquenter Redner gefiel. So manche Besprechung im Vorfeld des Projekts hatte sich unnötig in die Länge gezogen, weil er einfach nicht aufhörte zu quasseln. Statt ihm zuzuhören, ließ ich meinen Blick durch die Menge schweifen.

Es freute mich, dass sich viele Leute die Zeit genommen hatten, um zu kommen und mir seelischen

Beistand zu leisten. Ganz vorne natürlich meine Freundin Sophie, die neben Janosch und Yvi stand. Die beiden schienen ihre Meinungsverschiedenheit beigelegt zu haben, auf jeden Fall wirkten sie ziemlich glücklich. Also, so glücklich, wie man bei einer von Lingröns Reden wirken konnte.

Knut war wohl lieber am Leuchtturm geblieben, er und der Kurdirektor, das würde in diesem Leben keine enge Freundschaft mehr werden. Dafür war Steppke gekommen, der kleine Mann mit dem großen Herz. Ich hatte ihn von der ersten Minute an lieb gewonnen und schon öfter seine Dienste als Chauffeur in Anspruch genommen. Das Praktische daran war, dass man in seiner Lieferwagenente nicht nur von A nach B kam, sondern auch so allerhand Wissenswertes über Prielhagen erfuhr, inklusive dem neuesten Klatsch und Tratsch.

Auch der Schriftsteller Leon Heidbrink war gekommen. Ich wusste von seiner Freundin Sina, die die Buchhandlung Eselsohr führte, dass er vor Kurzem einen Ghostwriting-Auftrag für eine Biografie beendet hatte und nun auf der Suche nach einem neuen Thema für einen eigenen Roman war. Dazu mischte er sich gerne unter die Leute, um seine Kreativität und Fantasie anzuregen.

Merle grinste mir von ihrem Foodtruck aus zu. Der Geruch ihrer leckeren Crêpes und Waffeln wehte mir immer wieder um die Nase. Ihr Freund Timon diskutierte angeregt mit Judith, die auch aus Berlin nach Prielhagen gezogen war und sich zusammen mit Bjarne ein wirklich hübsches Loft über Henner Groves Elektrogeschäft hergerichtet hatte. Bestimmt ging es um das Thema Finanzen, denn dafür brannten Timon und Judith, was niemand außer ihnen so recht verstand.

Ich sah Marlies und Sigrid, die sich mit Merle und Jupp vom Ömming & Öpping unterhielten, erspähte Thekla von der Strandbar mit ihren Freundinnen Manu, Jule und Wiebke. Mir wurde bewusst, wie viele Menschen ich in Prielhagen bereits kannte und lieb gewonnen hatte.

Seit ich vergangenes Jahr im März mit meinem Entwurf die Ausschreibung für die Neugestaltung des alten Fabrikgeländes gewonnen hatte, hatte ich viel Zeit in Prielhagen verbracht. Das lag nicht nur an den zahlreichen Projektbesprechungen, sondern auch an meiner besten Freundin Sophie, die hier eine neue Heimat gefunden hatte. Manchmal fragte ich mich, ob es vielleicht doch besser wäre, Berlin den Rücken zu kehren. Dem Lärm, dem Schmutz und all den Erinnerungen an Ingo. Einfach neu anfangen, in einem Häuschen am Meer.

»… und ganz besonders freut mich natürlich, dass wir mit Jola Andersen eine Schülerin des renommierten Architekten Ingo Stübben gewinnen konnten. Stübbens Formensprache ist einzigartig, sein Verdienst für die Architektur in deutschen Städten kann nicht genug gelobt werden. Denken Sie nur an das Kranichhaus in Lübeck. Oder das Museum für regionale Kunst in Waldbach. Absolut unverwechselbare Gebäude, die stark zur Attraktivität ihres Standortes beitragen. Und so wird es auch mit dem Haus der Begegnung und dem Garten der Sinne in Prielhagen sein. Unser Ort wird noch schöner werden, noch beliebter, noch einzigartiger. Also, lasst uns den ersten Spatenstich setzen.« Lingrön beendete seine Rede und hob siegessicher den Spaten in die Luft.

Ein erleichtertes Aufatmen ging durch die Menge. Der Fotograf scheuchte uns auf unsere Plätze und ich bemühte mich um ein kamerataugliches Lächeln, während ich den Spaten fester als nötig in die knochentrockene Erde rammte.

Ich sollte mich nicht darüber ärgern, dass Lingrön immer auf Ingo herumritt. So war der Kurdirektor eben. Aber ich tat es trotzdem.

Es war frustrierend, immer auf meinen ehemaligen Chef reduziert zu werden, zumal in der Öffentlichkeit nicht bekannt war, dass der allseits bewunderte Architekt Ingo Stübben allein vollkommen aufgeschmissen wäre. Er war zwar ein genialer Entwurfsplaner, aber ein schrecklicher Bauleiter. Ingo lebte vor allem für extravagante Ideen und ausgefallenes Design. Praktische Dinge wie die Kommunikation mit Handwerkern oder das Lösen von konkreten Problemen auf der Baustelle waren ihm zuwider. Unter seiner Würde. Einem großen Künstler nicht zumutbar.

Endlich gab uns der Fotograf ein Zeichen, dass seine Arbeit beendet war. Die Leute klatschten und Lingrön nahm noch einmal das Mikro an sich, um zum gemütlichen Teil der Feierlichkeiten überzuleiten. Ein Reporter stellte uns ein paar Fragen, doch der Landrat riss das Interview an sich, um Werbung für den nahenden Wahlkampf zu machen. Mir war es nur recht, ich stand sowieso nicht gerne vor der Kamera. Lingrön guckte jedoch ziemlich doof aus der Wäsche.

Nachdem ich einem Journalisten einen O-Ton zum Projekt gegeben hatte, wollte ich mich auf den Weg zu Sophie machen. Doch erneut hielt mich eine Stimme zurück.

»Frau Andersen, haben Sie einen Moment? Ich würde gerne mit Ihnen reden.«

6

Es war Gustav Finke, der mich um ein Gespräch bat. Ich kannte den drahtigen Mann mit der hohen Stirn und dem markanten Schnurrbart aus einigen Projektbesprechungen. Er saß im Stadtrat und im Bauausschuss von Prielhagen und war genau wie ich von Beruf Architekt. Allerdings würde er in wenigen Monaten seinen Ruhestand genießen. Ich hoffte, dass er mir trotzdem als Ansprechpartner erhalten blieb, denn ich schätzte seine fachliche Expertise sehr.

»Hallo Herr Finke. Gibt es Probleme bezüglich des Projekts? Ich habe die Pläne gerade nicht zur Hand, könnte aber …«

Er winkte ab. »Nein, nein, darum geht es nicht. Es ist alles wunderbar. Ich wollte etwas Persönliches mit Ihnen besprechen.«

»Etwas Persönliches?« Ich runzelte die Stirn.

Finke war ein zurückhaltender Mann, einer der wenigen Prielhagener, der das Sie bevorzugte und sich von Klatsch und Tratsch aller Art fernhielt. Ein sehr feiner Mensch mit guten Manieren, ausgezeichneter Beobachtungsgabe und einer klaren Haltung zu wichtigen Themen. Ich hatte die Diskussionen mit ihm als sehr bereichernd und wertvoll empfunden, allerdings waren sie stets rein sachlicher Natur gewesen. Dass er etwas Persönliches mit mir besprechen wollte, überraschte mich.

»Gehen wir ein paar Schritte.« Finke wies in die Richtung abseits des Trubels.

Ich gab Sophie schnell ein Zeichen. Sie nickte mir zu und zeigte auf Merles kleine Crêperie. Ich deutete an, dass ich nachkommen würde. Zu den Klängen eines flotten Jazzsongs marschierten Finke und ich in eine ruhige Ecke des Geländes und ließen uns auf den abbröckelnden Betonstufen des Hintereingangs der Fabrik nieder.

»Ich würde jetzt gerne sagen, Lingrön meint das nicht so«, sagte Finke unvermittelt. »Aber das wäre gelogen.«

»Wovon sprechen Sie?«

»Von der Lobhudelei auf Ingo Stübben. Lingrön ist besessen von jeder Art von Prominenz, er ist geradezu süchtig danach, sich mit großen Namen zu schmücken. Aber Sie dürfen das nicht als Abwertung Ihrer Arbeit auffassen. Ihr Entwurf hat gewonnen, weil er das überzeugendste Gesamtkonzept geliefert hat. Und nicht, weil Sie für Ingo Stübben gearbeitet haben.«

»Da bin ich mir nicht so sicher. Aber danke, dass Sie mir Mut machen.«

»Ich bin seit mehr als vierzig Jahren Architekt. Und ich bilde mir ein, gute und talentierte Arbeit zu erkennen. Ihre gehört eindeutig dazu.«

»Danke.«

»Deswegen möchte ich Ihnen einen Vorschlag machen. Ich mache ihn absichtlich frühzeitig, damit Sie in Ruhe darüber nachdenken können. Wie Sie wissen, werde ich spätestens Ende des Jahres aufhören. Ich bin fast siebzig, der Stress auf den Baustellen ist nichts mehr für mich. Ich will noch ein wenig das Leben genießen, segeln, auf der Terrasse sitzen und ein Buch lesen, mit meiner Enkeltochter zum Ponyhof fahren.«

»Das verstehe ich.« Ich lächelte Finke an.

»Aber Fakt ist leider: Ich habe keinen Nachfolger, niemanden, der mein Büro übernimmt. Die Aufträge wären da. Es gibt in und um Prielhagen nur wenig fähige Architekten. Die guten Leute flüchten in die großen Städte, weil sie denken, hier am Land gibt es nur langweilige Projekte. Aber das stimmt nicht. Die Arbeit ist abwechslungsreich, die Landschaft einmalig. Es macht Spaß, schöne Häuser für diese Idylle zu entwerfen. Häuser, die in ein Wechselspiel mit dem Himmel, dem Strand und dem Meer treten.«

»Und Sie meinen, ich soll Ihre Nachfolge antreten?«, fragte ich.

»Ja. Ich denke, dass Sie genau die Richtige dafür wären. Falls Sie Freude am Landleben finden. Denn mit Berlin lässt sich Prielhagen natürlich nicht vergleichen.«

»Ja, das stimmt.«

»Lassen Sie es sich durch den Kopf gehen. Wenn Sie Zeit haben, schauen Sie mal bei mir im Büro vorbei und ich zeige Ihnen, woran ich in den vergangenen Jahren gearbeitet habe. Oder wir machen eine Spritztour und schauen uns die Gebäude vor Ort an.«

»Klingt gut«, sagte ich. »Ich werde mir Ihr Angebot durch den Kopf gehen lassen. Danke für Ihr Vertrauen.« Ich stand auf.

Finke erhob sich ebenfalls. Gemeinsam schlenderten wir zurück zum Festakt.

»Fühlen Sie sich nicht unter Druck gesetzt«, sagte Finke zum Abschied. »Ich fand es nur wichtig, die Karten frühzeitig auf den Tisch zu legen. Wenn man alle Möglichkeiten im Blick hat, nimmt man die Welt oft aus ganz anderen Perspektiven wahr.«

Nachdenklich ging ich zu Merles Foodtruck, wo Sophie im Kreis ihrer Freunde gerade genießerisch in eine Waffel biss.

»Gibt es Probleme?«, fragte sie kauend. »Das war doch Gustav Finke vom Bauausschuss, oder?« Sie tupfte sich den Mund mit der Serviette ab.

Janosch, Ivy, Steppke, Timon, Marlies und Judith spitzten sofort interessiert die Ohren.

»Nein, nein, alles gut. Wir haben nur kurz etwas besprochen«, sagte ich ausweichend.

Ich wollte jetzt nicht über Finkes Angebot reden. Sofort würde helle Begeisterung ausbrechen und alle würden versuchen, mich davon zu überzeugen, für immer in Prielhagen zu bleiben. Okay, Merle und Timon wahrscheinlich nicht. Für sie blieb Berlin weiterhin Lebensmittelpunkt, auch wenn sie zurzeit durchaus etwas frustriert waren. Sie suchten schon lange nach einer gemeinsamen Wohnung, aber es war unmöglich, etwas Bezahlbares zu finden. Daher genehmigten sie sich immer öfter eine Auszeit am Meer, um sich vom hektischen

Großstadtleben zu erholen. Vielleicht irgendwann für immer, wer wusste das schon.

Ich jedenfalls wusste im Moment nicht, ob ich mir auf Dauer ein Leben in Prielhagen vorstellen konnte. Ich verbrachte gerne Zeit hier und dank Sophie fühlte ich mich auch schon ein bisschen wie zu Hause. Und klar, eine romantische Kate fast direkt am Strand, das hatte schon seinen Reiz. Aber Galerien, Museen, internationale Küche, Konzerte, Flohmärkte und all die anderen Vorzüge des Großstadtlebens waren auch nicht zu verachten.

»Lingrön ist übrigens ein Arsch«, sagte Janosch in meine Gedanken hinein. »Ich hoffe, du nimmst dir seine Worte nicht zu Herzen. Es war echt daneben, was er da wieder von sich gegeben hat.«

»Ach, keine Sorge. Ich habe ein dickes Fell«, sagte ich.

»Ein wenig Nervennahrung kann trotzdem nicht schaden. Willst du mal beißen?« Sophie hielt mir ihre Waffel unter die Nase.

»Hey, ihr müsst euch doch keine Waffel teilen«, rief Merle aus ihrem Foodtruck. »Jola, du bekommst natürlich eine eigene. Welche hättest du gerne? Oder darf es lieber ein Crêpe sein? Die Joghurt-Himbeer-Füllung ist traumhaft.«

»Mmmh, da kann ich nicht widerstehen«, sagte ich.

Mit geübten Bewegungen bereitete Merle den Crêpe zu und reichte ihn mir. Er duftete fantastisch.

»Vielen Dank.« Lächelnd nahm ich ihn entgegen.

Ich wollte gerade hineinbeißen, da stellte sich Henrik neben mich.

»Oh, das sieht gut aus«, sagte er. »So einen will ich auch.«

»Kommt sofort.« Merle machte sich ans Werk.

Henrik wandte sich wieder an mich.

»Hast du nachher kurz Zeit? Ich würde gerne etwas mit dir besprechen. Es geht um die Außenanlagen.« Er schenkte mir ein strahlendes Lächeln, das mich völlig unerwartet mitten ins Herz traf.

Oder war es der intensive Blick aus seinen grünen Augen, der mich vollkommen aus dem Konzept brachte?

Ich konnte es nicht genau sagen, aber plötzlich nahm ich Henrik viel zu stark als attraktiven Mann wahr statt einfach nur als Arbeitskollegen.

»Klar, jederzeit«, presste ich hervor und biss hastig in meinen Crêpe.

»Super.« Henrik nickte mir zu und nahm von Merle den Crêpe entgegen. »Ich bin dann drüben bei Walter.« Er zeigte auf den Bauunternehmer und marschierte davon.

»Hui, wer war denn dieser gut aussehende Typ?«, fragte Sophie.

»Henrik Neuland. Landschaftsgärtner. Zuständig für die Außenanlagen«, sagte ich.

»Hey, du solltest das nicht so nüchtern runterrattern. Der hat ein Auge auf dich geworfen.« Meine Freundin grinste verschmitzt.

»Unsinn. Wie kommst du denn darauf?«

»Na, ich habe Augen im Kopf.«

»Ich finde auch, dass er dich richtig angestrahlt hat«, mischte sich Yvi ein.

Ich verdrehte die Augen. »Quatsch.«

»Kennst du ihn denn?«, fragte Sophie neugierig.

Yvi schüttelte den Kopf. »Nö. Nie gesehen. Janosch, kennst du diesen Henrik?«

»Nur vom Hörensagen. Ist ja kein Prielhagener, sondern kommt von außerhalb. Soll aber schöne Gärten machen.«

»Und bezahlbar«, mischte sich Steppke ein. »Also, sagen jedenfalls die Leute. Arbeitet er nicht für Leon? Wo ist denn unser großer Autor?« Steppke sah sich suchend um.

»Ja, Neulands Preisgestaltung ist ziemlich attraktiv«, sagte ich. »Deshalb hat er ja auch den Zuschlag bekommen.«

»Hm, ich finde, dass noch mehr an ihm ziemlich attraktiv ist.« Sophie kicherte. »Bestimmt findest du das auch bald heraus.« Sie stupste mich mit dem Ellbogen an.

»Ganz bestimmt nicht«, widersprach ich.

Dass mein Herz dabei wie wild klopfte, ignorierte ich.

7

Die meisten Leute hatten das alte Fabrikgelände verlassen und waren wieder an die Arbeit oder nach Hause gegangen. Die Touristen strömten in die Innenstadt und ans Meer, wo sie sich einen schönen Nachmittag machen würden. Einige Mitarbeiter der Stadtverwaltung räumten fleißig auf, Walter Loers wies seine Mitarbeiter in die Abrissarbeiten ein.

Ich stand neben Henriks Pick-up und wartete darauf, dass er die Pläne aus der Fahrerkabine holte. Dabei ließ ich den Blick über das Areal schweifen. Noch konnten sich die meisten Besucher nicht vorstellen, dass das triste Gelände schon in wenigen Monaten eine Oase der Ruhe und Entspannung sein würde. Lingrön hatte eine große Schautafel aufstellen lassen, die eine Visualisierung des fertigen Projekts zeigte, aber es brauchte schon eine gehörige Portion Fantasie, um sich die Tonnen von grauen Beton und die baufälligen Lagerhallen wegzudenken.

»Das ist mir jetzt echt peinlich«, sagte Henrik. »Aber

ich habe die Pläne anscheinend zu Hause liegen lassen. War heute alles ein wenig stressig.«

»Macht doch nichts. Wir können gerne ein andermal darüber sprechen. Bis zur Gestaltung der Außenanlagen dauert es ja noch ein bisschen.« Ich schaute zum Bagger, der sich gerade an einer maroden Außenwand zu schaffen machte.

Henrik folgte meinem Blick und eine Weile schauten wir schweigend Loers Bautrupp bei der brachialen Arbeit zu.

»Hm, oder … Nein, das ist wahrscheinlich eine blöde Idee«, sagte Henrik plötzlich.

»Was denn? Aus blöden Ideen entstehen oft die besten Dinge.«

»Hast du heute noch etwas vor? Ansonsten könnten wir auch zu mir fahren. Da hab ich die Pläne und auch alle Computerprogramme, damit wir die Änderungen gleich visualisieren können.«

»Klar, warum nicht. Auf mich wartet heute nur noch öder Papierkram. Den kann ich auch später erledigen.« Oder morgen, ergänzte ich in Gedanken.

»Cool. Dann mal los.«

Henrik sprang auf den Fahrersitz und startete den Motor. Ich kletterte neben ihn auf den Beifahrersitz und wir fuhren los.

»Wohnst du weit weg von Prielhagen?«, fragte ich.

»Etwa dreißig Kilometer«, sagte Henrik.

Er lenkte den Truck durch die gepflegten Straßen des Kurortes. Es herrschte frühlingshafte Unbeschwertheit. Das Wetter war warm genug, um gemütlich in einem

Café zu sitzen oder einen ausgedehnten Strandspaziergang zu unternehmen.

Lingrön hatte wie immer nicht am Etat der Stadtgärtnerei gespart und wohin man auch blickte, erfreuten bunt bestückte Blumentöpfe und Pflanzinseln das Auge. Zusammen mit dem strahlend blauen Himmel drängte sich sofort der Begriff Postkartenidylle auf.

»Prielhagen kommt mir manchmal richtig surreal vor. Wie im Märchen«, sagte ich. »Alles ist so ordentlich und friedlich und harmonisch und … Ach, ich weiß auch nicht. Irgendwie finde ich das schön, aber gleichzeitig ein bisschen gruselig.«

Henrik lachte. »Ja, so geht es mir auch. Ich mag es lieber rau und wild und weniger pittoresk.«

»Ich finde es toll, wie du Gärten planst. Ich habe mir deine Referenzen angesehen. Kein Schnickschnack, alles sehr authentisch. Das gefällt mir.«

»Danke. Ich mag es, die Dinge auf das Wesentliche zu reduzieren. Und ich finde es schade, welche Züge die moderne Gartengestaltung annimmt. Da ist von Natur oft nichts mehr übrig.«

Das Ortsschild am Straßenrand verkündete, dass wir Prielhagen nun hinter uns lassen würden. Henrik gab Gas und fuhr zügig die Landstraße entlang, die von weiten Wiesen und weidenden Schafen gesäumt war. Ab und an konnte ich einen Blick auf das Meer erhaschen, dessen Oberfläche in der Sonne glitzerte.

Es war keine aufregende Landschaft, die sich vor uns ausbreitete, aber gerade in ihrer Einfachheit lag eine beruhigende Schönheit. Matte und kräftige Grüntöne wechselten sich ab, dazu das kräftige Blau des Himmels, das diesem Tag einen feierlichen Glanz verlieh. Ich öffnete das Fenster und ließ mir die frische Luft um die Nase wehen.

»Vermisst du Berlin?«, fragte Henrik unvermittelt. »Ist ja doch eine ziemliche Umstellung.«

»Vermissen nicht direkt. Ich fahre ja immer wieder zurück. Aber ich weiß nicht, ob ich auf Dauer hier leben könnte. Ist schon ein ziemlicher Kontrast«, sagte ich.

»Ich könnte nicht in der Stadt leben. Weder in einem Kaff wie Prielhagen und noch viel weniger in einer Großstadt wie Berlin. Ich brauche Weite um mich herum. Und Seeluft.«

»Seeluft ist toll«, gab ich zu. »Wobei ich zugeben muss, dass es mich bisher immer ans mediterrane oder karibische Meer gezogen hat. Da ist es wenigstens warm.«

»Falsch. Da ist es heiß. Unerträglich heiß. Im Sommer kann man dort doch gar nicht mehr rausgehen, sondern muss in der klimatisierten Bude hocken.«

»Ich mag das.«

»Klimaanlagen?«

»Hitze«, erwiderte ich lachend.

»Ach, deswegen der Rollkragen.« Henrik klopfte mit dem Zeigefinger an seinen Hals. Er selbst trug nur ein T-Shirt.

»Unter fünfundzwanzig Grad ist für mich fast noch Winter«, sagte ich.

Sogar viele meiner kurzärmeligen Oberteile hatten einen Rollkragen. Oder ich trug ein Halstuch. Kälte konnte ich einfach nicht abhaben. Außerdem waren die Tücher ganz praktisch, um meinen schlichten Kleidungsstil ein wenig aufzupeppen. Ich trug gerne schmale Jeans und schwarze Oberteile, da kam ein Farbtupfer meistens ganz recht.

»Oh je, das werden harte Monate für dich«, sagte Henrik und lächelte. »Wenn es dich tröstet: Ich leide mit dir. Mir ist Wärme nämlich auch lieber als die norddeutsche Kälte. Aber ich lebe trotzdem gerne hier. Vor allem jetzt, wenn der Sommer nicht mehr weit ist.«

Verstohlen musterte ich ihn. Sophie hatte recht. Er war wirklich sehr attraktiv. Nicht im Sinne eines Katalogmodels. Oder wenn, dann für einen Outdoorkatalog wie Jack Wolfskin.

Er setzte den Blinker und verließ die Landstraße. Der Pick-up holperte über einen Kiesweg und schließlich sogar durch ein Stück Wald.

»Ist die kürzeste Strecke«, erklärte Henrik.

»Die kürzeste Strecke wofür?«, fragte ich. »Um eine Frau zu entführen?«

Der Duft von Moos und Kiefern drang ins Auto. Die Gegend wirkte ziemlich verlassen.

»Oh, dafür gibt es bessere Orte«, sagte Henrik. »Kann ich dir bei Gelegenheit gerne mal zeigen.« Er zwinkerte mir zu.

Flirtete er etwa mit mir? Selbst wenn es so sein sollte, beschloss ich, nicht darauf einzugehen. Nicht, weil mir Henrik nicht gefiel. Sondern vielmehr, weil ich mir mit Ingo dermaßen die Finger verbrannt hatte, dass ich von Männern erst mal Abstand halten wollte.

Dieses Projekt in Prielhagen war ein wichtiger Karriereschritt für mich. Es war nicht leicht, als selbstständige Architektin an große Aufträge zu gelangen. Die Sanierung des alten Fabrikgeländes war ein absoluter

Glücksfall. Nach meinem Ausscheiden aus Ingos Büro hatte ich mich bisher mit der Planung von kleinen Anbauten oder Garagen über Wasser gehalten. Aber auf Dauer würde ich damit auf keinen grünen Zweig kommen.

Der Wald lichtete sich und Henrik lenkte den Wagen wieder auf eine schmale asphaltierte Straße. Mittlerweile hatten wir Prielhagen schon eine ganze Weile hinter uns gelassen und damit auch jede touristische Infrastruktur. Es gab keine mit Blumen geschmückten Bänke mehr, um den Blick aufs Meer zu genießen, keine Infotafeln und keine hübsch angelegten Spazierwege.

Hier war einfach nur Natur in ihrer ursprünglichen Form. Zwei Rehe hüpften vor uns über die Straße, am Wegesrand wucherten Sanddornbüsche, Wiesen und Äcker wechselten sich ab. Henrik fuhr im Schritttempo.

»Wo zwei Rehe sind, sind oft noch mehr«, sagte er.

Ein großes Gehöft sprang mir ins Auge, eine prächtige Anlage, die wie ein Gutshof anmutete. Ein Gutshof allerdings, der die besten Jahre bereits hinter sich hatte. Je näher wir dem Hof kamen, desto heruntergekommener und verlassener wirkte das Objekt. Das Reetdach saß wie ein zerrupfter Strohhut auf dem großen Haus, die blau lackierten Fensterläden hingen brüchig und schief in den Scharnieren, teilweise fehlten sie ganz. Der mit teurem Muschelkalk gepflasterte Hof war mit kniehohem Unkraut überwuchert, von der Fassade des Hauses bröckelte der Putz.

»Ein Juwel im Dornröschenschlaf«, murmelte ich.

»Du bist nicht die Erste, der das auffällt«, sagte Henrik. »Aber der Benk denkt nicht daran, zu verkaufen.

Sie haben ihm horrende Summen geboten, aber er lehnt jedes Angebot ab.«

»Das Anwesen ist bewohnt?«, fragte ich ungläubig.

»Ja, zumindest ein kleiner Teil davon. Der Benk beschränkt sich auf Küche und Badezimmer. Schlafen tut er auf einer Holzbank unter dem Fenster.« Henrik verlangsamte das Tempo noch mehr, sodass ich den Gutshof in Ruhe betrachten konnte.

»Hört sich traurig an«, sagte ich und ließ den Blick schweifen.

Eine morbide Schönheit ging von der Kulisse aus. Die Haustür war von einem vertrockneten Rosenbusch umrankt, auf den Fensterbrettern standen halb verfaulte Blumenkästen aus Holz. Wie schön musste die Fassade unter der üppig blühenden Blumenpracht einst ausgesehen haben.

»Es *ist* traurig. Angeblich war Hans Benk nicht immer so. Aber ich kenne ihn nicht anders. Ab und zu bringe ich ihm etwas zu Essen vorbei, aber ich weiß nicht, ob er das überhaupt anrührt. Er ist klapperdürr und bleich wie ein Gespenst.« Henrik trat aufs Gas und wir ließen das Geisterhaus hinter uns.

»Und du? Lebst du schon immer hier?«, fragte ich.

»Nein.« Er schüttelte den Kopf.

Ich dachte, dass seiner Antwort noch eine Erklärung folgen würde, aber das tat es nicht. Also beließ ich es dabei.

Henrik setzte den Blinker und bog auf eine von prächtigen Buchen gesäumte Zufahrt ab. Ein Schild mit der Aufschrift »Neuland Garten- und Landschaftsbau« verriet mir, dass wir sein Zuhause erreicht hatten.

Neugierig schaute ich mich um. Für einen Menschen, der sein Geld mit Gärten verdiente, kam das eigene Areal höchst unspektakulär daher. Keine kunstvoll angelegten Beete, getrimmte Hecken als Einfassungen oder Granitsäulen zur Dekoration zierten die schlichten Rasenflächen. Dafür gab es einzelne hochgewachsene Bäume mit weit ausladenden Kronen, wilde Staudenbeete und einen kleinen Teich.

Der Anblick löste eine tiefe Ruhe in mir aus. Was auf den ersten Blick so unscheinbar wirkte, offenbarte bei eingehender Betrachtung erst die meisterhafte Komposition der einzelnen Elemente. Das Gelände war nicht überfrachtet, jede Pflanze hatte den Raum, den sie brauchte, um sich zu entfalten und zu wirken.

»Schön hast du es hier«, sagte ich. »Es sieht aus, als hätte die Natur diesen Garten entworfen, als würde alles genau dort wachsen, wo es wachsen muss.«

»Du wirst lachen, aber genau so ist es auch. Ich halte nichts davon, der Natur meinen Plan aufzudrängen. Das führt nur zu Frust und einem ständigen Kampf. Besser ist es, auf ihre Stimme zu hören und ihre Bedürfnisse zu berücksichtigen. Dann ist die Gartenarbeit auch keine Arbeit, sondern Erholung.«

»Meine Mutter würde dir sofort begeistert zustimmen. Für sie gibt es nichts Schöneres, als den ganzen Tag in der Erde zu wühlen. Ich glaube, sie war in einem vorherigen Leben ein Maulwurf.«

»Dann hast du die schwarzen Haare von ihr?«, fragte Henrik grinsend.

Er fuhr am Wohnhaus und der Garage vorbei und parkte den Pick-up vor einer großen Scheune, an der

sich Waldreben, Wein- und Rosensträucher empor-
rankten.

Ich musste lachen. »Nein. Meine Eltern sind blond.
Mein Bruder auch. Es geht das Gerücht um, dass ich im
Krankenhaus vertauscht wurde.«

»Deine Eltern sind bestimmt mächtig stolz auf dich.
Es ist eine Leistung, sich so einen großen Auftrag zu
angeln.« Henrik sprang aus dem Auto.

»Na, aber das hier ist auch nicht schlecht.« Ich
machte eine umfassende Handbewegung, die Hof,
Gebäude und Freiflächen einschloss. »Da brauchen sich
die Eltern auch nicht gerade für ihren Sohn zu schämen.«
Ich zwinkerte Henrik zu.

»Meine Eltern sind tot.«

»Oh.« Ich schluckte. »Das tut mir leid.«

»Schon gut. Konntest du ja nicht wissen. Gehen wir
rein?«

8

Henrik führte mich in einen modernen Anbau aus Holz und Glas, der geschickt an das Haupthaus – ein altes Reetdachgebäude im typischen Stil der Umgebung – angefügt worden war.

Das Arrangement ließ mein Architektinnenherz höherschlagen. Ich mochte es, wenn Alt und Neu eine Verbindung eingingen und unterschiedliche Stile miteinander kombiniert wurden. Das machte Gebäude einzigartig.

»Sehr schön hast du es hier«, sagte ich.

Neugierig schaute ich mich in Henriks Büro um. Alles war schlicht gehalten – die Einrichtung, die Farben, die Dekoration. Sofort erfüllte mich auch hier beim Anblick eine angenehme Ruhe, genau wie beim Außenbereich.

Henrik schien ein Mensch zu sein, der Klarheit und Qualität mochte. Weniger war mehr in seinem Zuhause. Das passte auch zu seiner Persönlichkeit, auf jeden Fall, soweit ich ihn bisher kennengelernt hatte. Charaktereigenschaften, die mir sehr entgegenkamen, weil ich ähnlich empfand.

»Nun, mit deiner Einschätzung gehörst du zu den etwa fünfzig Prozent Befürwortern des Anbaus. Die andere Hälfte verurteilt ihn aufs Äußerste und findet es ketzerisch, das alte Haus damit zu verschandeln.«

»Ach, so ist es doch immer. Man kann es nie allen recht machen. Hast du den Anbau selbst entworfen?« Mein Blick glitt zu einem großen Besprechungstisch, auf dem sich die Pläne für Gartenanlagen stapelten.

»Nein, Häuser sind nicht mein Metier. Gustav Finke hat die Planung und Ausführung übernommen. Schade, dass er aufhört. Er hat einige der schönsten Gebäude und Sanierungen in der Region zu verantworten.«

»Und du hast die Gärten dazu konzipiert?«, fragte ich.

»Ja, wir haben ein paarmal zusammengearbeitet. Er ist ein angenehmer Geschäftspartner.« Henrik bot mir einen Stuhl an und startete den Computer. »Also, das ist der ursprüngliche Plan.« Er zog mit sicherem Griff den gewünschten Entwurf aus dem Stapel vom Besprechungstisch und breitete ihn vor mir aus.

Dabei berührten sich kurz unsere Arme und sein Duft streifte meine Nase. Eine Mischung aus Aftershave, Holz, Erde und eine Prise Meersalz. Sehr angenehm.

»Ich habe mir gedacht, dass wir folgende Änderungen vornehmen könnten.« Henrik klickte den neuen Plan am Computer an. »Wir nehmen hier etwas Fläche vom Parkplatz, die wir dafür ein Stück weiter hinten anfügen. Diese drei Meter ermöglichen mir eine viel effizientere Gestaltung der Wegführung zum See und zum Gemeinschaftsgarten. Was hältst du davon?« Henrik zeigte mir die entsprechenden Stellen in beiden Plänen.

»Das ist genial«, sagte ich nach eingehender Betrachtung. »Warum bin ich da nicht selbst draufgekommen? Die Gestaltung wird dadurch viel harmonischer.«

»Genau. Und das ohne finanziellen Mehraufwand.« Henrik klickte auf die Kalkulation und eine Tabelle erschien.

»Warte, ich habe da noch eine Idee. Holst du bitte den Plan zurück auf den Bildschirm? Und hast du Stift und Zettel für mich?«

Henrik reichte mir einen Block samt Bleistift und klickte die Tabellenkalkulation weg. Ich warf einen Blick auf den Plan und skizzierte dann mit schnellen Strichen meine Idee auf dem Papier.

»Wenn wir die Einfahrt um zwei Meter versetzen und die Bepflanzung hier etwas verbreitern, entsteht noch mal ein separater Bereich. Zum Beispiel ein Lesezimmer mitten in der Natur. Geschwungene Liegen aus Holz würden sich gut darin machen. Oder eine Hollywood-schaukel.«

»Ja, das hat was. Wir könnten in die Bepflanzung einen öffentlichen Bücherschrank integrieren. Darf ich?« Henrik nahm mir den Stift aus der Hand.

Wieder berührten sich unsere Hände. Wieder nahm ich seinen unvergleichlichen Duft wahr. Ein flüchtiges Lächeln huschte über Henriks Gesicht, bevor er zu zeichnen begann. Ich senkte den Blick und folgte den Linien, die seine Idee nach und nach sichtbar machten.

Wir arbeiteten gut zusammen, ergänzten uns in unserem Denken und unseren Vorstellungen. Nach und nach nahm der neue Plan Gestalt an. Als Henrik den Druckauftrag an den Plotter im Nebenraum schickte, stellte ich erstaunt fest, dass über drei Stunden vergangen waren.

Verflogen, besser gesagt. So ging es mir oft, wenn ich ganz in die Arbeit vertieft war. Aber nur selten, wenn andere Leute dabei anwesend waren. Zwischen Henrik und mir stimmte anscheinend die Chemie. Ein gutes Zeichen, schließlich würden wir noch eine ganze Weile miteinander auskommen müssen.

Henrik kam mit dem ausgedruckten Plan zurück ins Büro.

»Was hältst du davon, wenn wir rübergehen und ich uns einen Kaffee mache? Dann können wir uns das gute Stück noch mal in aller Ruhe ansehen.«

»Gute Idee. Ich ruf nur vorher schnell Steppke an, damit er mich abholt.«

»Brauchst du nicht. Ich fahr dich natürlich wieder zurück.«

»Nein, ich will dir keine Umstände machen«, sagte ich. »Bestimmt wartet noch jede Menge Arbeit auf dich.«

Ich holte mein Handy aus der Tasche und wählte Steppkes Nummer. Es würde einige Zeit dauern, bis er mit seiner gelben Lieferwagenente von Prielhagen hier rausgetuckert war. Uns blieb also genug Zeit für eine Tasse Kaffee und einen Blick auf den neuen Plan. Und ich konnte mich vielleicht ein wenig in Henriks Haus umsehen. Alte Berufskrankheit. Ich liebte es einfach, zu entdecken, wie andere Menschen wohnten.

Steppke meldete sich schon nach dem zweiten Klingelton. Wie immer klang er freundlich und stets zu

Diensten. Ich erklärte ihm, wo ich war, und fragte, ob er mich abholen könnte.

»Das ist ja ein Zufall«, sagte Steppke. »Ich bin gerade beim Benk und liefere ihm seinen monatlichen Vorrat an Konserven. Sein Hof ist direkt ums Eck. Wollte gleich wieder zurück nach Prielhagen fahren. Bin in fünf Minuten bei dir.«

»Okay«, sagte ich überrascht. »Ähm, super. Dann bis gleich.« Ich steckte das Handy zurück in die Tasche und schaute Henrik schuldbewusst an.

»Steppke ist gerade in der Gegend. Aus dem Kaffee wird leider nichts.«

»Schade. Aber kann man nichts machen«, sagte Henrik.

Falls er enttäuscht war, ließ er es sich nicht anmerken. Auch ich zwang mich zu einem heiteren Lächeln beim Abschied, obwohl ich gerne noch geblieben wäre.

9

Steppke ratterte gemütlich die Landstraße entlang, einen fröhlichen Song pfeifend. Wie schafft es dieser Kerl nur, immer so gute Laune zu haben?, dachte ich neidvoll.

»Dieser Benk scheint ja ein sehr spezieller Mensch zu sein«, sagte ich.

»Ja. Das ist wahr.« Steppke kratzte sich am Kinn und schien nach den richtigen Worten zu suchen. Schließlich sprach er weiter. »Hans ist ein guter Kerl. Er war nicht immer so seltsam.«

»Weißt du, was passiert ist?«, fragte ich.

»Nein, nicht wirklich. Niemand weiß das. Seine Mutter, die alte Minna Benk, ist vor vierunddreißig Jahren gestorben. Und von diesem Tag an war er nicht mehr derselbe.«

»Der Tod der Mutter ist ein einschneidendes Erlebnis«, sagte ich nachdenklich.

Meine Eltern waren bereits beide über siebzig. Sie erfreuten sich noch guter Gesundheit, von den üblichen Alterswehwehchen einmal abgesehen. Trotzdem ertappte ich mich immer häufiger dabei, dass ich mir Sorgen über ihren Tod machte. Wie auch nicht, wo immer mehr meiner Freunde ihre Eltern verloren.

»Ja, das ist es«, sagte Steppke. »Aber irgendwie muss da mehr dahinterstecken. Ist aber nur ein Gefühl. Sagen tut er ja nichts.« Er zuckte mit den Schultern.

»Wer weiß, welche Dämonen ihn quälen. Mann kann nicht reinschauen in die Leute.«

»Da hast du absolut recht«, stimmte mir Steppke zu.

Wir fuhren eine Zeit schweigend dahin. Ich schaute auf die vorbeiziehende Frühlingslandschaft und hing meinen Gedanken nach. Konnte ich sagen, dass ich meinen Eltern nahestand? Wir waren sehr unterschiedlich und während meiner Kindheit und Jugend hatte ich oft das Gefühl gehabt, dass meine Eltern mitsamt meinem Bruder Ivo eine undurchdringbare Front bildeten.

Ivo war so ganz anders als ich. Er kam schon als kleiner Spießer mit Seitenscheitel auf die Welt und war bereits als Dreijähriger schrecklich neunmalklug. Diese Besserwisserei hatte er bis heute nicht abgelegt, aber zum Glück war er Lehrer geworden, da konnte er diesen Wesenszug ganz gut ausleben.

Genau wie meine Eltern war Ivo altmodisch, bevorzugte Möbel in Eiche rustikal und blieb selten länger als zehn Uhr abends wach. In meiner Jugend war ich oft genervt von ihm gewesen – und er von mir – aber nachdem wir beide von zu Hause ausgezogen waren, hatte sich unsere Beziehung sehr zum Positiven verändert. Ivo gehörte auf jeden Fall zu den wichtigsten Menschen in meinem Leben.

Und auch meine Eltern standen in jeder noch so

schwierigen Lebenslage hinter mir, auch wenn sie sich immer einen etwas konservativeren Lebensentwurf für mich gewünscht hätten.

Doch, ich konnte mit Überzeugung sagen, dass unsere Familie trotz aller Unterschiede eine starke Einheit bildete.

Das Klingeln meines Handys riss mich aus meinen Gedanken. Es war Walter Loers, der Bauunternehmer.

»Hallo Walter, was gibt's? Ich hoffe, du bist nicht auf eine keltische Siedlung gestoßen«, scherzte ich.

Das war nämlich stets die große Unbekannte bei solchen Bauprojekten: Man wusste vorher nie, was der Bagger ans Tageslicht brachte.

»Schlimmer«, sagte Loers.

Ich hörte bereits an seiner Stimme, dass es wirklich ernst war.

»Wie schlimm?«

»Vor mir liegt ein Schädel. Und er ist definitiv von einem Menschen.«

»Shit.«

»Kannste laut sagen.«

»Vielleicht ist er aus Plastik?«, sagte ich wenig überzeugt.

»Meines Wissens wurde der Grundstein für die Fabrik direkt nach dem Krieg im Sommer 1945 gelegt. Ich weiß nicht, ob die Leute damals Kunststoffskelete vergraben haben.« Loers schluckte hörbar.

Ich ahnte, worauf er hinauswollte.

»Du glaubst, da liegen noch mehr?«, fragte ich heiser.

»Ich weiß es nicht. Aber es ist nicht auszuschließen, oder?«

Ich schnaufte. Mein erstes Großprojekt. Und jetzt das.

»Wer weiß schon Bescheid?«, fragte ich.

»Haben den Schädel gerade erst gefunden. Du bist die Erste.«

»Okay, ich bin in ein paar Minuten auf der Baustelle. Wir müssen die Polizei rufen. Und Lingrön benachrichtigen.«

»Sollen wir weiter baggern, Chef?«, hörte ich eine Stimme aus dem Hintergrund.

»Nein!«, rief ich entsetzt.

»Ich regle das«, sagte Loers und drückte mich weg.

Kraftlos ließ ich den Kopf gegen die Rückenlehne sinken. So ein Mist!

10

»Kein Wort zu niemanden«, bläute ich Steppke ein, als ich auf der Baustelle aus dem Wagen hüpfte.

Ich musste mir erst einmal einen Überblick verschaffen und wollte nicht innerhalb von zehn Minuten die halbe Stadt samt Presse, Radio und Fernsehen auf dem Fabrikgelände haben.

»Aye, aye Sir.« Er hielt sich grinsend die Hand an die Stirn.

»Danke.« Ich drückte ihm fünfzig Euro in die Hand und nahm die Quittung entgegen.

»Ehrensache.« Er blinzelte mir verschwörerisch zu.

Ich klopfte zum Abschied aufs Autodach und winkte ihm zu. Steppke redete viel und gerne. Aber das Gute an ihm war: Er wusste, wann er denn Mund halten musste.

Mit hastigen Schritten eilte ich zu Loers. Seine Leute lehnten am Bagger. Daniel rauchte, Erich daddelte am Handy. Loers stand mit verschränkten Armen dazwischen und starrte auf den Boden.

Ich grüßte in die Runde.

»Ist das alles oder habt ihr noch mehr?« Ich deutete auf den mit Erdklumpen verdreckten Schädel in der Baggerschaufel.

»Nee, bisher nur den Schädel«, sagte Loers. »Haben sofort aufgehört, aber wenn man in die Grube guckt, schaut es schon so aus, als würden da Knochen liegen.«

Ich ging zum Aushub, kniff die Augen zusammen und schaute in die Baugrube hinunter.

»Ja, sieht tatsächlich so aus.« Da schimmerte etwas Elfenbeinfarbenes unter einer bröseligen Schicht Erde.

Ich ging zurück zur Baggerschaufel und begutachtete den Schädel. Also, das, was man trotz des anhaftenden Drecks erkennen konnte. Mit gebührendem Abstand deutete ich auf das, was einmal der Hinterkopf gewesen war.

»Kommt das Loch vom Bagger?«, fragte ich.

»Nee, das war schon«, sagte Loers. »Daniel ist mein bester Mann. Der hat sofort gemerkt, dass da was nicht stimmt.«

»Okay. Ich bin keine Gerichtsmedizinerin, aber ich könnte mir vorstellen, dass das kein natürlicher Tod war. Allerdings habe ich keine Ahnung, was mit Knochen passiert, die so lange unter der Erde liegen. Vielleicht entstehen da Löcher und Risse.«

»Genau genommen wissen wir nicht, wie lange sie da liegen«, sagte Erich. »Können ja auch erst ein paar Jahre sein.«

»Dann hätten wir aber Änderungen an der Bausubstanz sehen müssen, die nachträglich vorgenommen worden waren. Haben wir aber nicht«, sagte Loers. »Das, was Daniel da abgetragen hat, stand schon seit der

Grundsteinlegung der Fabrik. Wie soll da später eine Leiche drunter kommen?«

»Hm, stimmt auch wieder. Also, hier steht, dass die Verwesungsdauer eines Körpers von der Bodenbeschaffenheit abhängt. In sauren und sandigen Böden dauert es zwanzig Jahre, in lehmhaltigen Böden vierzig Jahre«, las Erich vom Handydisplay ab. »Aber in unserem Fall wären es ja schon fast achtzig Jahre.«

»Egal, wie lange das Skelett schon hier liegt, wir müssen die Polizei verständigen.« Ich zückte mein Handy.

»Erst Lingrön«, sagte Loers. »Sonst gibt das Ärger.«

Ich verdrehte die Augen. Nicht weil ich genervt war, dass Loers mich darauf hinwies – er hatte völlig recht mit seinem Einwand. Nein, ich war genervt von der Vorstellung, was Lingrön für ein Theater aus der ganzen Sache machen würde.

Mit knirschenden Zähnen wählte ich die Nummer des Kurdirektors und erzählte ihm, was los war.

»Keine Polizei, bis ich vor Ort bin«, blaffte er in den Hörer und legte auf.

Na toll. Genau, wie ich es mir gedacht hatte.

»Wir sollen auf ihn warten«, sagte ich zu den anderen.

»War ja klar«, brummte Loers.

»Also, hier steht auch, dass das dann kein Fall für den normalen Erkennungsdienst ist, sondern für eine Cold Case Einheit. Oder für die Archäologen.« Erich tippte zur Bekräftigung auf sein Handydisplay.

»Ach, Erich, halt die Klappe. Die werden schon selber wissen, was sie mit den alten Knochen machen. Hauptsache, wir können bald wieder an die Arbeit«, brummte der Baggerfahrer.

»Nur die Ruhe, Jungs. Auf einen Tag hin oder her kommt es jetzt doch nicht an«, versuchte Loers, seine Arbeiter zu beschwichtigen.

Aber ich konnte an den Sorgenfalten in seinem Gesicht ablesen, dass ihm sehr wohl die drohende Gefahr bewusst war. Es war durchaus möglich, dass die Beamten die Baustelle bis auf Weiteres stilllegen würden. Und das konnte auf alle am Projekt beteiligten Gewerke verheerende Auswirkungen haben und die monatelange Planung zunichtemachen.

In unser bedrücktes Schweigen hinein kam Lingrön angerauscht. Mit wehendem Trenchcoat sprang er von seinem E-Scooter und eilte zu uns.

»Ich hoffe, hier hat noch niemand die Polizei gerufen?« Er schaute jedem von uns ins Gesicht.

Wut stieg in mir auf. Was sollte das? Wir waren keine kleinen Kinder, die Unfug gebaut hatten, wofür er als unser Erziehungsberechtigter nun geradestehen musste.

»Nein. Wir haben auf dich gewartet, Ludger«, sagte Loers. »Wie befohlen.«

»Das ist gut so.« Der Kurdirektor ignorierte den Seitenhieb. Vielleicht nahm er ihn auch gar nicht wahr. »Wo ist das scheußliche Ding?«

»In der Baggerschaufel.«

Lingrön stapfte los, zog eine Plastiktüte aus der Manteltasche und steckte den Schädel mit spitzen Fingern hinein.

»Hey, das geht doch nicht. Du könntest Spuren verwischen«, sagte ich.

Lingrön verdrehte die Augen. »Spuren? Das Ding hat jahrzehntelang unter der Erde gelegen. Frag mal all die Würmer und Insekten, die sich daran zu schaffen gemacht haben, ob sie darauf geachtet haben, keine Spuren zu vernichten.«

»Das ist doch etwas ganz anderes«, sagte ich.

»Ach ja? Ich dachte, du bist Architektin, nicht Forensikerin. Sollte ich mich getäuscht haben und die falsche Person für das Projekt engagiert haben?« Lingrön funkelte mich wütend an.

»Ludger, was hast du denn jetzt vor?«, fragte Loers.

Ich warf dem Bauunternehmer einen dankbaren Blick zu. Lingrön hätte sonst sicherlich weiter herumgestichelt und sich in die Sache hineingesteigert. Am Schluss wäre ich noch meinen Auftrag losgewesen.

»Ich fahre jetzt zu einer Expertin. Die kennt sich mit so etwas aus. Und bevor wir nicht wissen, ob das ein echter Schädel ist, machen wir gar nichts.«

»Gar nichts? Sollen wir nicht lieber weiterarbeiten?«, fragte Daniel.

»Ja, warum nicht. Zeit ist Geld«, sagte Lingrön. »Gibt ja noch genug zu baggern.«

»Nein.« Ich verschränkte die Arme vor der Brust. »Wenn wir die Polizei rufen und die sehen, dass nach dem Fund weitergearbeitet wurde, kommen wir in Teufelsküche.«

»Und woher sollen die wissen, was vor und nach dem Fund gebaggert wurde?«, sagte Lingrön herablassend.

»Na, ganz einfach: Wenn noch so ein Schädel auftaucht, haben wir ein Problem«, sagte Loers.

»Hm.« Lingrön schaute doof aus der Wäsche.

»Wir müssen sofort die Polizei rufen«, sagte ich.

»Ja, so steht das auch im Internet, wenn man ›Skelett Baustelle‹ eingibt«, sagte Erich.

»Nix da. Jetzt finden wir erst mal raus, ob das Ding echt ist.« Lingrön wackelte mit der Plastiktüte in seiner Hand. »Dann sehen wir weiter.«

»Ich …«, setzte ich zu einer Widerrede an, doch Lingrön erstickte den Einspruch sofort im Keim.

»Prielhagen ist meine Stadt. Dieses Projekt hier wird sehr zu unserem Prestige und Ansehen in der Region beitragen. Glaubst du ernsthaft, das lasse ich mir von so einem Klapperkopf madig machen? Die legen uns hier die Baustelle für Wochen lahm und wühlen sinnlos im Dreck, nur damit noch ein paar alte Scherben ans Licht kommen. Wozu soll das gut sein?«, ereiferte sich Lingrön.

»Na ja, es könnte ja auch ein Mordopfer sein und die Angehörigen warten seit Jahrzehnten darauf, dass das Verbrechen endlich aufgeklärt wird«, warf Erich ein.

»Also, so wie dieser Schädel aussieht – angenommen, er ist echt – liegen die Verwandten auch schon ein paar Jährchen unter der Erde. Außerdem ist mir kein unaufgeklärtes Verbrechen in Prielhagen bekannt. Und jetzt entschuldigt mich.« Lingrön nickte uns zu und hetzte zu seinem E-Scooter.

»Und was machen wir jetzt, Chef?«, fragten Daniel und Erich im Chor.

»Feierabend. Wir machen Feierabend für heute«, sagte Loers und tippte sich mit dem Zeigefinger an die Stirn. »Morgen wissen wir hoffentlich mehr.«

11

»Du hast nicht die Polizei gerufen?«, fragte mich Sophie entsetzt.

»Nein. Du hättest Lingrön erleben sollen. Der nimmt mir noch den Auftrag weg.« Frustriert steckte ich mir ein Stück Kuchen in den Mund.

Ich fand es ja selbst nicht gut, dass ich gegen meine Überzeugung gehandelt und den Anruf bei der Polizei unterlassen hatte.

»Das kann er doch gar nicht. Immerhin habt ihr einen Vertrag«, sagte Sophie. »Schmeckt dir der Kuchen? Ist ein ganz neues Rezept. Haben Pia und ich gemeinsam entwickelt.«

Schuldbewusst presste ich die Lippen zusammen. Ich hatte den Kuchen nur zur Stressbewältigung benutzt und gar nicht auf den Geschmack geachtet.

»Ja, äh, sehr gut«, nuschelte ich.

»Nicht zu süß?«

»Nein, genau richtig.«

Ein breites Grinsen erschien auf dem Gesicht meiner Freundin. »Ich finde ihn auch perfekt. Aber zurück zur Leiche. Die liegt jetzt da einfach rum, oder wie?«

»Na ja, genau genommen ist es keine Leiche, sondern ein Skelett, das achtzig Jahre oder älter ist. Ich denke, auf einen Tag mehr oder weniger kommt es jetzt auch nicht mehr an.« Ich lehnte mich zurück und zog meine Beine auf die Eckbank.

»Du wirkst erschöpft«, sagte Sophie. »Warst du den ganzen Tag auf der Baustelle?«

»Nein. Ich war zwischendurch bei Henrik. Wir haben an den Plänen der Außenanlagen gearbeitet.«

»Hah, wusst' ich's doch, dass er ein Auge auf dich geworfen hat.« Sophie klopfte sich auf den Schenkel.

»Nein, hat er nicht. Wie gesagt, wir haben zusammen an der Optimierung der Außenanlagen getüftelt.«

»Bei ihm zu Hause?« Meine Freundin zog die Augenbrauen hoch.

Ich stöhnte. »In seinem Büro.«

»Das sich bei ihm zu Hause befindet.«

»Ja, schon.«

»Uuuund?«

»Was und?«

»Na, wie ist er so?« Sophie sah mich neugierig an.

»Nett.«

»Du bist schrecklich.« Sophie schnaufte. »Man muss dir jedes Wort aus der Nase ziehen. Ich sag dir was: Ich heize jetzt im Wohnzimmer den Kamin an, du machst uns eine schöne Kanne Tee und dann kuscheln wir uns auf die Couch und du erzählst mir jedes Detail.«

»Da gibt es nichts zu erzählen«, sagte ich.

»Oh doch. Wir sehen uns im Wohnzimmer!«

Meine Freundin sprang auf und tänzelte aus der Küche, ich rappelte mich mühsam hoch und setzte Teewasser auf. Für mich selbst schüttete ich Kaffeepulver in die Maschine. Jetzt, wo ich meine gemütliche Ecke verlassen hatte, musste ich Sophie recht geben: Es war tatsächlich ein wenig kühl geworden.

Unweigerlich musste ich an das Skelett auf der Baustelle denken, das so viele Jahre in der kalten Erde gelegen hatte. Wer war die Person? Wurde sie vermisst? Oder lag ihr Tod tatsächlich schon so lange zurück, dass es niemanden mehr kümmerte?

Nachdenklich löffelte ich die Kräutermischung in das Teesieb und goss heißes Wasser in die Kanne. Wäre es nicht doch meine Pflicht, sofort die Polizei zu rufen?

Morgen, nahm ich mir vor. Egal, was sich Lingrön auch einfallen ließ und womit er mir drohte, morgen würde ich die Polizei über den Fund informieren.

Ich nahm zwei Tassen aus dem Regal und stellte sie mit der Teekanne und der Kaffeekanne auf ein Tablett. Im Wohnzimmer prasselte bereits behaglich das Feuer im Kamin und verbreitete eine angenehme Wärme. Sophie hauchte einen Kuss ins Handy und steckte das Gerät zurück in ihre Tasche.

»Elias?«, fragte ich grinsend.

»Mhm.« Sie lächelte verträumt. »Er kommt am Freitag. Endlich. Aber lass uns nicht über Elias reden. Henrik ist viel interessanter.« Sophie ließ sich auf die Couch fallen.

»Weil ich recht habe.« Sophie zeigte mit dem Finger auf mich und prustete los.

Kopfschüttelnd stimmte ich mit ein. Schließlich saßen wir auf der Couch und lachten und lachten, obwohl ich eigentlich gar nicht wusste, was so lustig war. Ich wusste nur: Es fühlte sich verdammt gut an, einfach nur albern zu sein. Ein Hoch auf die Freundschaft!

12

Sophie und ich waren früh zu Bett gegangen. Sie musste morgen mit den Hühnern aufstehen und ich dachte, dass mir ein wenig Ruhe vor dem Sturm auch nicht schaden konnte. Nun wälzte ich mich allerdings unruhig im Bett hin und her und musste zugeben, dass einundzwanzig Uhr für eine Nachteule wie mich vielleicht doch nicht die passende Schlafenszeit darstellte.

Außerdem tauchte ständig das Skelett auf der Baustelle in meinen Gedanken auf. Wäre Lingrön so dreist und würde es in einer Nacht- und Nebelaktion verschwinden lassen? Zuzutrauen wäre es ihm. Vielleicht sollte ich einen kleinen Spaziergang machen und nach dem Rechten sehen. Schlafen konnte ich sowieso nicht.

Leise schlüpfte ich in meine Klamotten, griff nach dem Handy auf meinem Nachttisch und schlich im Dunkeln die Treppe hinunter. Auf keinen Fall wollte ich Sophie aufwecken. Zum Glück kannte ich mich mittlerweile so gut im Haus aus, dass ich mögliche Stolpersteine auch blind umschiffen konnte.

Ich schaffte es, das Haus ohne Gepolter und Getöse zu verlassen, und atmete draußen erst einmal tief durch.

Diese Meerluft hatte einfach was. Es war ein absoluter Glücksfall, dass Sophie und Elias dieses Haus hatten kaufen können. Auch wenn sie den Kredit viele Jahre lang abstottern mussten – sie brauchten nur die Haustür aufzumachen, ein paar Schritte zu gehen, und schon standen sie am Ostseestrand. Ein Traum!

Obwohl es dunkel war, wählte ich den Weg am Strand entlang zur Baustelle. Das war zwar ein Umweg, aber ein sehr schöner. Der Mond tauchte den Strand in fahles Licht, die Wellen rauschten, ansonsten war es still. Ich blieb stehen und betrachtete die Reflexionen des Mondlichts auf der Wasseroberfläche. Mein Handy vibrierte in der Tasche und störte den friedlichen Moment. Erst wollte ich es stecken lassen und einfach meine nächtliche Wanderung genießen, aber dann war ich doch neugierig.

Eine Mail von Henrik. Er hatte mir die neuen Pläne inklusive aktualisierter Kostenrechnung geschickt. Anscheinend war er auch ein Workaholic. Und vielleicht hatte Sophie recht und er hatte tatsächlich keine Frau. Denn diese hätte ihn doch schon lange vom Schreibtisch weggelockt, oder?

Ich tippte schnell ein Dankeschön per WhatsApp.

Prompt kam eine Antwort.

Ich muss mich bedanken. Fand die
Zusammenarbeit heute sehr schön.

Ein Lächeln huschte auf mein Gesicht. Noch

während ich überlegte, was ich antworten sollte, klingelte mein Handy. Henrik.

»Hi!« Oh je, meine Stimme klang viel zu aufgeregt.

»Hallo Jola. Sorry, dass ich so spät noch störe. Es ist nur, also …«, druckste Henrik herum und räusperte sich. »Ich hoffe, die Nachricht gerade eben war nicht übergriffig. Es sollte sich nicht anhören wie eine billige Anmache oder so. Ich fand wirklich das Arbeiten mit dir toll. Also, rein fachlich.«

»Schon klar«, sagte ich. »Anders habe ich es auch nicht verstanden.«

»Puh, dann bin ich froh.« Henrik atmete erleichtert auf. »Sag mal, bist du draußen? Am Meer? Es rauscht so.«

»Ja, kleiner Abendspaziergang.«

»Oh, störe ich?«

»Nein, nein. Ich bin allein.«

»Ist irgendetwas?«

»Nein, was soll sein?«

»Ich weiß nicht. Du klingst ein wenig gestresst.«

»Alles gut.«

»Ich will ja nicht aufdringlich sein, aber ich bin ein guter Zuhörer«, sagte Henrik. »Und wenn es um das alte Fabrikgelände geht, ist dein Stress auch irgendwie mein Stress. Ich hänge in dem Projekt schließlich mit drin.«

Henrik hatte recht. Außerdem würde ich morgen sowieso die Polizei informieren und dann wüsste innerhalb kürzester Zeit ganz Prielhagen samt Umland Bescheid.

»Sie haben auf der Baustelle ein Skelett gefunden. Besser gesagt einen Schädel. Der Rest liegt noch unter der Erde, weil Daniel sofort aufgehört hat zu baggern.«

»Einen echten Schädel?«

»Ja, ich denke schon. Also, ich bin keine Expertin, aber er sah ziemlich echt aus.« Ich verließ das Ufer der Ostsee und stapfte durch den Sand Richtung Straße.

»Mist. Das kann zu langwierigen Verzögerungen führen.«

»Ich weiß. Und Lingrön weiß es auch. Deswegen gehe ich jetzt zur Baustelle und vergewissere mich, dass er nicht zu unlauteren Mitteln greift.«

»Du meinst, er will das Skelett beseitigen?«

»Ich würde es ihm zutrauen, ja. Es kursieren da so Geschichten über den werten Herrn Kurdirektor, die ihn ziemlich skrupellos erscheinen lassen.«

»Ich komme«, sagte Henrik. »Du solltest nicht allein dort sein.«

»Das ist nicht nötig«, sagte ich.

Doch Henrik hatte bereits aufgelegt. Ich marschierte durch eine schlecht beleuchtete Gasse mit Büschen und Hecken an den Seiten, aber ich verspürte keine Angst. In Berlin hätte ich bestimmt größeres Unbehagen empfunden, aber nicht hier in Prielhagen. Die schlimmsten Vergehen an diesem Ort waren meines Wissens Parken im Halteverbot oder schnell noch bei Rot über die Fußgängerampel zu laufen.

Und auch von Lingrön fühlte ich mich nicht bedroht. Nur, weil er in der Lage war, ein Skelett verschwinden zu lassen, bedeutete das noch lange nicht, dass er dasselbe mit einer lebenden Architektin tun würde.

Trotzdem fand ich es nett von Henrik, dass er sich jetzt noch ins Auto setzte und die dreißig Kilometer nach Prielhagen düste, um mir beizustehen. Wenn Sophie das wüsste! Sie würde bestimmt so allerhand in sein Verhalten hineininterpretieren.

Ich erreichte die Hauptstraße, auf der um diese Zeit nichts mehr los war. Keine Autos, keine Passanten. Zwar brannte hinter den Fensterscheiben der Häuser noch Licht, aber die Gärten waren bereits alle verlassen. Es war einfach noch zu kalt, um lange Abende draußen zu genießen.

Irgendwo in der Nähe bellten zwei Hunde, aber es war kein aufgeregtes Kläffen. Vielmehr wirkte es so, als würden sie einen kurzen Gruß über die Zäune schicken.

Ich musste an Thor denken, den großen schwarzen Hund der Müllers. Er konnte durchaus furchteinflößend wirken, wenn man nicht wusste, was für ein Lamm er war. Timon nahm ihn gerne mit, wenn er seiner sportlichen Leidenschaft Parkour frönte, die ihn in Prielhagen immer zum alten Fabrikgelände führte. Wahrscheinlich war er der einzige Mensch, der die baufälligen Gebäude und das verwahrloste Areal vermissen würde, weil es exzellente Trainingsmöglichkeiten für ihn bot.

Auf jeden Fall wäre es im Moment gar nicht so schlecht, Thor an meiner Seite zu haben. Nur so, für alle Fälle. Falls Lingrön tatsächlich auftauchen würde. Es war zwar schwer vorstellbar, dass der Kurdirektor vor meinen Augen zu unlauteren Mitteln griff oder mich gar persönlich bedrohte. Aber er war ein undurchsichtiger Charakter, den ich trotz zahlreicher gemeinsam verbrachter Stunden in Sitzungen und Besprechungen nicht einschätzen konnte.

Nun, wo ich mich dem alten Fabrikgelände näherte, hüllte mich die Dunkelheit vollkommen ein. Kein tröstli-

ches Licht, das aus den Küchenfenstern der Einfamilienhäuser auf die Straße fiel, keine flimmernden Fernseher in
den Wohnzimmern, kein beleuchtetes Reklameschild
über einem Geschäft. Ich zog mein Handy aus der Tasche
und schaltete die Taschenlampenfunktion ein.

Es stand kein Auto auf dem Parkplatz, kein Geräusch
drang von der Baustelle zu mir herüber. Ich war allein.
Keine Menschenseele außer mir trieb sich um diese Zeit
hier draußen herum. Das Laub der Bäume raschelte leise
im Wind, irgendwo an dem baufälligen Gebäude
quietschte ein Scharnier.

Ich stapfte zum Bagger und leuchtete mit dem Handy
in den Aushub. Alles sah aus wie heute Nachmittag. Was
hatte ich auch erwartet? Lingrön mit einem Spaten anzutreffen, wie er eigenhändig das Skelett aus der Erde holte?
Das war doch mehr als absurd. Und trotzdem, mein
Bauchgefühl sagte mir, dass ich nicht zu Unrecht hier
aufgetaucht war.

Unentschlossen schaute ich mich um. Was sollte ich
tun? Wieder nach Hause gehen? Aber Henrik hatte sich
schon auf den Weg gemacht und müsste bald hier sein.
Und wenn ich ehrlich war, freute ich mich darauf, ihn zu
sehen. Daran änderte auch der skurrile Anlass dieses
spontanen Treffens nichts.

13

»Hi.« Henrik sprang aus seinem Pick-up und marschierte zu mir. »Alles klar?«

»Ja. Niemand hier. Du hast den Weg ganz umsonst auf dich genommen.«

»Nein. Habe ich nicht. Ich schulde dir noch einen Kaffee. Ist im Auto.« Henrik grinste kurz in meine Richtung, dann schaltete er die Taschenlampe in seiner Hand an. Ein starkes, schweres Modell, wie es Polizisten in amerikanischen Filmen verwendeten. Mein Handy war dagegen nur eine schwache Funsel. »Da unten liegt das Skelett?«, fragte er und leuchtete in die Baugrube.

»Wir vermuten es, ja. Also, der Schädel lag auf jeden Fall da unten. Und siehst du diesen hellen Schimmer? Das werden weitere Knochen sein.«

»Und wo ist der Schädel jetzt?«, fragte Henrik.

»Lingrön hat ihn mitgenommen.«

»Wie bitte? Warum denn das?«

»Er will ihn einer Expertin zeigen.«

»Oh je, ich kann mir vorstellen, wen er meint.«

Henrik stöhnte. »Komm, setzen wir uns ins Auto. Es ist kühl hier draußen.«

Wir stiegen ein. Dankbar nahm ich die Tasse mit dampfendem Kaffee entgegen.

»Wer ist denn diese Expertin?«, fragte ich neugierig.

»Johanna Busse. Eine verschrobene Archäologin, die etwas außerhalb von Prielhagen lebt. Sollte eigentlich einen Job im Dinopark bekommen, aber der Investor ist ja mitsamt seinen Projektplänen über Nacht untergetaucht. Das hat der werten Frau Busse gar nicht gepasst. Sie hat zu schnüffeln begonnen und wollte unbedingt der Ursache auf den Grund gehen. Um sie ruhigzustellen, schanzt ihr Lingrön immer wieder Aufträge zu. Also, sagen die Leute.« Henrik zuckte mit den Schultern.

»Okay. Aber wenn sie Archäologin ist, wird sie wenigstens wissen, ob die Knochen echt sind oder nicht. Lingrön hofft darauf, dass es sich um Kunststoff handelt.«

»Kunststoff? Wann wurde die Fabrik gebaut? Bestimmt ist das mehr als fünfzig Jahre her.«

»Neunundsiebzig«, sagte ich. »Der Bau begann 1945 gleich nach dem Zweiten Weltkrieg.«

»Kann mir nicht vorstellen, dass es zu dieser Zeit besonders viele Plastikskelette gab.«

»Glaube ich auch nicht. Aber seltsam ist es schon, dass die Knochen nach so langer Zeit nicht verrottet sind, oder?«

»Na ja, ist nicht so, dass nicht schon viel ältere Knochen entdeckt wurden. Kommt immer auf die Bodenbeschaffenheit, das Klima, die Feuchtigkeit und was weiß ich nicht alles an.« Henrik trank einen Schluck

Kaffee und starrte durch die Windschutzscheibe in die Dunkelheit.

»Ist da jemand?«, fragte ich.

Langsam begannen die Scheiben zu beschlagen und man sah nur noch schlecht nach draußen. Henrik beugte sich nach vorne und wischte mit dem Hemdsärmel die Sicht frei.

»Nur ein Reh«, sagte er.

Ich atmete erleichtert auf. »Hattest du das schon mal? Einen Skelettfund auf der Baustelle?«

Henrik nickte. »Ja, etwa fünfzig Kilometer von hier wurde mal eine ganze Siedlung gefunden. Die Grabungen haben monatelang gedauert.«

»Oh je. Das kann ja heiter werden.«

»Kann mir nicht vorstellen, dass ein ähnlicher Fund hier der Fall sein wird. Sonst wären sie schon beim Bau der Fabrik darauf gestoßen«, sagte Henrik.

»Vielleicht hat es damals keinen interessiert.«

»Möglich. Aber ich glaube, wir haben es hier mit einem tragischen Einzelfall zu tun.«

»Gibt es denn ungeklärte Verbrechen in Prielhagen? Kennst du dich damit aus?«, fragte ich neugierig.

»Nein. Aber einer meiner Kunden ist Schriftsteller. Er hat einige erfolgreiche Krimis geschrieben und viel in der Region recherchiert. Den kann ich bei Gelegenheit mal fragen.«

»Leon Heidbrink?«

»Du kennst ihn?«

»Flüchtig. Aber seine Freundin Sina treffe ich häufiger. Ich lese gern und kaufe meine Bücher immer in der Buchhandlung Eselsohr, wenn ich in Prielhagen bin.«

»Schöner Laden«, sagte Henrik. »Ich bin allerdings nicht so die Leseratte. Nur Fachliteratur. Zu mehr bleibt meist keine Zeit.«

»Du könntest noch ein paar Mitarbeiter einstellen«, sagte ich. »Oder findest du keine?«

»Es ist tatsächlich schwer, gute Leute zu finden. Aber ich will gar nicht, dass mein Betrieb größer wird. Ich bin Landschaftsgärtner geworden, weil ich gerne in der Natur bin. Ich will nicht zu einem Bürohengst verkommen, der Projekte nur noch koordiniert statt ausführt. Lieber lehne ich Aufträge ab.«

»Kann ich gut verstehen. Und es spricht für deine Arbeit, dass du dir die Aufträge aussuchen kannst. Wusstest du schon immer, dass du Landschaftsgärtner werden willst?« Oh Mann, ich löcherte Henrik ja total mit Fragen. Aber es schien ihn nicht zu stören.

»Nein.« Er schüttelte lachend den Kopf. »Über meine berufliche Zukunft habe ich mir als Jugendlicher keine Gedanken gemacht. Ich war ein schwieriges Kind. Drogen, Alkohol, Diebstahl – das ganze Programm.«

»Was? Nein, das glaube ich dir nicht.«

»War aber so. Meine Mutter ist bei meiner Geburt gestorben. Mein Dad bekam das mit der Erziehung nicht so gut hin. Nicht, weil er ein schlechter Mensch gewesen wäre – ganz im Gegenteil. Aber er hat ständig Doppelschichten in der Fabrik geschoben, damit er uns über Wasser halten konnte. Ich war viel allein und kam mit den falschen Leuten in Kontakt.«

»Es muss schwer gewesen sein, ohne Mutter aufzuwachsen«, sagte ich.

Henrik überging meinen Einwand.

»Mein Vater starb, als ich fünfzehn war. Arbeitsunfall. Ich stand bereits mit einem Fuß im Jugendknast. Sein Tod hat mich gewissermaßen gerettet.«

»Wie das?«, fragte ich.

»Meine Tante Ella hat mich aufgenommen. Mein heutiges Zuhause gehörte ihr. Erst fand ich es furchtbar, von der Stadt ins absolute Nichts zu ziehen. Haute ein paar Mal ab. Rebellierte. Statt zu schimpfen und zu drohen, nahm sie mich mit in die Natur. Zeigte mir, wie man gärtnert, Bäume pflanzt, Hecken schneidet, Landschaften formt. Und irgendwie hat die Natur dann mich geformt.« Henrik lachte verlegen.

»Hat die Natur ganz gut hinbekommen.« Ich grinste.

»Jetzt findest du mich bestimmt schrecklich, mit dieser Vorgeschichte, oder?«

»Nein. Ich finde nur verheiratete Männer schrecklich. Von diesen werde ich mein Leben lang die Finger lassen. Mit Jugendsünden kann ich mich arrangieren.«

»Was ist so schlimm an verheirateten Männern?«, fragte Henrik.

»Nichts. So lange ich keine Affäre mit ihnen anfange«, sagte ich. »Das war der größte Fehler meines Lebens. Und ich bin nicht besonders stolz darauf.«

»Na ja, aber es gibt auch verheiratete Männer, die …«

»Hörst du das?«, unterbrach ich Henrik. »Ich glaube, da kommt jemand.«

Henrik wischte die Seitenscheibe frei.

»Ja, da kommt wirklich jemand. Ganz in Schwarz gekleidet. Mit Rucksack. Sieht aus wie ein Bankräuber.«

Ich lehnte mich zu Henrik hinüber und spähte neben

ihm aus dem Fenster. Tatsächlich, im schwachen Mondlicht näherte sich eine Gestalt.

»Ein Bankräuber mit Spaten in der Hand? Und was ist das da auf dem Kopf? Eine ausgeschaltete Stirnlampe? Das muss Lingrön sein. Schau mal, sogar die rote Schleife ist noch am Spaten dran.«

»Na, dann fragen wir ihn mal, was er um diese Zeit hier zu suchen hat.« Henrik sprang mit eingeschalteter Taschenlampe aus dem Auto.

Lingrön erschrak. Also, ich vermutete immer noch, dass es sich bei der Person um Lingrön handelte, konnte es aber nicht sicher sagen, weil die tief ins Gesicht gezogene Kapuze des Pullovers ein Erkennen verhinderte.

»Hallo! Was machen Sie hier?«, fragte Henrik.

»Oh, ich … – Henrik? Bist du das? Und Jola? Was macht ihr denn hier?« Das war eindeutig die affektierte Stimme des Kurdirektors.

»Wir haben an den Plänen für den Außenbereich gearbeitet. Und du?«

»Ihr arbeitet im Dunkeln. Na, das Ergebnis möchte ich sehen.« Lingrön lachte übertrieben.

Sein Getue nervte mich.

»Ludger, was machst du hier?«, wiederholte ich Henriks Frage.

»Ich wollte nach dem Rechten sehen. Große Baustellen ziehen ja oft allerhand komische Leute an.«

»Und wozu brauchst du einen Spaten, um nach dem Rechten zu sehen?«, fragte ich.

»Ach, ja. Der Spaten. Sicher ist sicher, oder? Man weiß ja nie, wem man in der Nacht begegnet.«

»Na ja, hier ist auf jeden Fall niemand. Du kannst also wieder gehen«, sagte Henrik.

»Und ihr? Bleibt ihr noch?«, fragte der Kurdirektor.

»Ja, wir müssen noch etwas besprechen.« Henrik lehnte sich gegen seinen Pick-up.

»Also, als Projektverantwortlicher muss ich euch aber leider heimschicken. Ich kann es nicht dulden, dass ihr euch die Nacht um die Ohren schlagt. Das verstößt gegen sämtliche arbeitsrechtlichen Verordnungen.«

»Dass lass mal unsere Sorge sein, Ludger. Gute Nacht.« Henrik schwang sich wieder ins Auto.

Lingrön pirschte zu mir. »Hast du, also ich meine …?«

»Ob Henrik von dem Skelett weiß? Ja, natürlich. Ließ sich nicht vermeiden. Schließlich ist es ungewöhnlich, dass bereits am ersten Tag die Baustelle stillsteht.«

»Na ja, genau genommen wissen wir ja gar nicht, ob es sich um ein Skelett handelt. Bisher haben wir ja nur einen Schädel. Der möglicherweise nicht echt ist.«

»Was sagt denn die Expertin?«, fragte ich.

»Wer? Ach so, die Expertin. Ja, die war nicht da.«

Dieser kleine Lügenbaron! Lingrön hatte gar nicht vorgehabt, der Frau den Schädel zu zeigen. Er wollte ihn verschwinden lassen – und das dazugehörige Skelett gleich dazu.

»Ich werde morgen die Polizei informieren«, sagte ich. »Das ist das einzig Richtige.«

»Ganz genau. So sehe ich das auch. Deswegen werde ich jetzt unseren Totenkopf wieder an den Fundort legen und dann die Dinge ihren Lauf gehen lassen. Es ist unsere moralische Verpflichtung, in diesem Fall verantwortungsbewusst zu handeln, nicht wahr?«, schwenkte Lingrön blitzschnell auf meine Linie um.

Er war ja nicht blöd und hatte gemerkt, dass ich mir zusammenreimen konnte, was er im Schilde führte.

»Ja, da bin ich ganz deiner Meinung. Ich frage schnell Henrik nach der Taschenlampe, damit wir Licht haben.«

»Braucht es nicht. Ich habe alles dabei«, sagte Lingrön und knipste die Stirnlampe an seinem Kopf an.

»Gut, dann begleite ich dich.«

Grummelnd stimmte der Kurdirektor zu. Er legte den Schädel zurück in die Baggerschaufel und machte sich dann schleunigst vom Acker. Ich stieg wieder ins Auto und schilderte Henrik das Erlebte.

»Was für eine verlogene Ratte«, sagte er. »Aber etwas Gutes hat sein mieser Charakter dann doch.«

»Ach ja?«

»Ich finde schon. Immerhin hat er uns einen etwas ungewöhnlichen, aber sehr schönen gemeinsamen Abend beschert. Also, ich fand ihn sehr schön.« Henrik schaute mir in die Augen.

Unwillkürlich wanderte mein Blick zu seiner Hand. Sophie hatte recht: Er trug wirklich keinen Ring. Und obwohl ich mir geschworen hatte, mich ganz auf das Projekt zu konzentrieren, und keinen einzigen Gedanken an die Liebe zu verschwenden, konnte ich mich nicht gegen das heftige Kribbeln in meinem Bauch wehren.

14

Lingrön informierte am nächsten Morgen selbst die Polizei. Er verheimlichte zwar die Tatsache, dass der Schädel bereits am Vortag ans Tageslicht gekommen war, aber ansonsten hielt er sich aus den Ermittlungen heraus.

Wobei, Ermittlungen schien es vorerst gar nicht zu geben.

»Das ist ein Fall für die Archäologen«, sagte einer der Beamten gelangweilt. »Was sollen wir denn mit den alten Knochen?«

»Jetzt schauen wir erst mal, ob da noch mehr sind«, schlug der andere Beamte vor.

»Oder wir rufen die Kollegen von der Kripo. Sollen die sich darum kümmern.«

»Ja, so machen wir das.«

Die Beamten marschierten zu ihrem Streifenwagen und telefonierten. Lingrön lief währenddessen nervös auf und ab.

»Wochen! Das kann uns Wochen kosten«, schimpfte er. »Und dazu das ganze Medienspektakel.« Er fasste sich theatralisch an die Schläfe. »Anstatt unserer schönen Imagebilder werden die Zeitungen nur noch Skelette und halb verfaulte Knochen zeigen. Damit generiert man schließlich viel mehr Aufmerksamkeit und Klicks. Es ist ein Desaster!«

»Vielleicht macht es unser Projekt aber auch in der ganzen Republik bekannt und lockt viele Neugierige nach Prielhagen«, sagte ich.

»Na toll, Gaffer und Sensationsgeier. Klientel dieser Art hat uns gerade noch gefehlt.«

Ich hielt mich mit weiteren Äußerungen zurück. Lingrön war in Meckerlaune und würde, egal was ich sagte, mit seiner Schwarzmalerei weitermachen. Ich fand den Stillstand der Baustelle ja selbst nicht gerade prickelnd, aber ein Weltuntergang war die Angelegenheit nun auch wieder nicht.

Die Beamten kamen zurück und unterrichteten uns, dass die Mordkommission anrücken würde. Das wäre aber eine reine Formsache. Danach würden die Archäologen informiert werden und entscheiden, ob es hier irgendetwas von historischem Wert zu schützen galt.

»Und wann können wir den Baustellenbetrieb wieder aufnehmen?«, fragte Lingrön.

Die Beamten zuckten die Schultern. »Keine Ahnung.«

»Eure Motivation ist wirklich bemerkenswert«, giftete Lingrön. »Ihr werdet es bestimmt noch weit bringen.«

Die Polizisten warfen sich einen vielsagenden Blick zu und sparten sich einen Kommentar. Sie schienen mit Lingröns Naturell vertraut zu sein und ließen sich dadurch nicht aus ihrer Lethargie reißen.

Ich beschloss, die Zeit für einen Abstecher ins Café Sanddornliebe zu nutzen. Ein heißer Cappuccino und ein Himbeermuffin waren auf jeden Fall verlockender, als weiterhin dem Gemecker des Kurdirektors zu lauschen.

Nachdem ich Walter und seinem Team Bescheid gegeben hatte, schwang ich mich auf das altersschwache Fahrrad, das Sophie und Elias mitsamt der Kate erworben hatten und strampelte los. Meinen alten Volvo ließ ich fast immer an der Kate stehen. Das Radeln hier war einfach eine wahre Freude.

Auf dem Marktplatz herrschte reges Treiben. Das schöne Frühlingswetter lockte zahlreiche Menschen in die Innenstadt. Das Café Sanddornliebe war im Außenbereich bis auf den letzten Platz besetzt. Ich drückte die Tür auf, um drin nach einem Tisch Ausschau zu halten, doch ich wich sofort wieder zurück, kaum hatte ich meinen Kopf hineingesteckt. Der kleine Raum platzte aus allen Nähten.

»Unangekündigter Reisebus«, erklärte mir Pia mit geröteten Wangen. Sie hatte sich mit einem voll beladenen Tablett durch die Massen gekämpft und ich hielt ihr die Tür auf. »Am ruhigsten ist es bei Sophie in der Küche. Aber die hat auch ganz schön Stress.«

»Oh je, haltet die Ohren steif, ihr beiden. Oder soll ich einspringen?« Meine Zeiten als Bedienung lagen zwar etwas zurück, aber mein Studium hatte ich mir mit zahlreichen Kneipenjobs finanziert.

»Lieb von dir. Aber ich hab schon Verstärkung angefordert.« Pia lächelte mir zu, dann machte sie sich ans Servieren der Speisen und Getränke.

Ich bummelte über den Marktplatz, spähte in die

Schaufenster und stromerte über den Wochenmarkt. Janosch hatte einen Verkaufsstand, an dem er seinen selbstgeimkerten Honig anbot, aber auch der war total bevölkert von Leuten, sodass ich kurzerhand zu Levke in die Bäckerei marschierte.

Dort war es herrlich ruhig. Eine ältere Dame verließ gerade den Laden, ansonsten war niemand da. Kalle kam mit einem Blech frischer Schokocroissants aus der Backstube, Levke putzte die Scheiben einer Vitrine.

»Hallo Jola. Na, bei euch auf der Baustelle ist ja was geboten, hm?« Levke grinste schief.

»Woher …?«

»Markus und Sven haben sich Sandwiches geholt, bevor sie zu euch rausgefahren sind«, erklärte Levke.

»Die Polizisten?«

»Ja, genau. Was sind denn das für Knochen, weiß man das schon? Ein Tier? Mann, Frau, alt, jung?« Levke schaute mich neugierig an.

Auch Kalle brauchte auffallend lange, um die Croissants in die Auslage zu räumen. Immer wieder drapierte der Bäckermeister sie um und rückte sie zurecht, um nur ja nicht die Neuigkeit des Tages zu verpassen.

»Wir wissen noch gar nichts«, sagte ich. »Ein Tier schließe ich allerdings aus. Das war definitiv ein menschlicher Schädel, den der Bagger da ans Tageslicht befördert hat.«

»Wie gruselig.« Levke schüttelte sich.

»Da ist doch vor zehn oder fünfzehn Jahren mal dieses Mädchen verschwunden, erinnerst du dich?« Kalle schaute seine Frau an. »Wie hieß die Kleine noch mal – Annemie?«

»Annabel«, sagte Levke. »Ja, das war eine tragische Geschichte. Die Eltern waren mit dem Mädchen am Strand – und plötzlich war sie weg. Ist nie wieder aufgetaucht.«

»Ich denke, dass die Knochen, die wir gefunden haben, schon länger als zehn Jahre unter der Erde liegen«, sagte ich. »Sie müssen schon vor dem Bau der Fabrik dort hingebracht worden sein.«

»Puh, zum Glück.« Levke legte sich die Hand aufs Herz. »Wobei, die Eltern von Annabel wären wahrscheinlich froh, endlich zu erfahren, was passiert ist. Es muss schrecklich sein, all die Jahre keine Gewissheit zu haben.«

»Leben die Eltern hier?«, fragte ich.

»Nein, es waren Touristen. Aber ich könnte mir vorstellen, dass es hart für sie ist, wenn sie davon in der Zeitung lesen. Man sollte es der Polizei sagen. Vielleicht sollte ich im Revier anrufen«, sagte Levke.

»Das lass mal schön bleiben. Die wissen schon, wie sie ihren Job machen müssen. Wir wollen doch auch nicht, dass uns jemand in unseren Brotteig hineinredet, oder?« Kalle packte das leere Blech und verschwand wieder in der Backstube.

Ich kaufte mir ein Käsesandwich und ein Schoko-croissant und verließ den Laden. Auf der Strandprome-nade fand ich eine leere Bank. Ich setzte mich, schaute aufs Meer und aß mein Sandwich. Dabei wurde mir klar, dass ich eigentlich ziemlich wenig über Prielhagen wusste.

Wie hatte sich das Städtchen entwickelt? Viele der Gebäude waren noch keine fünfzig Jahre alt, sondern wurden erst mit dem entstehenden Tourismusboom errichtet. Wann setzte dieser in Prielhagen genau ein? Ich wusste, dass die altehrwürdigen Seebäder auf Rügen oder Usedom bereits Mitte des neunzehnten Jahrhunderts frequentiert wurden, aber Prielhagen ruhte damals noch im Dornröschenschlaf. Selbst nach dem Zweiten Weltkrieg wurde hier erst einmal eine Fabrik gebaut und kein Hotel.

Vielleicht finde ich bei Sina in der Buchhandlung Eselsohr Literatur zum Thema, dachte ich.

Aber erst verzehrte ich in aller Ruhe mein Schokocroissant und genoss das Wellenrauschen als Begleitmusik. Ich konnte mich am Meer einfach nicht sattsehen und -hören. Die riesige blauschimmernde Wasseroberfläche wirkte beruhigend auf mich, dazu der weite Blick bis zum Horizont, die gute Luft, die Schreie der Möwen – all das war ein Wellnessprogramm für die Sinne.

»Entschuldigen Sie bitte, ist dieser Platz neben Ihnen noch frei?«, fragte eine ältere Dame.

»Oh ja, natürlich.« Schnell raffte ich die leeren Bäckertüten und meine Jacke zusammen, die ich achtlos neben mich gelegt hatte. »Ich wollte sowieso gerade gehen.«

Ich wünschte der Frau noch einen schönen Tag, entsorgte meinen Müll und machte mich auf zur Buchhandlung.

Das Schaufenster war mal wieder toll dekoriert. Hunderte bunte Papierschmetterlinge schwebten dank durchsichtiger Fäden durch die Luft. Dazwischen prangten die neuesten Romane mit farbenfrohen Covern, die eine unterhaltsame Frühlingslektüre im Liegestuhl versprachen.

»Hallo Jola, ist dir auf der Baustelle langweilig geworden?«, fragte mich Sina zur Begrüßung. »Ich kann dir einen spannenden Krimi empfehlen.«

»Du hast es noch nicht gehört?«

»Was denn?« Die Buchhändlerin sah mich neugierig an.

»Wir haben gerade selbst einen Krimi am alten Fabrikgelände. Der Bagger hat gestern einen Schädel an die Oberfläche befördert.«

»Oh je. Ich hoffe, er ist uralt und es hängt kein Fleisch mehr dran.« Sina verzog den Mund.

»Nein, nein, der lag da bestimmt schon 'ne Weile«, beruhigte ich sie. »Jetzt kümmert sich erst mal die Polizei darum, später vielleicht die Archäologen. Währenddessen wollte ich mich ein wenig mit der Geschichte von Prielhagen vertraut machen. Hast du denn Bücher darüber hier?«

»Klar. Komm mit.« Sina führte mich zu einem Regal mit regionaler Literatur. »Hier, dieser kleine Band sieht unscheinbar aus, aber darin erfährst du wirklich alles über Prielhagen. Sind auch viele schöne Fotos drin. Hat der Heimatpfleger Gerhard Nitsch in jahrelanger Arbeit zusammengestellt.«

Ich nahm das Büchlein an mich, sah mir das Inhaltsverzeichnis an und blätterte kurz durch.

»Perfekt. Genau das, was ich gesucht habe.« Ich lächelte Sina an.

»Wunderbar. Kann ich sonst noch etwas für dich tun?«

»Danke, das war für heute alles. Ich bekomme noch Ärger, wenn ich Sophie kistenweise Bücher in die Kate schleppe. Sie versteht nicht, warum ich nicht endlich auf einen E-Reader umsteige.«

»Ich bin die Gleiche. Natürlich habe ich einen Reader. Aber gedruckte Bücher sind einfach etwas ganz Besonderes.«

Wir gingen zur Kasse und ich bezahlte. Gerade, als ich gehen wollte, ging die Tür auf und Renate, die als Aushilfe hier arbeitete, kam herein. An ihrer Seite Pudeldame Polly, die mich überschwänglich begrüßte.

»Nicht hochspringen, Polly. Bitte entschuldige, Jola.« Renate lächelte mich mit schuldbewusster Miene an.

»Alles gut.« Ich ging in die Knie und kraulte Polly hinter den Ohren, dann verabschiedete ich mich und beschloss, mein Glück noch mal im Café Sanddornliebe zu suchen. Vielleicht war der Reisebus ja schon weitergezogen und ich kam doch noch zu meiner Tasse Cappuccino.

Verzückt schlenderte ich durch Prielhagens kleine Gassen. Seit über einem Jahr kam ich nun regelmäßig hierher, und doch verzauberte mich der Charme des kleinen Städtchens jedes Mal aufs Neue. Die liebevoll dekorierten Läden, die hübschen Fassaden der Häuser, die netten Menschen. Es war verlockend, über Gustav Finkes Angebot nachzudenken, mich dauerhaft hier als Architektin niederzulassen. Es gab viel weniger Konkurrenz als in Berlin, meine beste Freundin wohnte hier und ich könnte jeden Tag das Meer sehen.

Ein Laden mit zugeklebten Fensterscheiben erregte meine Aufmerksamkeit. »Strand & Gut – coming soon« war mit kunstvollen Lettern auf die Papierbahnen gemalt worden. Dazu hingen einige hübsche Mobiles aus Treib- holz und Muscheln vor dem Fenster, Skulpturen aus bunten Tonelementen und Strandgut säumten die zukünf- tige Eingangstür. Sie machten definitiv neugierig auf mehr. Wer das Geschäft wohl eröffnen würde? Vielleicht wussten Pia und Sophie darüber Bescheid. Das Café Sanddornliebe war bei Bürgern und Touristen gleichermaßen beliebt, sodass Neuigkeiten dort sofort die Runde machten.

Beim Brunnen auf dem Bahnhofsplatz, nicht weit vom Sanddornliebe entfernt, sah ich eine Menschen- traube samt Reiseleiterin stehen. Sie hielten fast alle Tüten von Sophies Pralinenmanufaktur in der Hand, daher ging ich davon aus, dass es sich um die Reisegruppe von vorher handelte. Gut gelaunt beschleunigte ich meine Schritte – einer Tasse Cappuccino stand nun nichts mehr im Weg.

15

»Puh, die sind über uns hergefallen wie die Heuschrecken.« Sophie strich sich eine Strähne ihres karamellblonden Haares hinters Ohr. »Die haben meine ganzen Vorräte geplündert. Jetzt werde ich wohl Nachtschichten einlegen müssen.«

»Du Arme.« Ich machte ein mitfühlendes Gesicht.

»Nein, ich Glückliche!« Sophies Lippen verzogen sich zu einem breiten Lächeln. »Was Besseres kann mir doch gar nicht passieren, oder?«

Pia kam mit drei Tassen Cappuccino an den Tisch und setzte sich zu uns. »Es ist wirklich unglaublich, wie verrückt die Leute nach deinen Pralinen sind. Ich habe mir gedacht, dass wir ein wenig umbauen sollten, wenn du keinen eigenen Laden aufmachen willst.«

»Umbauen? Aber das Sanddornliebe ist perfekt«, sagte Sophie. »Du hast es mit so viel Liebe eingerichtet.«

»Holger von nebenan hat angedeutet, dass er sich verkleinern will. Den meisten Umsatz macht er mittlerweile online, deswegen braucht er nicht mehr so viel Verkaufsfläche. Da habe ich mir gedacht, wenn wir da durchbrechen«, Pia deutete auf die Wand neben uns, »hätten wir eine tolle Fläche, um deine Ware zu präsentieren. Vielleicht genehmigt die Stadt sogar einen eigenen Eingang. Dann hättest du einen eigenen Laden und irgendwie auch nicht. Das wäre doch genial, oder?«

»Das wäre es tatsächlich«, sagte Sophie. »Aber können wir da einfach durchbrechen? Braucht man da nicht eine Genehmigung? Und Pläne? Und …«

»Hallo, hier am Tisch sitzt eine Architektin«, sagte ich lachend. »Gemeinsam kriegen wir das schon hin.«

»Aber du bist doch viel zu beschäftigt mit dem alten Fabrikgelände«, sagte Sophie.

»Na ja, im Moment nicht.« Ich zog eine Grimasse.

»Blöde Sache«, sagte Pia.

Ich schaute Sophie fragend an. Hatte sie bereits von dem Schädelfund erzählt?

»Hey, ich hab nichts gesagt.« Sie hob abwehrend die Hände. »Markus und Sven waren hier und haben sich einen Kaffee geholt, bevor sie zu euch rausgefahren sind.«

Ich musste lachen. »Bei Levke waren sie auch. Da haben sie Sandwiches mitgenommen.«

»Tja, das ist Prielhagen«, sagte Pia. »Und, was haben sie gesagt?«

»Nicht viel. Nur, dass sie die Kripo rufen. Und die werden wahrscheinlich die Archäologen holen. Im Moment haben wir keine Ahnung, wann es auf der Baustelle weitergeht.«

»Das tut mir leid. Lingröns Laune ist bestimmt nur schwer zu ertragen«, sagte Pia.

»Deswegen bin ich hier. Es war nicht auszuhalten und ich habe die Flucht ergriffen.«

»Du Arme. Willst du noch einen Kaffee? Oder ein Glas Wasser? Wir müssen leider wieder an die Arbeit«, sagte Sophie.

»Nein, danke. Ich mache mich auch wieder auf den Rückweg. Mal sehen, ob sich schon etwas getan hat.« Ich stand auf. »Ach, was ich noch fragen wollte: Wisst ihr, was es mit diesem neuen Laden Strand & Gut auf sich hat? Die Scheiben sind noch zugeklebt, aber die Dekosachen vor dem Geschäft sehen hübsch aus.«

»Sten Ahrendt heißt der Mann«, sagte Pia. »Ein Künstler, ursprünglich aus Rostock, der in den vergangenen Jahren um die Welt gereist ist. Hat sich ein baufälliges Häuschen drüben im Dahlienweg gekauft, das er gerade renoviert.«

»Netter Kerl, übrigens«, sagte Sophie. »War schon ein paar Mal hier im Café. Ziemlich attraktiv, wenn man auf Surfertypen steht. Vielleicht solltest du mal im Dahlienweg vorbeischauen. Gut möglich, dass er den Rat einer Architektin zu schätzen weiß.« Meine Freundin zwinkerte mir zu.

»Hör endlich auf, mich verkuppeln zu wollen. Ich bin zum Arbeiten in Prielhagen, nicht, um die große Liebe zu finden.«

»Es muss ja nicht gleich die große Liebe sein«, sagte Sophie. »Eine kleine tut es für den Anfang auch. Und dann schaust du einfach, was daraus wird.«

Als wenn das so leicht wäre, die Sache mit der Liebe. Nachdenklich schwang ich mich aufs Rad und fuhr zurück zur Baustelle. Meine Gedanken waren allerdings nicht bei Baggerarbeiten oder Polizisten, die aus dem Gelände möglicherweise gerade einen Tatort machten. Nein, sie kreisten um Henrik.

Ich verbrachte gerne Zeit mit ihm, fühlte mich wohl in seiner Nähe. Mehr als das. Er gefiel mir. Die Art, wie er redete. Lachte. Aber vor allem mochte ich seine Haltung – gegenüber der Natur, gegenüber seinen Mitmenschen. Gerne würde ich ihn näher kennenlernen.

Aber wie sollte ich das anstellen? Ich konnte ihm kaum einfach so ein Treffen vorschlagen. Also einen Vorwand erfinden? Eine Radtour machen, die ganz zufällig an seinem Anwesen vorbeiführte? Weitere Ideen für die Außenanlagen vorbringen? Ihn bitten, mir die Gegend zu zeigen?

Nein, all das entsprach nicht meinem Charakter. Ich mochte Geradlinigkeit, genau deswegen gefiel mir Henrik ja so gut. Es wäre also geradezu absurd, jetzt fadenscheinige Gründe aus dem Hut zu zaubern, nur um Zeit mit ihm verbringen zu können.

Ich erreichte das Fabrikgelände. Mittlerweile waren deutlich mehr Menschen vor Ort. Die meisten davon Schaulustige, die sich vor ein rot-weißes Absperrband drängelten und von den Prielhagener Polizisten Sven und Markus in Schach gehalten wurden. Aber auch ein paar Pressevertreter mitsamt Fotografen hatten sich unter die Menge gemischt.

Lingrön stand an der Baugrube und unterhielt sich mit einem großgewachsenen älteren Herren mit Bürstenhaarschnitt. Wahrscheinlich einer der Kripobeamten. Aus der Baugrube hörte ich eine Stimme. »Ja, da sind

Knochen.« Gleich darauf kam ein jüngerer Mann die Leiter emporgeklettert. Unsere Blicke trafen sich. »Und wer sind Sie?«, raunzte er mich an.

»Jola Andersen, die Architektin«, sagte ich. Lingrön und der Bürstenhaarschnitt ruckten herum. »Sorry, ich wollte mich nicht anschleichen.« Ich schickte ein entschuldigendes Lächeln in Richtung der Männer.

»Können Sie Angaben zu dem Fund machen?«, fragte der ältere Beamte.

Sein jüngerer Kollege stieg von der Leiter und zückte Block und Stift. Lingrön warf mir einen eindringlichen Blick zu, der mir zu verstehen geben sollte, seine Version der Geschichte zu erzählen. Ich entschloss mich, einfach gar keine Zeitangabe zu nennen. Das war wenigstens nicht gelogen.

»Nein. Der Bauunternehmer Walter Loers hat uns benachrichtigt, als der Schädel in der Baggerschaufel lag. Mehr weiß ich leider auch nicht.«

»Gut, danke.« Der Beamte nickte.

»Wie geht es jetzt weiter?«, fragte Lingrön ungeduldig. »Jeder Tag, an dem nicht gearbeitet wird, kostet Geld.«

»Der Gerichtsmediziner wird sich die Knochen ansehen und Proben ins Labor schicken. Wir checken währenddessen alte Gemeindepläne. Gab es hier möglicherweise einen Friedhof? Das würde die Herkunft des Skeletts erklären und nähere Untersuchungen überflüssig machen.«

»Da muss ich sie leider enttäuschen«, sagte Lingrön. »Meines Wissens war hier kein Friedhof. Aber ich rufe gleich im Rathaus an, damit man Ihnen die alten Pläne heraussucht.«

Der Kurdirektor wandte sich ab und telefonierte.

»Ich habe gerade eine Chronik von Prielhagen in der Buchhandlung gekauft«, sagte ich. »Da steht auch etwas über Friedhöfe drin.« Ich holte das Buch aus der Tasche und blätterte zur entsprechenden Stelle. »Anscheinend gab es in Prielhagen nur den Friedhof, den es auch heute noch gibt. Sehen Sie selbst.« Ich hielt den Polizisten den bebilderten Text unter die Nase.

Der Bürstenhaarschnitt nahm mir das Buch aus der Hand und las. »Hm, gut zu wissen. Das heißt, dass höchstwahrscheinlich nicht noch mehr Knochen ans Licht kommen werden.«

»Außer es ist wieder so ein Keltending«, sagte der jüngere Beamte. »Soll ich die Archäologen gleich benachrichtigen? Das beschleunigt den Prozess enorm.«

»Ja, tu das.« Der Bürstenhaarschnitt nickte.

»Oh je, gibt es dann wochenlange Grabungen?«, fragte ich.

»Nein, das geht heute alles mit Laser. Die schauen erst mal, ob sich das Graben überhaupt lohnt. Aber ich denke, dass sie nichts finden werden.«

»Ich hoffe es«, sagte ich seufzend.

»Wenn Sie mich fragen, ist das ein typischer Cold Case, der sich nicht mehr aufklären lässt. Unsere Kollegin Gesa Haym wird das übernehmen.«

»Ist die nicht schon im Ruhestand?«, fragte der Jüngere mit Handy am Ohr.

»Erst in ein paar Wochen. Da kann sie vorher noch

ein wenig im Trüben fischen. Ihre Lieblingsbeschäftigung.« Der Bürstenhaarschnitt grinste schief.

Es machte den Eindruck, als würde er nicht allzu viel von seiner Kollegin halten, aber vielleicht bildete ich mir das auch nur ein. Der Mann war schwer einzuschätzen.

Lingrön gesellte sich wieder zu uns und verkündete, dass alle Pläne aus dem Archiv geholt würden und umgehend für die Beamten bereitlägen.

»Gut, wir fahren dann gleich ins Rathaus. Ich denke, das wird keine große Sache«, sagte der ältere Beamte. »Nächste Woche dürfte hier wieder Normalbetrieb herrschen.«

»Die Archäologen schauen auch gleich heute noch vorbei«, sagte sein jüngerer Kollege. »Allein von der Lage her denken sie aber nicht, dass es ein relevanter Fund ist.«

»Ihr Wort in Gottes Ohr«, murmelte Lingrön.

»Alles halb so wild.« Der ältere Beamte wandte sich zum Gehen. »Kommt immer wieder mal vor, dass auf einer Baustelle Knochen gefunden werden. Vor Kurzem hat einer ein Rinderskelett ausgegraben. Weiß der Geier, wie das in seinen Garten kam. Mitten in der Stadt.«

Die Beamten nickten uns zu und gingen zu ihrem Auto. Auf dem Weg wurden sie von den Pressevertretern belagert und standen Rede und Antwort.

»Du hast die Polizisten gehört: In ein paar Tagen dürfte der Spuk vorbei sein. Informierst du die Handwerker?« Lingrön sah mich fragend an.

»Natürlich. Ich kümmere mich um einen reibungslosen Ablauf.«

»Sehr gut. Danke. Und danke auch, dass du … Na, du weißt schon.« Lingrön senkte den Blick und starrte auf seine polierten Schuhe, die auf der staubigen Baustelle vollkommen fehl am Platz wirkten.

Mir lag eine spitze Bemerkung auf der Zunge, aber ich schluckte sie hinunter. Lingrön war eben, wie er war. Und ich hatte jetzt etwas gut bei ihm. Das konnte nicht schaden.

16

In Oves Kate angekommen, kochte ich mir erst einmal eine Tasse Kaffee. Ich überlegte, ob ich meinen Arbeitsplatz auf die Terrasse verlagern sollte, aber der Wind hatte ziemlich aufgefrischt und ich musste zahlreiche Telefonate führen. Also ging ich nach oben an meinen Schreibtisch, suchte alle nötigen Unterlagen heraus und begann damit, die Handwerker zu informieren.

Der Vorteil vom Arbeiten im oberen Stockwerk war, dass ich den wunderschönen Meerblick genießen konnte. Während ich telefonierte und die Schimpftiraden mancher Handwerker über mich ergehen ließ, schaute ich auf das wilde Meer, das im Frühlingslicht glitzerte. Der Wind trieb gischtspritzende Wellen an den Strand, weiße Wolkenberge zogen vorüber. Ich beendete ein besonders unerfreuliches Gespräch und starrte zur Beruhigung einfach aus dem Fenster.

Der Anblick wirkte wie ein Antidepressivum. Ich schloss meine Finger um die warme Kaffeetasse und folgte dem Naturschauspiel. Zwei Möwen nutzten die

Thermik und lieferten eine spektakuläre Flugshow, einem Spaziergänger mit Hund wehte der Wind den Hut vom Kopf. Der Vierbeiner stürzte sich unerschrocken in die Fluten und kam sichtlich stolz mit dem Hut im Maul wieder an Land. Der Besitzer lobte das Tier überschwänglich.

Ich riss meinen Blick vom Fenster los und griff wieder nach dem Telefon. Den schönsten Anruf hatte ich mir bis zum Schluss aufgehoben. Henrik. Aufgeregt wählte ich seine Nummer.

Das ist nur beruflich, ermahnte ich mich. Kein Grund, nervös zu werden. Aber ich wusste, dass ich mir selbst in die Tasche log. Bis die Gestaltung der Außenanlagen an die Reihe kam, würde noch sehr viel Zeit vergehen. Es gab also keinen dringenden Grund, Henrik sofort über die Ereignisse in Kenntnis zu setzen. Außer einem: Ich freute mich unglaublich darauf, seine Stimme zu hören.

Ich hörte im Hintergrund den Wind rauschen, als Henrik meinen Anruf entgegennahm. Er war also draußen bei der Arbeit.

»Störe ich?«, fragte ich.

»Nein, gar nicht. Eine kleine Pause kommt mir ganz gelegen.« Henrik schien sich an einen windstillen Ort zurückzuziehen, denn plötzlich war es ruhig. »Gibt es Neuigkeiten vom Fabrikgelände?«

»Ja, deshalb rufe ich an. Die Polizei meint, dass ab nächster Woche wieder alles seinen geregelten Gang gehen wird. Die Verschiebung des Zeitplans hält sich also in Grenzen. So, wie es momentan aussieht, wirst du fristgerecht mit der Gestaltung der Außenanlagen starten können.«

»Das freut mich. Wobei es bestimmt nicht die letzte Verzögerung war, die sich einstellen wird. Das haben Großprojekte nun mal so an sich.«

»Ich weiß. Nur manche Handwerker wissen das scheinbar nicht.«

»Oh je, du Arme. Da musstest du dir bestimmt einiges anhören.«

»Halb so wild«, sagte ich. Und dann plapperte ich einfach weiter, ohne darüber nachzudenken. »Sag mal, hast du Lust, heute Abend mit mir etwas trinken zu gehen?«

»Nein. Ich …«

»Schon gut«, unterbrach ich Henrik. »War eine dumme Idee. Sorry, dass ich überhaupt damit angefangen habe.«

Ich wollte weder ihn noch mich in die unangenehme Situation bringen, dass er sich irgendeine halbherzige Ausrede einfallen lassen musste und ich so tat, als würde ich sie glauben.

»Hey, lass mich doch mal ausreden.« Henrik lachte. »Ich wollte vorschlagen, dass wir Essen gehen. Nur ein Drink ist bei mir nach einem langen Tag eindeutig zu wenig.«

»Oh, okay.« Nun lachte ich auch. »Gerne. Soll ich einen Tisch im Ömming & Öpping reservieren? Oder ist dir eher nach Fischbude und Bank am Meer?«

»Ömming & Öpping klingt gut. Da war ich schon lang nicht mehr«, sagte Henrik. »So um halb acht?«

»Perfekt. Ich freu mich.«

Kaum hatten wir das Gespräch beendet, warf ich mein Handy aufs Bett und ballte triumphierend die Fäuste. In meinem Bauch kribbelte es und ich fühlte mich plötzlich wie ein aufgeregter Teenager.

Doch das Glücksgefühl hielt nicht lange an, denn gleich darauf stahlen sich leise Zweifel in meine Euphorie. War ich dabei, den gleichen Fehler noch einmal zu begehen? Ich hatte mir doch geschworen, Arbeit und Liebe zu trennen.

Nein, das hier ist etwas ganz anderes als mit Ingo, beruhigte ich mich.

Weder war Henrik mein Chef, noch war er verheiratet. Nichts sprach dagegen, sich mit ihm zu treffen. Nichts – außer mein geschundenes Herz, das sich noch immer von den Nachwehen meiner unglückseligen Affäre erholte.

Mein Handy klingelte. Es war Lingrön.

»Schlechte Neuigkeiten«, sagte er. »Die Archäologen kommen erst morgen. Dafür gleich um sieben Uhr morgens.«

»Gut. Ich werde vor Ort sein. Haben die Polizisten noch etwas herausgefunden? Irgendwelche Hinweise aus den alten Gemeindeplänen?«, fragte ich.

»Nein, leider nicht. Es gibt keine geschichtlichen Anhaltspunkte, woher das Skelett stammen könnte. Entweder ist vor vielen Jahrzehnten ein Unglück oder ein Verbrechen passiert und die Person wurde dort vergraben. Oder es handelt sich um einen Fund mit archäologischem Hintergrund. Aber das erfahren wir hoffentlich morgen.« Lingrön seufzte.

»Ich habe alle Handwerker von den Ereignissen in

Kenntnis gesetzt und den neuen vorläufigen Zeitplan durchgegeben. Hoffen wir, dass wir nächste Woche wieder mit voller Kraft durchstarten können.«

»Das hoffe ich nicht, das setze ich voraus«, polterte Lingrön. »Ich lasse mir doch nicht von einem Haufen alter Knochen meine Erfolgsbilanz verderben.«

Ich beendete das Gespräch, ohne auf die Äußerung des Kurdirektors einzugehen. Er mochte sich aufführen wie Rumpelstilzchen, aber wenn die Archäologen morgen etwas fanden, war er machtlos. Egal, wie sehr er sich aufplusterte.

17

»Ein Date mit dem sexy Landschaftsgärtner. Ich glaube es nicht. Ich dachte, du wolltest Arbeit und Liebe strikt trennen?« Sophie kickte die Schuhe von ihren Füßen und grinste mich an.

Wir waren im Flur aufeinandergestoßen. Ich wollte gerade gehen, sie kam vom Café Sanddornliebe nach Hause.

»Das ist kein Date. Das ist eine Überlebensmaßnahme. Seit ich bei dir wohne, ernähre ich mich fast ausschließlich von Kuchen und Pralinen. Wenn ich heute Abend nicht endlich ein paar Proteine esse, werde ich sterben.«

»Du klingst schon wie Elias. Ein Proteindate. Das wäre ganz nach seinem Geschmack.«

»Es ist kein Date. Habe ich ein Oberteil mit einem tiefen Ausschnitt angezogen? Roten Lippenstift aufgetragen? Meine High Heels aus dem Schrank geholt?«

»Nein, hast du nicht.«

»Siehst du.«

»Das beweist gar nichts. Du besitzt meines Wissens gar keine High Heels, geschweige denn Oberteile ohne Rollkragen. Und das letzte Mal, dass du Lippenstift getragen hast, war auf dem Kinderkarneval in der zweiten Klasse, wo du als Horrorclown verkleidet warst.«

»Hah, das war lustig. Sogar Frau Trutwig hat sich vor mir gegruselt, weißt du noch?« Die Erinnerung brachte mich zum Kichern.

»Und Nadine hat einen Heulkrampf bekommen und musste abgeholt werden, nachdem du sie auf dem Klo erschreckt hast. Ach, das waren noch Zeiten.« Sophie hing lachend ihre Jacke an die Garderobe.

»Na, da hast du es wieder: Gut, dass ich den Lippenstift heute weggelassen habe. Sonst würde Henrik vielleicht auch weinend die Flucht ergreifen, wenn er mich sieht.«

»Ich bin mir ziemlich sicher, dass das Gegenteil der Fall sein wird. Mit oder ohne Lippenstift.« Sophie zwinkerte mir zu. »Genieß den Abend. Und das Essen.«

»Danke. Das werde ich.« Ich huschte aus dem Haus und schwang mich aufs Fahrrad.

Der Wind hatte abgeflaut und es lag noch ein Hauch Frühlingswärme in der Luft. Blütenduft wehte mir um die Nase, vermischt mit einer Brise Salz und Tang. Voller Vorfreude trat ich in die Pedale. Natürlich war das ein Date. Sophie wusste das, und ich wusste es auch. Blieb nur die Frage, wie Henrik unser Treffen bewertete.

Auch er hatte sich nicht in Schale geworfen, sondern stand in verwaschener Jeans und legerem Leinenhemd vor dem Ömming & Öpping. Trotzdem sah er zum Anbeißen aus. Oder gerade deswegen.

»Hi.« Ich sprang vom Rad, stellte es in den Ständer und lächelte Henrik an.

Er erwiderte mein Lächeln. Für einen Augenblick hatte ich den Eindruck, dass er mich zur Begrüßung in den Arm nehmen wollte, aber er verzichtete darauf. Stattdessen hielt er mir die Tür des Restaurants auf und ließ mir galant den Vortritt.

Die Wirtin Merle begrüßte uns herzlich.

»Schön, dass ihr da seid. Ich habe einen Tisch für euch etwas abseits reserviert. Da seid ihr ungestört. Die Prielhagener können schrecklich neugierig sein und ihr habt bestimmt keine Lust, euch während des Essens ständig über den Knochenfund am Fabrikgelände ausfragen zu lassen.« Sie führte uns in den Nebenraum an einen Tisch in einer uneinsehbaren Nische.

»Es hat sich schon bis in den letzten Winkel herumgesprochen, oder?« Ich seufzte.

»Hast du noch nicht ins Internet geschaut? Die regionalen Vertreter von Radio, Fernsehen und Presse stürzen sich darauf«, sagte Merle. »Aber hier seid ihr sicher.« Sie lächelte verschmitzt. »Habt ihr Lust auf einen frühlingshaften Aperitif? Tonic Water mit einem Schuss Rosésekt, einem Spritzer Limette und pürierten Erdbeeren. Ein bisschen süß, ein bisschen herb und sehr erfrischend.«

»Das klingt unglaublich lecker«, sagte ich. »Für mich gerne.«

»Da schließe ich mich an«, sagte Henrik.

»Wunderbar. Zweimal Frühlingsliebe. Kommt

gleich.« Merle eilte davon, nahm an einem anderen Tisch noch eine Bestellung auf und verschwand schließlich aus dem Nebenraum.

»Bist du oft hier?«, fragte Henrik. »Du scheinst gut mit Merle bekannt zu sein.«

»Ach, das kommt durch meine Freundin Sophie. Sie hat mich mit einigen Prielhagener Geschäftsfrauen bekannt gemacht und ich habe hin und wieder den gemeinsamen Stammtisch besucht. Es ist toll, wie sie sich gegenseitig helfen und unterstützen. Ich mag keine Ellbogenmentalität.«

»Geht mir auch so. Wobei der Ton auf der Baustelle oftmals ziemlich rau ist.«

»Ja, das schon. Aber sehr direkt. Damit komme ich klar. Was ich nicht mag, sind Mauscheleien, Dinge, die im Hinterzimmer besprochen werden, Versuche, sich Wettbewerbsvorteile zu verschaffen und Mitbewerbern zu schaden. Solche Sachen. Korruption – egal, auf welcher Ebene – ist ekelhaft.«

»In der Immobilienbranche aber leider an der Tagesordnung«, sagte Henrik.

»Ich weiß. Gerade bei Großprojekten.«

Ich hasste diese Tatsache. Umso verlockender erschien es mir daher, das Angebot des Architekten Gustav Finke anzunehmen. Prielhagen war ein wenig wie eine friedliche Insel in einer immer schnelllebigeren und bedrohlichen Welt. Das Leben hier war vielleicht nicht so aufregend wie in einer Großstadt, dafür aber äußerst lebenswert. Die schöne Natur, die netten Leute, ein Handschlag, der noch etwas galt – weil man sich auf diesem begrenzten Raum andauernd über den Weg lief. Niemand wollte seinen guten Ruf oder sein Ansehen in der Gemeinde mit krummen Geschäften aufs Spiel setzen. Also, fast niemand. Die ein oder andere linke Bazille gab es auch hier, aber es fehlte die Anonymität der Großstadt, in deren Schutz man sich unsichtbar machen konnte.

Merle kam mit dem Aperitif und einem kleinen Gruß aus der Küche an unseren Tisch.

»So, zum Wohl, meine Lieben.« Sie drapierte die Teller und die Gläser vor uns. »Der Gruß aus der Küche ist ein Parmesancracker mit Tropfen von Frühlingsquark und Tomatenessenz.« Sie reichte uns die Speisekarten. »Falls ihr euch für kein Gericht entscheiden könnt: Wir haben heute auch eine Überraschungsplatte für zwei. Da ist alles drauf, was Meer und Garten gerade so hergeben. Aber werft erst einmal in Ruhe einen Blick in die Karte.«

»Also, wenn es nach mir geht, können wir gerne die Überraschungsplatte nehmen«, sagte ich.

»Wäre ich sofort dabei«, stimmte mir Henrik zu.

»Na, ihr seid mir ja pflegeleichte Gäste.« Merle lachte. »Und zu Trinken? Wasser, Wein, Saft, Bier?«

»Eine große Flasche Wasser ohne Kohlensäure?« Ich sah Henrik fragend an.

Er nickte.

»Gut. Schnell und schmerzlos. So mag ich das.« Merle grinste und wuselte wieder davon.

Henrik erhob sein Glas. »Auf einen schönen Abend«, sagte er.

»Auf einen schönen Abend.«

Leise klirrend stießen wir die Gläser aneinander.

Henriks Blick in meine Augen bescherte mir ein angenehmes Kribbeln im Bauch. Der leckere Cocktail tat sein Übriges. Und dieser Gruß aus der Küche! Herrlich.

»Also, da du anscheinend eine ziemlich unerschrockene Frau bist und dich auch von meiner wilden Vergangenheit nicht abschrecken lässt, ähm, …« Henrik senkte für einen Moment den Blick und starrte auf seine Hände. Dann sah er mir direkt in die Augen. »Es gibt da noch etwas, das ich dir sagen möchte. Sagen muss.«

»Okay.« Ich schaute Henrik erwartungsvoll an.

»Tja, also, ähm …« Henrik räusperte sich. Was immer er mir auch mitteilen wollte, es fiel ihm sichtlich schwer. »Du hast letztes Mal gemeint, dass …«, setzte er zu einem neuen Versuch an.

Mein Handy vibrierte.

»Sorry.« Ich zog das Gerät aus der Tasche und warf einen Blick auf das Display.

Ingo. Mein erster Impuls war, den Anruf wegzudrücken. Aber es war sehr ungewöhnlich, dass er mich anrief, deshalb gab ich Henrik ein Zeichen, verließ das Lokal und nahm das Gespräch entgegen.

»Hallo Ingo«, sagte ich reserviert.

»Hallo Jola. Wie geht es dir?«

Ich runzelte die Stirn. Seit wann interessierte sich Ingo dafür, wie es mir ging? In seinem Kopf drehte sich doch normalerweise alles nur um sich selbst.

»Gut, danke der Nachfrage.«

»Ist bestimmt nicht leicht gerade. So ein großes Projekt und dann die Sache mit dem Skelett.«

»Hat sich das schon bis nach Berlin herumgesprochen?«

»Nun ja, also … Du bist doch mein Schützling, Jola. Natürlich halte ich mich ein wenig auf dem Laufenden über deine Arbeit. Ich meine …«

»Schützling? Ist das dein Ernst?« Eine eigenartige Bezeichnung für eine ehemalige Mitarbeiterin, mit der man eine leidenschaftliche Affäre gepflegt hatte.

»Du weißt, was ich meine. Deine Arbeit liegt mir am Herzen, Jola. *Du* liegst mir am Herzen. Wir sollten uns treffen, was meinst du? Ich könnte nach Prielhagen kommen und …«

»Nein. Mehr habe ich dazu nicht zu sagen.«

»Zwischen Christine und mir ist es aus, Jola. Wir haben uns getrennt. Christine hat einfach gemerkt, dass mein Herz immer noch bei dir ist. Nach all der Zeit, weißt du? Ich war ein Narr, dass ich dich habe gehen lassen.«

»Es war ein Fehler, dass wir überhaupt etwas miteinander angefangen haben«, sagte ich. »Danke für deinen Anruf, Ingo. Ich wünsche dir alles Gute für die Zukunft.«

»Es muss nicht vorbei sein, Jola. Wir können neu anfangen und …«

»Ich lege jetzt auf, Ingo. Mach's gut.« Ich beendete das Gespräch und atmete tief durch.

Hörte in mich hinein. Regte sich da etwas? Sehnsucht? Nostalgie? Nein, da waren keine Gefühle mehr für ihn. Ich hatte mit Ingo abgeschlossen. Was allerdings immer noch anhielt, war die Scham und das schlechte Gewissen, eine Beziehung zerstört zu haben. Auch wenn es nicht allein meine Schuld war, so trug ich doch einen Anteil daran. Und das fühlte sich einfach nur mies an.

Ich ging wieder ins Restaurant und zwang mich zu

einem Lächeln. Henrik hatte mit meiner Vergangenheit schließlich nichts zu tun.

»Oh je. War das Lingrön?«, fragte er.

»Nein. Wie kommst du darauf?«

»Dein Gesichtsausdruck.« Er lachte.

Ich zog eine Grimasse und griff nach meinem Glas. »Schlimmer.«

»Schlimmer als Lingrön? Die Steuerfahndung?«

»Ach, die fürchte ich nicht. Bei mir gibt es nichts zu holen«, sagte ich. »Mein Ex«, fügte ich seufzend hinzu.

»Der verheiratete Ex?«, fragte Henrik.

»Genau der. Ingo Stübben, seines Zeichens erfolgreicher Architekt und mein ehemaliger Chef und Geliebter. Nein, ich bin nicht stolz darauf. Ja, ich bereue es. Aber leider kann ich die Zeit nicht zurückdrehen.«

»Hey, du musst dich nicht rechtfertigen«, sagte Henrik.

»Ich kann aber nicht anders. Weil ich mir selber nicht verzeihen kann, überhaupt etwas mit ihm angefangen zu haben. Und jetzt ruft er einfach so an und erzählt mir, dass er gerne nach Prielhagen kommen würde. Weil er mich vermisst. Und er sich endlich von seiner Frau getrennt hat.«

»Und das wühlt dich auf?«

»Nein, das macht mich wütend. Ich kenne Ingo. Nicht er hat sich von seiner Frau getrennt. Dazu ist er viel zu bequem. Sie hat ihn endgültig vor die Tür gesetzt, wahrscheinlich weil er auch mit seiner neuen Mitarbeiterin etwas angefangen hat. Nun herrscht dicke Luft in Berlin und er muss mal eine Weile raus. Ingo ist so. Nur auf sich selbst fixiert. Er ist gar nicht in der Lage, jemanden zu lieben. Er liebt sich selbst und seine Arbeit. Und er liebt es, verliebt zu sein. Also, das Gefühl an sich. Aber nicht den Menschen dahinter.«

»Das ist ein hartes Urteil über jemanden, mit dem man eine Beziehung geführt hat.«

»Es ist kein Urteil, es ist einfach nur die Wahrheit. Ingo ist ein faszinierender Mann. Ein genialer Architekt. Inspirierend. Horizonterweiternd. Unkonventionell. Ich habe unendlich viel von ihm gelernt und bin sehr dankbar dafür. Aber ich habe auch einen hohen Preis dafür gezahlt: Ich habe meine Selbstachtung verloren. Und das war es definitiv nicht wert. Deswegen mein Leitsatz: Hände weg von verheirateten Männern. Egal, was für Versprechungen aus ihrem Mund kommen. Egal, wie umwerfend der Kerl auch sein mag. Diesen Fehler mache ich nie, nie wieder im Leben.«

»Verstehe.« Henrik ließ nachdenklich das Aperitifglas in seiner Hand kreisen.

»Aber ich rede nur von mir, sorry. Du wolltest mir etwas sagen, bevor ich nach draußen zum Telefonieren gegangen bin.« Ich schaute ihn fragend an.

»Ach, das. Nicht so wichtig.« Henrik trank einen Schluck.

Henriks Reaktion machte mich stutzig. Hatte er vorher nicht gesagt, dass er mir unbedingt etwas mitteilen möchte, nein, sogar musste? Und nun war es nicht mehr so wichtig? Ich wollte gerade nachhaken, da kam Merle mit der Überraschungsplatte an unseren Tisch und ich schob den Gedanken beiseite.

Die Platte war riesig und dermaßen gekonnt angerichtet, dass sie mehr einem Kunstwerk als einer Speise glich.

»Da hat sich Jupp in der Küche aber selbst übertroffen«, sagte ich.

»Werde ich weitergeben«, sagte Merle mit einem dankbaren Lächeln. »Guten Appetit. Lasst es euch schmecken.«

18

»Danke für den schönen Abend, Henrik.« Wir standen vor dem Ömming & Öpping, bereit, dass jeder den Nachhauseweg antrat.

Oder auch nicht. Der Abend war viel zu schnell vergangen. Da Henrik und ich viele gemeinsame Interessen besaßen, hatten wir uns blendend unterhalten. Wobei das eigentlich Interessante die Blicke und Gesten zwischen uns waren, und all das, was zwischen den Zeilen ungesagt blieb.

Wir mochten uns. Ich spürte, dass es Henrik genauso ging wie mir. Und dieses Wissen verursachte ein Prickeln auf meiner Haut als wäre ich kopfüber in ein Brausebad gesprungen.

»Ich könnte dich nach Hause fahren«, sagte Henrik. »Dein Rad werfen wir einfach auf die Ladefläche des Pick-ups.«

»Wenn es keine Umstände macht.« Der Wind hatte merklich aufgefrischt und ich hätte heftig in die Pedale treten müssen, um gegen ihn anzukämpfen.

»Gibt nichts, was ich lieber täte.« Henrik lächelte dieses entwaffnende Lächeln, das einen Kranz feiner Fältchen um seine strahlenden Augen legte und das immer direkt in meinem Herzen andockte.

»Na dann.« Ich nahm mein Rad aus dem Ständer und wir schlenderten Seite an Seite durch das spätabendliche Prielhagen zum Parkplatz.

Vereinzelte Touristen stromerten durch die Gassen, der ein oder andere drehte noch eine abendliche Gassirunde mit seinem Hund. Hinter den Fenstern der Wohnungen flimmerten die Fernseher, zwei Kater jagten kreischend über das Kopfsteinpflaster.

Ich mochte diese Beschaulichkeit und hätte noch länger dahinspazieren können, doch Henriks Pick-up tauchte bereits vor uns auf.

»Darf ich?« Mühelos hob Henrik mein Fahrrad auf die Ladefläche.

Dabei berührten sich unsere Arme und wieder machte sich dieses Kribbeln in meinem ganzen Körper breit. Ich brauchte mir nichts vorzumachen: Wenn Henrik jetzt versuchen würde, mich zu küssen, wäre mein Vorsatz, Arbeit und Liebe zu trennen, auf der Stelle Geschichte.

Aber Henrik sah mich nur mit einem Blick voller Wärme an, trat einen Schritt zurück und räusperte sich. Ich erinnerte mich daran, dass er mir vor Ingos Anruf etwas hatte sagen wollen, meine Nachfrage später aber unbeantwortet ließ. Vielleicht war das der Grund für seine Zurückhaltung?

»Vor dem Essen, da wolltest du mir etwas sagen. Wir sind dann unterbrochen worden und …«

»Ja, ich weiß. Aber wie gesagt, das ist nicht so wichtig«, fegte Henrik das Thema sofort zur Seite.

»Egal. Sag trotzdem.«

»Wir sollten jetzt nicht über die Arbeit reden. Das hat dieser schöne Abend nicht verdient.«

Ach, darum ging es.

»Sind neue Preislisten gekommen?«, fragte ich. Das passierte zurzeit ständig. Deswegen war es kaum mehr möglich, Angebote für eine längere Zeit im Voraus einzuholen. Die Preise änderten sich einfach viel zu oft und schnell.

»Ja, genau. Die Natursteine werden teurer.« Henrik schwang sich hinters Steuer, ich kletterte auf den Beifahrersitz.

»Das ist wirklich ärgerlich«, sagte ich. »Diese Preisschwankungen machen eine belastbare Planung unmöglich.«

»Wie gesagt: Kein Thema für den heutigen Abend, okay?« Henrik lächelte mich an. »Wo muss ich hin?«

Ich erklärte ihm den Weg zu Oves Kate, bat ihn aber, in einiger Entfernung zu halten.

»Ich laufe den Rest des Weges. Meine Freundin Sophie muss früh raus und dein Auto röhrt und brummt wie ein Schlachtschiff.«

»Ich begleite dich.«

Mir wurde ganz warm in der Magengrube. Ich hatte gehofft, dass Henrik das sagen würde. Dass wir vielleicht noch einen Abstecher zum Strand machen und ein wenig in den Sternenhimmel gucken würden.

Henrik lud das Fahrrad ab und ich schob es bis zu Oves Kate, wo ich es an den Gartenzaun lehnte. Es brannte kein Licht mehr im Haus, bestimmt war Sophie schon im Bett. Schweigend gingen wir bis zum Strand.

Über uns funkelten die Sterne, vor uns rauschten die Wellen.

»Ist dir kalt?«, fragte Henrik und legte den Arm um mich.

»Nein.«

Ehrlich gesagt war mir ziemlich heiß. Trotzdem rückte ich näher an ihn, weil es einfach schön war, seinen Körper zu spüren.

»Siehst du das herzförmige Sternbild da oben? Wir nennen es Amor der Ostsee. Es zeigt sich nur, wenn zwei Menschen in den Himmel schauen, die etwas füreinander empfinden.« Henriks Stimme war ganz leise, fast nur ein Flüstern.

Ich legte meinen Kopf in den Nacken und starrte in den Nachthimmel. Mit viel Fantasie konnte man da oben tatsächlich ein Herz aus Sternen erkennen. Aber ich war nicht naiv.

»Das hast du doch gerade erfunden«, sagte ich ebenso leise wie Henrik.

»Hm, mag sein«, brummte er. »Ist aber eine schöne Geschichte, oder?«

Mir wurde seine Nähe plötzlich überdeutlich bewusst. Ich konnte seinen Atem an meiner Haut spüren, die Wärme, die von seinem Körper ausging. Ich drehte mich zu ihm. Für einen Moment trafen sich unsere Blicke, erfüllt von Sehnsucht und Neugier. Ein kurzes Zögern, dann fanden unsere Lippen zueinander.

Der Kuss war wie Henrik selbst: rau und zärtlich zugleich, leidenschaftlich und authentisch. In seinen

Armen fühlte ich mich sicher, stark und geborgen, während das Meer im Hintergrund tobte und der Ostseewind an uns zerrte und zupfte.

So kann sich ein Kuss also auch anfühlen, dachte ich, als wir uns voneinander lösten.

Arm in Arm standen wir da, lauschten den Wellen und spürten unsere Herzen in der Brust, die im gleichen Takt schlugen. Wir verharrten lange in dieser Position, in einer Eintracht, die ich noch nie mit einem Mann erlebt hatte. Ich verliebte mich gerade Hals über Kopf in Henrik. Und es fühlte sich wunderbar an.

19

Pia hing ein »Geschlossen«-Schild an die Tür und sperrte ab. Das Café Sanddornliebe hatte heute nur noch für den Stammtisch der Prielhagener Geschäftsfrauen geöffnet. Und die waren zahlreich erschienen.

Merle vom Ömming & Öpping war da, Jule vom Spielwarenladen, Levke von der Bäckerei, Manu vom Friseursalon, Wiebke vom Tee- und Gewürzladen, Judith, die noch immer für die Steuerkanzlei in Berlin arbeitete, dazu Thekla von der Strandbar, Yvi vom Leuchtturm, Sina von der Buchhandlung und meine Freundin Sophie.

Nur Merle war nach dem Spatenstich am alten Fabrikgelände mit ihrer rollenden kleinen Crêperie schon wieder nach Berlin aufgebrochen, natürlich nicht ohne eine große Ladung von Sophies Pralinen im Gepäck.

»Schön, dass heute so viele von euch Zeit haben«, sagte Pia und blickte in die Runde. »Eine tolle Truppe sind wir mittlerweile, nicht wahr?«

»Auf mich müsst ihr jetzt dann verzichten«, sagte Judith und setzte eine geheimnisvolle Miene auf.

»Warum? Sag bloß, du gehst zurück nach Berlin!«, rief Jule entsetzt. »Hast du dich mit Bjarne gestritten?«

»Jetzt, wo endlich eure Wohnung fertig ausgebaut ist«, sagte Wiebke und griff nach ein paar Salzstangen.

»Nur die Ruhe. Bjarne und ich haben nicht gestritten. Ganz im Gegenteil. Wir haben beschlossen, ein paar Monate auf Reisen zu gehen.« Judith grinste wie ein Honigkuchenpferd. Die Vorfreude stand ihr ins Gesicht geschrieben.

»Auf Reisen? Aber was ist mit deinen Klienten? Und Bjarnes Laden?«, fragte Manu.

»Meine Klienten werden von einer Kollegin in Berlin betreut. Und Henner wird im Laden die Stellung halten. Bestimmt nicht mit den vollen Öffnungszeiten, das schafft er nicht mehr. Und Hausbesuche, um kaputte Waschmaschinen und defekte Staubsauger abzuholen, wird er auch nicht machen. Aber die Prielhagener werden es überleben. Außerdem ist noch ein bisschen Zeit. Wir starten erst in acht Wochen«, sagte Judith.

»Oh, dann sollte ich Bjarne vorher noch anrufen«, sagte Pia. »Meine Waschmaschine zickt schon länger, aber ich dachte mir bisher immer, ich warte mal ab.«

»Ich richt's ihm aus.« Judith zwinkerte Pia zu und griff nach ihrem Glas.

»Und wie reist ihr?«, fragte Thekla. »Nobel auf einem Kreuzfahrtschiff? Mit dem Fahrrad? Per Flugzeug?«

»Nein, wir leihen uns einen Camper und düsen Richtung Süden. Oder Norden. Je nachdem, worauf wir Lust haben. Die vergangenen Jahre waren sehr anstrengend für uns beide. Diese Auszeit wird uns guttun.«

»Ich finde, diese Erkenntnis aus deinem Mund ist ein riesiger Fortschritt. Ich weiß noch, wie du nach Prielhagen zu Marlies gekommen bist. Damals hast du die Auszeit beinahe als Strafe aufgefasst, weißt du noch?«, fragte Yvi.

»Ja, das stimmt. Auf jeden Fall am Anfang. Aber ich habe in Prielhagen wirklich gelernt, besser auf mich und meine Bedürfnisse zu hören. Ohne Marlies hätte ich das nie geschafft.«

»Ja, sie ist ein Original«, sagte Pia und stand auf. »So, und jetzt hole ich mal eine Flasche Sekt aus dem Kühlschrank. Schließlich müssen wir Judiths Abschied gebührend feiern, wer weiß, ob wir vorher noch mal in so großer Runde zusammenkommen.«

»Für mich nicht, danke«, sagte Yvi, als Pia ihr ein Glas reichen wollte. »Ich bleibe heute beim Wasser.«

»Wieso? Bist du schwanger?«, platzte es aus Jule heraus.

Alle Köpfe ruckten herum und starrten Yvi an. Sie wurde knallrot. Egal, was sie jetzt auch als Ausrede vorbrachte, alle am Tisch würden wissen, dass es eine Ausrede war. Also strich sich Yvi verlegen eine Strähne ihrer langen blonden Haare hinters Ohr und nickte. »Ja, ich bin schwanger«, murmelte sie. »Aber lasst uns auf Judiths Reise anstoßen. Ich wollte das jetzt nicht crashen und mich in den Mittelpunkt drängen.«

»Na, hör mal«, sagte Judith entrüstet. »Das sind doch großartige Neuigkeiten. Auf Yvi! Und das Leuchtturmbaby.«

Alle erhoben ihre Gläser und stießen an. Ich lächelte Yvi zu. Endlich war es ausgesprochen. Es musste belastend gewesen sein, die frohe Botschaft solange für sich zu behalten.

»In welchem Monat bist du denn?«, fragte Wiebke.

»Zehnte Woche«, sagte Yvi. »Ich wollte eigentlich noch abwarten bis nach der zwölften Woche, bis ich es euch sage. Man weiß ja nie. Ich bin schließlich mit Mitte dreißig nicht mehr die Jüngste.«

»Ach, das ist heutzutage doch kein Problem mehr«, sagte Jule. »Bei mir im Laden kaufen ganz viele Mamis ein, die ihr erstes Kind mit vierzig oder später bekommen haben.«

»Da ist also noch locker Zeit für ein Geschwisterchen«, sagte Pia. »Komm, lass dich drücken.« Sie nahm Yvi in den Arm.

»Na ja, bevor ich an ein Geschwisterchen denke, bringe ich lieber erst mal dieses Würmchen auf die Welt«, sagte Yvi. »Mir wird jetzt schon ganz anders, wenn ich an die Geburt denke.«

»Ach, das fügt sich alles«, sagte Merle. »Und du hast ja uns. Und Janosch. Was sagt er denn dazu? So, wie ich ihn einschätze, ist er überglücklich.«

»Ja, das stimmt. Also, teilweise.« Yvi schnaufte und trank einen Schluck Wasser.

»Oh je, die alte Leier?«, fragte Levke.

»Ganz genau. Er will unbedingt, dass ich zu ihm ziehe.«

»Na ja, ist doch irgendwie verständlich. Du kannst das Kind ja nicht in Knuts Rauchwolke aufziehen.« Jule kicherte.

Yvi lachte. »Ich weiß. Und es wäre ja auch schön, mit Janosch zusammenzuwohnen. Aber …«

»Nein, dieses Aber darfst du einfach nicht zulassen«, sagte Judith. »Ihr seid jetzt lang genug zusammen. Janosch ist perfekt für dich. Trau dich endlich. Der arme Mann hat schon genug Geduld bewiesen.«

»Da ist was dran«, stimmte Manu zu und sah Yvi eindringlich an.

»Ja, ja, schuldig im Sinne der Anklage.« Sie hob beschwichtigend die Hände. »Ich werde zu ihm ziehen. Aber nicht sofort. Jetzt geht dann die Saison los und …«

»Yviiii«, ermahnten wir sie im Chor.

Schließlich mussten wir alle lachen. Noch einmal erhoben wir die Gläser und stießen an, dann richtete Sophie plötzlich das Wort an mich.

»Was ist jetzt eigentlich mit dem Skelett auf der Baustelle? Gibt es Neuigkeiten?«

Ich nickte. »Ja, und zwar durchaus erfreuliche. Also, auf jeden Fall was die Baustelle angeht. Wir dürfen nämlich bald weiterarbeiten. Die Archäologen haben keine weiteren Knochen gefunden. Sie meinten, dass das Skelett nicht historisch relevant ist. Es muss sich um ein Verbrechen oder einen Unfall handeln, der sich vor dem Bau der Fabrik ereignet hat.«

»Und das wissen die einfach so?«, fragte Jule.

»Die haben hochmoderne Laser, mit denen sie das Gelände scannen. Da sieht man dann, ob sich eine alte Siedlung oder so etwas unter der Erde verbirgt. Und das Alter der Knochen kann auch bestimmt werden. Frag mich nicht wie – dafür gibt es Experten, die werden schon wissen, was sie tun«, sagte ich.

»Okay, und was passiert jetzt?«, fragte Sophie.

»Werden die Knochen einfach beerdigt und das war's? Will niemand wissen, was damals passiert ist?«

»Doch, Leon will das unbedingt wissen«, sagte Sina. »Ich soll dich von ihm fragen, ob du mal Zeit für ein Gespräch hättest.«

»Klar, gerne«, sagte ich. »Aber viel kann ich ihm nicht sagen. Besser, er wendet sich an die zuständige Beamtin. Ich glaube, Gesa Haym war ihr Name.«

»Wer ist das?«, fragte Sina.

»Eine Spezialistin für Cold Cases von der Kriminalpolizei.«

»Wow, wie spannend.« Jule bekam große Augen. »Wie ist die Frau so?«

»Keine Ahnung. Ich habe sie noch nicht kennengelernt. Sie sollte eigentlich heute in Prielhagen eintreffen.« Ich zuckte mit den Schultern.

Plötzlich ertönte an der Tür des Cafés ein energisches Klopfen. Pia stand auf und wedelte abwehrend mit den Händen.

»Wir haben geschlossen.« Sie zeigte auf das Schild an der Tür.

Die Frau am Eingang ließ sich davon nicht abhalten. Sie drückte ihren Polizeiausweis gegen die Scheibe und klopfte erneut mit äußerster Entschlossenheit dagegen.

Pia stand auf. »Also, aus Prielhagen ist diese Polizistin nicht. Ihr wisst, was das heißt, Mädels. Entweder drohen einer von uns schlechte Neuigkeiten – oder wir werden jetzt gleich Bekanntschaft mit dieser Gesa Haym machen.«

20

»Guten Abend, die Damen. Mein Name ist Gesa Haym und ich bin von der Kriminalpolizei.« Die Stimme der Polizistin klang nach zwanzig Zigaretten am Tag und langen Kneipennächten.

»Moin«, sagte Pia. »Was haben wir angestellt? Das Café ist eigentlich schon geschlossen.«

»Hier soll es die besten Pralinen an der Ostseeküste geben«, sagte Gesa Haym. »Steht im Internet.« Sie hob ihr Handy in die Luft. »Ich weiß, man soll nicht alles glauben, was im Netz steht, aber zur Hölle, ich brauche jetzt eine ordentliche Portion Schokolade, sonst drehe ich durch.«

Die Polizistin zog sich einen Stuhl heran und ließ sich stöhnend darauf fallen. Sie war eine Erscheinung. Das graue Haar fiel ihr in wilden Wellen bis über die Schultern, die Augenbrauen waren so buschig wie bei einer alten Eule und der Mund groß wie der eines Krokodils.

Ich musste sofort an die schrägen Bilder denken, die Yvi im Souvenirladen verkaufte. Rüdiger, ein Künstler aus

Berlin, malte sie. Er hätte seine helle Freude an dem einzigartigen Gesicht dieser Frau.

»Sie haben gerade ihren Polizeiausweis benutzt, um an Pralinen zu kommen?«, fragte Jule grinsend. »Wie cool ist das denn?«

»Und was hätten Sie getan, wenn ich nicht geöffnet hätte?«, fragte Pia. »Mit der Dienstwaffe das Schloss aufgeschossen?«

»Viel zu viel Krach. Ich hätte die Tür einfach aufgesperrt«, sagte Gesa Haym und zog einen überdimensionalen Schlüsselbund aus der Tasche, an dem so mancherlei absonderliche Werkzeuge hingen.

»Beruhigend zu wissen«, sagte Pia. »Wollen Sie vielleicht auch etwas trinken, jetzt, wo Sie schon da sind?«

»Ja, sehr gerne. Einen Futschi, bitte.«

»Einen was?« Pia zog fragend die Augenbrauen nach oben.

»Das ist Weinbrand mit Cola«, erklärte ich. »Gibt's in Berliner Kneipen.«

»Okay. Gehe ich recht in der Annahme, dass das Verhältnis zugunsten des Weinbrands ausfällt?«, fragte Pia.

»Bin nicht mehr im Dienst heute«, sagte Gesa Haym. »Na ja, bald bin ich überhaupt nicht mehr im Dienst. Ist mein letzter Fall, das hier.«

Das klang irgendwie verbittert.

»Scheint Ihnen nicht zu gefallen.« Pia hantierte hinter dem Tresen mit Asbach und Cola.

Sophie war in die Küche gegangen, um Pralinen zu holen.

»Lange Geschichte. Die Kurzform: Ich werde meinen

138

Job vermissen, nicht aber meine Kollegen. Und ich benutze bewusst die männliche Form.« Gesa Haym lehnte sich zurück.

Der schmale Polsterstuhl wirkte zu klein für sie. Sie war eine große, mächtige Frau. Nicht dick, aber breitschultrig und kräftig, mit Bewegungen, die verrieten, dass sie sich viele Jahre in einer Männerdomäne hatte durchsetzen müssen.

Ich dachte sofort an den Bürstenhaarschnitt und seine unangenehme Art. War bestimmt kein Zuckerschlecken, mit so einem Typen zusammenzuarbeiten.

»Und ursprünglich kommen Sie aus Berlin?«, hielt Pia das Gespräch am Laufen.

»Ja, Neukölln. Bin aber schon vor vierzig Jahren weg aus der Stadt und ans Meer. Ohne Meer geht es nicht. In meinem nächsten Leben werd' ich Kapitän.«

Sophie kam mit einer Porzellanplatte voller Pralinen an den Tisch, Pia stellte den Drink vor die Polizistin.

»Zum Wohl.« Gesa Haym hob das Glas und trank einen ordentlichen Schluck. Dann steckte sie sich eine Praline in den Mund. Und noch eine. »Mhm, ein Gedicht. Können Sie mir die einpacken?«

»Alle?«, fragte Sophie ungläubig.

»Ja, bitte. Sonst stehe ich morgen wieder hier auf der Matte.«

Sophie trug die Pralinen hinter den Tresen und verpackte sie in einem Karton. Gesa Haym leerte unterdessen ihren Drink und kramte den Geldbeutel aus der Tasche.

»Was macht das?«, fragte sie.

»Das Getränk geht aufs Haus. Kleiner Willkommens-
gruß«, sagte Pia.

»Sehr freundlich, danke.« Die Polizistin ging zur
Theke, bezahlte die Pralinen und verließ ohne ein
weiteres Wort das Café. Draußen auf der Straße zündete
sie sich sofort eine Zigarette an, nahm einen tiefen Zug
und marschierte davon.

»Was für eine Frau.« Jule starrte ihr fasziniert
hinterher.

»Man fragt sich allerdings schon, ob sie es mit den
Kollegen schwer hatte oder die Kollegen mit ihr«, sagte
Wiebke. »Seltsamer Auftritt, findet ihr nicht?«

»Leon würde sie lieben«, sagte Sina. »Sie ist eine
menschgewordene Romanfigur.«

»Ich finde, wir sollten sie mit Knut bekannt machen«,
sagte Thekla. »Das passt doch wie Arsch auf Eimer. Oder
hast du irgendwelche Einwände, Yvi?«

»Das wird sich sowieso nicht vermeiden lassen. Jeder,
der Prielhagen besucht, landet irgendwann am Leuchtturm.« Yvi trank ihr Wasser aus. »Ich mach mich jetzt auf
den Heimweg. Mir reicht's für heute.«

»Gute Idee«, sagte Thekla. »Ich bin auch platt.«

Aufbruchsstimmung machte sich breit und wir tranken
alle unsere Getränke aus. Merle und ich räumten ab und
bestückten die Spülmaschine, Pia und Wiebke schoben die
Tische wieder auseinander und stellten die Stühle an ihren
Platz, Sophie sah in der Küche nach dem Rechten. Levke
schnappte sich einen Lappen und machte noch einmal klar
Schiff. Schließlich war alles perfekt für den nächsten Tag.

Wir verließen das Café Sanddornliebe und strömten

in sämtliche Himmelsrichtungen davon. Sophie hakte sich bei mir unter. Wir wählten den kürzeren Weg durch die Stadt und nicht am Meer entlang.

»Schön war das heute wieder«, sagte sie. »Ich bin mittlerweile richtig in Prielhagen angekommen. Und das verdanke ich vor allem den Mädels.«

»Geht mir auch so. Ist eine tolle Runde.«

»Könnte es sein, dass auch ein gewisser Henrik etwas damit zu tun hat, dass du dich in Prielhagen wohlfühlst?«, fragte Sophie scheinheilig. »Du hast mir noch gar nicht erzählt, wie euer Date gestern Abend gelaufen ist.«

»Gut.«

»Jooolaaaa.« Sophie bohrte mir ihren Zeigefinger in den Oberarm.

»Was denn?«

»Gut ist keine zufriedenstellende Antwort.«

»Okay. Ich präzisiere: Sehr gut.«

»Du bist unverbesserlich.«

»Und du bist viel zu neugierig.«

»Stell dir vor, die Nachrichten würden einen neuen Planeten ankündigen. Einen, der sich nur alle drei Millionen Jahre am Himmel zeigt. Würdest du dann hinschauen oder nicht?«, fragte Sophie.

»Henrik ist kein neuer Planet«, antwortete ich.

Im Haus neben uns wurde rasselnd ein Rollo hinuntergelassen. Irgendein Vogel der Nacht stieß einen durchdringenden Schrei aus.

»Na ja, aber ein Date bei Jola Andersen ist durchaus ein seltenes Ereignis, das nur alle Jahrmillionen stattfindet. Daher hat die Menschheit – vor allem ihre beste Freundin Sophie – berechtigtes Interesse daran.«

»Dir ist wohl der Sekt zu Kopf gestiegen.«

»Nur ein bisschen. Voll schön, dass Yvi schwanger ist, oder?«, wechselte Sophie abrupt das Thema. »Ich hatte immer Angst davor, Mutter zu werden. Dass ich der Verantwortung nicht gewachsen wäre. Aber hier in Prielhagen und mit Elias …« Sophie seufzte verträumt.

»Nur zu. Morgen kommt er nach Hause. Oder muss er dann erst einmal deinen Körperfettanteil bestimmen und deine Kalorienbilanz berechnen?«

»Hey, du altes Lästermaul.« Sophie kicherte. »Und nun sag schon. Das mit Henrik, das ist etwas Ernstes, oder?«

»Wir kennen uns doch kaum«, wich ich aus.

»Mag sein. Aber es fühlt sich anders an als sonst, hab ich recht?«

»Ja, das tut es. Für die kurze Zeit, die wir uns kennen, fühlt es sich viel zu gut an für meinen Geschmack. Das macht mir Angst. Irgendwo muss es einen Haken geben. Das Glück kommt doch nicht einfach herbeigeflogen wie ein Schmetterling, setzt sich auf die Schulter und sagt: Hier gefällt es mir. Da bleib ich.«

»Warum nicht? Denk an Elias und mich.«

»Ihr konntet euch anfangs nicht ausstehen. Da war nichts mit Liebe auf den ersten Blick.«

»Unterbewusst schon.«

Ich musste lachen. »Unterbewusst. Du bist unglaublich, Sophie.«

»Nein, ich meine das ernst. Unser Herz und unser Körper wissen oft von Anfang an, wer zu uns passt, aber unser Kopf funkt ständig dazwischen. Wir denken, wir können das Leben mit unserem Verstand regeln. Das stimmt aber nicht. Außer, es handelt sich um die Steuererklärung.«

»Dafür braucht man mehr Fantasie als Verstand«, sagte ich.

»Oder Judith. Die hat das echt drauf«, sagte Sophie. »Aber die macht sich jetzt erst mal vom Acker. Recht hat sie. So eine Auszeit im Camper würde mir auch gefallen.«

»Gerade wolltest du noch ein Kind bekommen«, neckte ich meine Freundin.

»Aaaah, ich will einfach alles. Das Leben mit jeder Faser genießen und aufsaugen. Ist es nicht wunderbar, dass wir auf der Welt sind?«, schwärmte Sophie.

»Das zweite Glas Sekt war definitiv zu viel. Am besten, du hüpfst jetzt schnell ins Bett.« Wir hatten mittlerweile Oves Kate erreicht und ich sperrte die Haustür auf.

»Okay. Aber erst muss ich Elias ein Gute-Nacht-Küsschen schicken. Henrik würde sich bestimmt auch über eins freuen.« Sophie zwinkerte mir zu und tänzelte davon.

Ja, warum eigentlich nicht, dachte ich und zog mein Handy aus der Tasche.

Meine Finger schwebten über dem Display, aber ich merkte, wie schwer es mir fiel, die passenden Worte zu finden. Wenn wir zusammen waren und ich Henrik in die Augen sehen konnte, war es kinderleicht. Aber nun hatte ich Angst, etwas Falsches zu schreiben. Etwas Unpassendes, das nicht angebracht war nach der kurzen Zeit, die wir uns kannten.

Ich wollte nicht den Eindruck erwecken, als würde

ich klammern. Oder nach dem ersten Kuss gleich von der großen Liebe fantasieren. Oder ...

Sophies Worte kamen mir in den Sinn: Dass unser Kopf dazwischenfunkte, wenn das Herz eigentlich schon längst wusste, was es wollte.

Genau so war es jetzt auch. Mein Verstand vollführte die wildesten Verrenkungen und kramte dunkle Ängste hervor, anstatt dass ich einfach tippte, was ich fühlte.

> Ich vermisse dich und freue mich
> darauf, dich wiederzusehen. Schlaf gut.

Ich setzte ein Kussemoji hinter die Nachricht und schickte sie ab.

Als ich im Badezimmer stand und mir die Zähne putzte, kam die Antwort.

> Wollte ich auch schon den ganzen
> Abend schreiben. Habe mich aber nicht
> getraut.

Oh Mann, Teenager könnten nicht schlimmer sein, dachte ich und schickte mit einem breiten Grinsen im Gesicht ein Herzemoji zurück.

21

Gesa Haym patrouillierte auf der Baustelle wie ein Wachmann an der Gefängnismauer. Angeblich dachte sie nach, aber ich sah sie nur in die Luft starren und ab und zu eine von Sophies Pralinen essen.

Ich war auf die Baustelle gekommen, um abzuklären, ob der übliche Baustellen-Jour fixe am Montag wie geplant stattfinden konnte, doch die Polizistin hatte mich nur angestarrt und war einfach an mir vorbeimarschiert, als wäre ich Luft.

»Entschuldigung«, sagte sie nun zu mir. »Wenn ich mich in einen Fall einfühle, möchte ich nicht dabei gestört werden. Das ist ein ganz seltsamer Prozess, den ich nicht beschreiben kann. Da sind übernatürliche Mächte im Spiel.« Sie bot mir eine Praline an, die ich dankend ablehnte.

»Verstehe«, sagte ich, obwohl das nicht der Wahrheit entsprach. Keine Ahnung, was im Kopf dieser Frau vor sich ging. Aber auch irrelevant, solange ich die nötige

Information bekam. »Kann am Montag der Baustellenbetrieb wieder aufgenommen werden?«

»Ja. Die Spurensicherung hat bereits gestern ihren Job erledigt, das Skelett wurde geborgen, von einem weiteren Fund ist nicht auszugehen. Es spricht nichts dagegen, den Betrieb fortzuführen.«

»Danke. Das sind gute Neuigkeiten.«

»Sind Sie von hier?«, fragte Gesa Haym.

»Nein. Ich komme aus Berlin.«

»Hm, schade. Dachte, Sie könnten mir ein wenig über Prielhagen erzählen.«

»Warten Sie einen Moment. Ich hab da etwas für Sie.« Ich holte die Chronik über Prielhagen aus meiner Umhängetasche und reichte sie der Polizistin. »Und Sie sollten zum Leuchtturm gehen. Knut weiß viel. Und Steppke auch. Er ist oft dort.«

»Begleiten Sie mich?«, fragte Gesa Haym. »Heute ruht die Baustelle ja noch.«

»Ja, warum nicht«, sagte ich mit einem Schulterzucken.

Das Wetter war schön, die Luft mild, es sprach nichts dagegen, einen kleinen Ausflug zum Leuchtturm zu unternehmen. Und so seltsam Gesa Haym auch war, ich mochte sie irgendwie.

»Haben Sie die Chronik gelesen?«, fragte sie, als wir nebeneinander herspazierten.

»Teilweise. Es ist auf jeden Fall ersichtlich, dass sich niemals ein Friedhof an der Stelle des Fabrikgeländes befunden hat. Auch nichts anderes. Das war einfach nur Ackerland. Prielhagen hat den Tourismusboom lange verschlafen.«

»Ja, das haben mir die Kollegen schon berichtet. Sie haben sich die alten Gemeindepläne angesehen und bereits die Grundbuchauszüge angefordert. Die verraten uns, wem das Grundstück früher gehört hat.«

Wir bogen in einen schmalen Pflasterweg zwischen einigen Wohnhäusern ein, der zum Promenadenweg führte. In einer Hecke stritten zwei Amseln um einen Wurm, jemand mähte seinen Rasen. Der Duft nach frisch geschnittenem Gras lag in der Luft.

»Behandeln Sie nur solche Fälle?«, fragte ich. »Also, Cold Cases? Ihr Kollege hat so eine Andeutung gemacht.«

»Eine abfällige Andeutung, nicht wahr? Sie meinen bestimmt Werner Kessner. Groß, Bürstenhaarschnitt?« Gesa Haym sah mich fragend an.

»Ja.« Ich nickte.

»Er ist ein Scheusal. Ist nie damit klargekommen, dass ich einen besseren Spürsinn habe als er. Kessner ging es immer nur um Aufstieg und Karriere. Mich interessierten die menschlichen Abgründe, die fehlgeschlagenen Beziehungen, die Enttäuschungen, der zermürbende Alltag, der Menschen zu Tätern macht. Ihn interessierte nur die Aufklärungsquote. Wenn jemand Unschuldiges dafür herhalten musste – egal, nicht Kessners Problem. Ich habe ihm ein paar Mal ins Handwerk gepfuscht. Seitdem bin ich unten durch. Und ja, man hat mir die vergangenen zehn Jahre vor allem Cold Cases auf den Schreibtisch geknallt. Womit sie allerdings nicht gerechnet haben, ist, dass ich fast alle von ihnen aufklären würde.« Gesa Haym schnaubte wie ein aufgebrachtes Rennpferd.

»Dann werden Sie auch diesen Fall lösen?«, fragte ich.

»Darauf können Sie Gift nehmen. Und wenn es das Letzte ist, was ich auf dieser Welt tue. Kessners größter Genuss wäre es, wenn ich mit einem ungeklärten Mord in Pension gehen müsste und dieser mich bis zu meinem Tod verfolgt. Aber den Gefallen werde ich ihm nicht tun.«

»Ich stelle es mir schwer vor, nach fast achtzig Jahren noch Hinweise zu finden.«

»Das ist es auch. Zumal die Täter garantiert schon tot sind. Aber irgendwas findet sich immer. Und wenn ich jedes Sandkorn in Prielhagen umdrehen muss.«

Wir hatten den Promenadenweg erreicht und ließen erst noch die Bimmelbahn vorbei, bevor wir direkt am Meer entlang Kurs auf den Leuchtturm nahmen. Die Ostsee plätscherte nur träge dahin und wirkte wie ein großer Teich und nicht wie ein wilder, rauschender Ozean. Dafür funkelte die Wasseroberfläche in einem karibischen Türkis und die Landschaft leuchtete in den schönsten Frühlingsfarben.

»Ich helfe Ihnen, wo ich kann. Als Architektin sind Verbrechen zwar nicht gerade mein Fachgebiet – Bausünden einmal ausgenommen – aber das alte Fabrikgelände soll ohne Altlasten im neuen Glanz erstrahlen. Außerdem fand ich diesen Kessner schrecklich«, rutschte es mir heraus. »Oh, Entschuldigung, das war indiskret.«

»Na und?« Gesa Haym zündete sich eine Zigarette an. »Männer sind permanent indiskret. Ihr ganzer Machtapparat stützt sich darauf. Und wir Frauen lassen all die Chancen und Möglichkeiten, die das Leben bereit hält, vorüberziehen. Weil wir Angst haben, dass sich jemand über unsere schlechten Manieren beschwert. Weil wir zu forsch wirken könnten. Zu fordernd. Zu rechthaberisch. Zu laut. Zu unhöflich. Nein, meine Liebe, die Fünziger-jahre sind zum Glück vorbei.«

Der Leuchtturm tauchte vor uns auf. Ich musste in mich hineingrinsen. Das Zusammentreffen von Gesa Haym und Knut würde spannend werden – entweder war es Liebe auf den ersten Blick zwischen den beiden. Oder es flogen die Fetzen.

»Das ist also das Wahrzeichen von Prielhagen«, sagte Gesa Haym und blies eine Rauchwolke aus. »Nicht schlecht.« Sie legte den Kopf in den Nacken und schaute nach oben. »Aber typisch, dass so ein ursprünglicher Ort gleich wieder mit einem Souvenirshop verschandelt werden muss. Ich kann mit diesem Ramsch ja nichts anfangen.«

»Es gibt in dem Laden nicht nur Ramsch. Sondern auch hübsches Kunsthandwerk aus der Region«, sagte ich.

»Staubfänger«, brummte Gesa Haym. Sie drückte die Zigarette auf einem Pflasterstein aus und sah sich nach einem Abfalleimer um.

»Da drüben.«

Zielstrebig stapfte Gesa Haym los und entsorgte den Zigarettenstummel. Wie aus dem Nichts kam Opa Gertraud aus dem Gebüsch gesprungen. Die Polizisten schreckte beim Anblick des schwarzen Katers jedoch kein bisschen zurück, sondern ging in die Knie und fragte mit rauchiger Stimme: »Na, wer bist denn du?«

Opa Gertraud schien schockverliebt. Er neigte den Kopf, stellte den Schwanz kerzengerade auf und begann so laut zu schnurren, dass ich es in einigen Metern

Entfernung noch deutlich hören konnte. Dabei umrundete er die Polizistin und schmiegte sich eng an sie.

»Aha. Eine Katerflüsterin«, ertönte Knuts knarzige Stimme. Wie immer hatte er die dampfende Pfeife im Mundwinkel hängen.

Gesa Haym erhob sich und streckte Knut die Hand entgegen.

»Gesa Haym von …«

»… der Kripo. Benutzt ihren Polizeiausweis, um an Pralinen zu kommen. Und jetzt wollen Sie Opa Gertraud festnehmen? Was hat er denn angestellt?«

Ich musste grinsen. Yvi hatte anscheinend geplaudert und vom Auftritt der Polizistin im Café Sanddornliebe erzählt.

»Ich möchte zwar nicht wissen, wie viele Mäuse dieser Filou auf dem Gewissen hat, aber deswegen bin ich nicht hier. Frau Andersen meinte, Sie wissen viel über Prielhagen und die Menschen hier.«

»Die Leute sabbeln einem ein Ohr ab. Nicht alles merke ich mir. Aber einiges schon. Dann kommen Sie mal mit. Auf der Terrasse ist es gemütlicher. Der Steppke ist auch gerade da, der ist ein wandelndes Prielhagenlexikon.«

Wir warfen einen Blick zum Haus. Steppke winkte uns zu.

»Na dann.« Gesa Haym setzte sich in Bewegung, Opa Gertraud war ihr dicht auf den Fersen.

Nach einer Vorstellungsrunde legte die Polizistin direkt los. »Können Sie sich vorstellen, wer da unter der alten Fabrik vergraben liegt? Gibt es irgendwelche Geschichten, die kursieren? Menschen, die vermisst werden? Gerüchte? Gerede?« Gesa Haym ließ sich auf einen Stuhl fallen. Opa Gertraud sprang auf ihren Schoss und begann, sein Hinterteil zu putzen.

Knut lehnte sich genüsslich zurück. »Tja, Klatsch und Tratsch gibt es genug. Wo fangen wir da an, Steppke?«

22

»Es gibt da diese alte Geschichte von der weißen Frau. Angeblich ist ihr Mann auf See gestorben und sie erscheint in nebligen Vollmondnächten am Ufer des Meeres und hält nach ihm Ausschau«, sagte Steppke. »Ich habe sie allerdings noch nie gesehen.«

»Na, weil du so klein bist«, sagte Knut. »Du siehst doch gar nicht über die Nebelschwaden drüber. Nee, nee, das ist Seemannsgarn. Die Ute wird doch vermisst. Aber erst seit vierzig Jahren. Hatten damals den Ehemann in Verdacht, konnten ihm aber nie etwas nachweisen. Ist mittlerweile weggezogen. Vielleicht isser schon tot.«

»Vierzig Jahre? Hm, das passt nicht wirklich. Wie heißt die Frau mit Nachnamen?«, fragte Gesa Haym.

»Ute, die Gute«, murmelte Steppke. »So haben die alle genannt. War sehr hilfsbereit. Und nett. Hatte immer Bonbons in der Hosentasche für uns Kinder. Mensch, wie hieß die noch mal?«

Knut schnaufte. »Ich war damals noch gar nicht hier.

Kenne die Geschichte nur vom Hörensagen. Aber irgendwas mit L. Link. Oder Linke.«

»Lück. Genau, so hat sie geheißen!«, rief Steppke. »Ute Lück.«

Gesa Haym notierte den Namen.

Steppke redete weiter.

»Das war früher alles nur Acker, da draußen bei der Fabrik. Prielhagen war ja ein Kaff. Gehörte fast alles dem Benk. Also, dem alten Benk. Helfried hieß der.«

»Benk wie der Gutshof?«, fragte ich.

»Ja, genau. War einmal ein imposantes Anwesen mit riesigen Ländereien. Jetzt findet man kaum noch die Türklinke, so hoch wuchert das Unkraut«, sagte Steppke.

»Über den Gutshof steht auch etwas in der Chronik«, sagte ich zu Gesa Haym.

Sie holte das Buch aus ihrer Tasche und reichte es mir. Ich schlug die entsprechende Seite auf. Eine Luftaufnahme zeigte die riesigen Dimensionen des Landguts, eine Tabelle listete den gesamten Landbesitz inklusive Flurnummern auf.

»Nicht schlecht, Herr Specht.« Gesa Haym pfiff durch die Lippen. »Das nenne ich mal eine nette kleine Laube.«

»Wie gesagt, das Anwesen hat ziemlich viel von seinem Glanz eingebüßt«, sagte Steppke. »Helfried wurde gleich zu Kriegsbeginn eingezogen. 1940 kam er zurück. Ihm fehlte ein Arm und ein Bein funktionierte nicht mehr richtig. Er konnte den Hof nicht mehr so bewirtschaften wie vorher. Deshalb wurden nach und nach alle Felder verkauft.«

»Ich nehme an, dieser Helfried ist bereits tot?« Gesa Haym zündete sich eine Zigarette an.

»Ja, schon viele Jahre. Er ist in den Siebzigern gestorben, ich war noch ein Kind«, sagte Steppke.

»Er hatte doch bestimmt eine Frau.« Die Polizistin blies eine Rauchwolke in den Himmel.

Opa Gertraud hatte sich mittlerweile auf ihrem Schoß zu einer Kugel zusammengerollt und schnurrte noch immer wie ein Weltmeister. Aber es war nicht der Kater, der meine Aufmerksamkeit erregte, sondern Knut. Der alte Haudegen betrachtete Gesa Haym fasziniert. Wenn ich nicht wüsste, was für ein alter Knurrhahn er war, würde ich meinen, sie gefiel ihm. Ziemlich gut sogar, wenn ich das Funkeln seiner Augen richtig deutete.

Aber warum auch nicht. Sie war der Typ Frau, die es auf jeden Fall mit Knuts Bärbeißigkeit aufnehmen und ihm Paroli bieten könnte. Ein zartbesaitetes Püppchen würde an seiner Seite bestimmt unglücklich werden.

»Ja, er hatte eine Frau. Minna Benk. Ist aber auch schon tot. 1990 gestorben«, erklärte Steppke und blätterte in der Chronik. »Hier ist ein Foto von den beiden.«

Zwei ernste Menschen blickten uns von einer Schwarz-Weiß-Fotografie entgegen. Es schien das Hochzeitsbild der beiden zu sein. Trotz ihrer jungen Jahre und des feierlichen Anlasses wirkten sie düster und verschlossen.

»Gibt es Kinder?«, fragte Gesa Haym.

»Einen Sohn. Hans Benk. Er ist neunundsiebzig und ein schwieriger Mensch. Aus dem werden Sie nichts herausbekommen«, prophezeite Steppke.

»Mag sein. Aber versuchen muss ich es. Wo liegt dieser Gutshof?«

Steppke klappte die in der Chronik enthaltene Karte auf und zeigte es der Polizistin. Diese nickte und bedankte sich. Yvi kam um die Ecke und stellte erstaunt fest, dass ihr Vater und Steppke Besuch hatten.

»Hallo.« Sie begrüßte uns mit einem Lächeln. Dann schaute sie mit gerunzelter Stirn auf den Tisch. »Sag mal, hat man euch nichts zu trinken angeboten?«

Ein Ruck ging durch Knut. Es wirkte, als würde er aus einer Trance erwachen. »Herrje, das hab ich ganz vergessen.«

Ich musste schmunzeln, weil ich genau wusste, warum: Er war so fasziniert von Gesa Haym gewesen, dass er sie nur hatte anstarren können.

»Ach, das macht nichts«, winkte die Polizistin ab. »Zur Not weiß ich mir schon zu helfen.« Sie spielte auf ihre Aktion gestern Abend an und wir mussten alle lachen.

»Na ja, einen Ostseeflüsterer könnten wir schon trinken«, schlug Knut vor.

»Was ist das? Klingt nach Alkohol«, sagte Gesa Haym.

»Ist eine hochprozentige Kräuterspezialität hier aus der Region«, sagte Yvi.

»Dann ein andermal. Ich bin im Dienst.« Sie stand auf und setzte Opa Gertraud vorsichtig auf den Boden.

Knut erhob sich ebenfalls und reichte ihr die Hand.

»Vielleicht heute Abend?« Seine Stimme klang hoffnungsvoll.

Gesa Haym verzog keine Miene. »Wer weiß.«

23

Gesa Haym und ich gingen vom Leuchtturm zum Promenadenweg.

»Wollen Sie zurück zur Baustelle?«, fragte ich.

»Nein. Ich will zum Rathaus. Ich werde mich durch alte Akten wühlen und vergilbte Pläne und Dokumente durchforsten.«

»Ach, das trifft sich gut. Ich wollte sowieso noch mit Lingrön reden. Wir können gemeinsam gehen.«

»Es hat was, alles zu Fuß und mit dem Rad zu erledigen«, sagte Gesa Haym. »Ich bin in meinem Leben viel zu viel im Auto gesessen.«

Auf der Promenade herrschte reges Treiben. Eine Klasse Schulkinder machte eine Exkursion und die beiden Lehrerinnen hatten alle Hände voll zu tun, die kleinen Quälgeister zu bändigen. Sie interessierten sich überhaupt nicht für die Erläuterungen zur Ostsee, sondern machten vor allem Unfug.

Ein Rentnerehepaar zog die Nasen kraus.

»Also, bei uns hätte es das nicht gegeben«, sagte der

Mann. Die Frau nickte mit herabgezogenen Mundwinkeln.

»Die haben wohl vergessen, dass sie auch mal jung waren«, sagte die Polizistin. »Hoffentlich werde ich im Alter kein verbittertes, garstiges Weib.«

»Ist Ihre Mutter denn eins?«, fragte ich.

»Nein. Aber ein sanftes Ömchen war sie auch nicht. Sie wusste bis zu ihrem Tod sehr genau, wie ihr Leben auszusehen hatte, und ließ sich da auch nicht hineinreden. Das hat mich so manche Nerven gekostet. Gut, dass ich keine Kinder habe.«

»Bewusste Entscheidung?«, fragte ich.

»Ja. Und nein, ich bereue es nicht, falls das Ihre nächste Frage wäre.«

Gesa Hayms direkte Art war eine Herausforderung. Aber ich spürte, dass diese raue Schale einen Schutzpanzer darstellte und darunter eine Frau steckte, die in so manchen Abgrund geblickt hatte.

Im Rathaus trennten sich unsere Wege. Während sich die Polizistin ins Archiv führen ließ, lief ich die Treppen hinauf zu Lingröns Büro. Die Tür stand offen und der Kurdirektor winkte mich zu sich an den Schreibtisch.

»Hallo Jola. Setz dich doch.« Er wies auf einen Besucherstuhl. »Gibt es Neuigkeiten vom Fabrikgelände?«

»Ja, der Jour fixe findet am Montag um zehn Uhr wie geplant auf der Baustelle statt. Wir haben zwar eine Woche Verzögerung, aber das wird nicht zu gravierenden Bauzeitverschiebungen führen. Walter Loers wird einen zweiten Bagger samt Fahrer einsetzen, sodass wir im Mai pünktlich mit den Rohbauarbeiten beginnen können.«

»Falls keine weiteren Komplikationen auftreten«,

sagte Lingrön. »Wer weiß, was noch alles ans Tageslicht kommen wird.«

»Ja, das kann man nie mit Sicherheit sagen. Aber bleiben wir optimistisch. Es gibt für jedes Problem eine Lösung.«

»Das ist die richtige Einstellung. Bleibt nur zu hoffen, dass uns diese Skelettsache keine weiteren Scherereien bringt. Momentan sieht es zum Glück so aus, als würde das Interesse bereits abflauen. Ist die zuständige Kripobeamtin denn schon aufgetaucht?«, fragte Lingrön.

»Ja. Ich war mit Gesa Haym auf der Baustelle und habe sie ins Rathaus begleitet. Sie ist im Archiv.«

Lingrön verdrehte die Augen. »Was gedenkt Sie denn in den staubigen Akten zu finden? Kann sie den Fall nicht einfach abschließen?«

»Vielleicht gibt es Menschen, die auf eine Aufklärung warten. Sie möglicherweise seit Jahrzehnten herbeisehnen«, sagte ich.

»Dein Idealismus in allen Ehren, aber die Realität spricht doch eindeutig eine andere Sprache: In Prielhagen wird niemand vermisst.«

»Ute Lück«, konterte ich.

Lingrön schaute mich verdutzt an. »Woher …?«

»Na ja, die Leute reden«, sagte ich vage.

»Nun gut, diese Ute – Gott hab sie selig – wird aber meines Wissens erst seit 1984 vermisst. Die Fabrik wurde 1945 gebaut. Das heißt, dass diese Person dort seit mindestens neunundsiebzig Jahren liegt. Und die Person, die sie umgebracht hat – wenn das überhaupt der Fall war – wird den Mord kaum mit zehn Jahren begangen haben. Somit geht die Wahrscheinlichkeit, einen heute noch lebenden Täter zur Strecke zu bringen, gegen null«, rechnete mir Lingrön vor.

»Vielleicht kann man keinen Täter verurteilen, aber ein Verbrechen aufklären.«

»Wenn es überhaupt ein Verbrechen war. Es könnte genauso gut ein Unfall, eine Krankheit oder was auch immer gewesen sein. Mir ist auf jeden Fall niemand in Prielhagen bekannt, der ein verschwundenes Familienmitglied zu beklagen hat. Und das werde ich dieser Frau Haym nun gleich mal mitteilen. Vielleicht merkt sie dann, dass sie nur ihre Zeit verschwendet.«

24

Ich verließ das Rathaus und lief direkt Gustav Finke in die Arme.

»Hallo Jola. Tut mir leid, die Sache mit dem Skelett.«

»Ach, alles halb so wild«, sagte ich. »Am Montag geht der Betrieb weiter.«

»Haben Sie denn schon über mein Angebot nachgedacht?«, fragte Gustav.

»Ich, also …« Natürlich hatte ich darüber nachgedacht, ziemlich oft sogar. Aber ich war noch nicht zu einem Ergebnis gekommen.

»Was halten Sie davon, wenn wir morgen Nachmittag eine Spritztour machen? Haben Sie Zeit und Lust? Dann zeige ich Ihnen einige Objekte, die in den vergangenen Jahren entstanden sind.«

»Ja, sehr gerne«, sagte ich.

Elias kam heute Abend nach Hause, da war Sophie bestimmt froh, wenn sie am Wochenende mal eine Weile allein sein konnten. Außerdem war ich neugierig.

»Wunderbar. Ich hole Sie ab. Wohnen Sie noch bei Ihrer Freundin in Oves Kate?«

Ich nickte. »Vierzehn Uhr?«

»Sehr schön. Bis dann. Ich freue mich.« Gustav Finke schüttelte mir die Hand, dann verschwand er im Rathaus.

Ich marschierte zurück zur Baustelle, setzte mich in den Baucontainer, der mir als Büro diente, und klappte meinen Laptop auf. Es warteten einige E-Mails darauf, beantwortet zu werden. Ein eingereichter Plan eines Handwerkers musste geprüft, eine Anzahlung veranlasst werden. Die Zeit flog nur so dahin. Als mich das Klingeln meines Handys einen Blick auf die Uhr werfen ließ, war es schon nach drei.

»Henrik«, sagte ich erfreut. »Schön, dass du anrufst.«

»Hi. Störe ich gerade?«

»Nein, gar nicht. Ich überlege sogar schon, zu einem Spaten zu greifen und eigenhändig die Baugrube auszuheben. Alles ist besser als dieser öde Papierkram.«

»Ich bin gerade bei einem Kunden in der Nähe von Prielhagen und früher fertig als gedacht. Hättest du Lust auf einen kleinen Ausflug zur Fischbude?«

»Ja. Selbst ein Ausflug zur Grüngutdeponie wäre verlockender als dieses Rechnungszeugs.«

»Super. Dann bis gleich. Ich komme zur Baustelle und hole dich ab.«

Erst versuchte ich noch, mich weiter auf die Zahlen vor mir zu konzentrieren, aber schließlich gab ich auf und klappte den Laptop zu. Ich war viel zu aufgeregt, um mich mit Beton- oder Stahlmengen zu beschäftigen.

Ich zwängte mich in die winzige Toilette des Baucontainers und begutachtete mein Spiegelbild. Abgesehen davon, dass mich das künstliche Licht wie eine Wasser-leiche aussehen ließ, war ich ganz zufrieden mit meinem Äußeren. Ich strich mir ein paar Mal durch die kurzen schwarzen Haare, was sowieso sinnlos war, weil der Wind sie gleich wieder zerzausen würde, und trug einen Hauch Lipgloss auf. Ebenso sinnlos, schließlich würde der nur am Fischbrötchen kleben. Aber egal, es fühlte sich trotzdem gut an.

Kurz darauf hörte ich den Motor von Henriks Truck brummen. Ich packte meinen Laptop ein, löschte das Licht und sperrte den Container ab. Mit großen Schritten lief ich zum Parkplatz. Wie ich mich freute!

Henrik stieg aus dem Auto und kam mir entgegen.

»Hi.« Er schloss mich in seine Arme und es fühlte sich an, als würde ich in meinen Lieblingspulli schlüpfen.

Wir küssten uns und als Henrik seine Hand an meine Wange legte, roch ich den würzigen Duft von Harz und frisch geschnittenem Holz. Doch ein Geräusch irritierte mich. Ich öffnete die Augen – und sah einen zotteligen Hund. Er drückte seine Nase gegen das Autofenster und kratzte mit seiner Pfote an der Scheibe.

»Ich wusste gar nicht, dass du einen Hund hast«, sagte ich.

»Hab ich nicht. Wie kommst du denn darauf?«, fragte Henrik.

»Na, er sitzt auf deiner Rückbank.«

Henrik drehte sich ruckartig um.

»Merlin! Das war ja klar.« Er öffnete die Wagentür und ließ den wuscheligen Vierbeiner heraus.

Im gleichen Moment klingelte sein Handy. Henrik

nahm den Anruf entgegen. Ich streichelte unterdessen den Hund, der mich interessiert beschnupperte.

»Ja, der ist bei mir. Muss sich auf der Rückbank unter der Plane versteckt haben. Wir gehen nur schnell einen Happen essen, dann bring ich ihn dir zurück. Nein, brauchst du nicht. Das macht keine Umstände. Bis später.«

»War das sein Herrchen?«, fragte ich grinsend.

»Ja. Leon wollte gerade zu einem Strandspaziergang aufbrechen und hat sich gewundert, warum Merlin nicht angelaufen kam.«

»Ach, Leon Heidbrink?«

»Genau. Er ist der Kunde, bei dem ich heute gearbeitet habe. Merlin liebt Autofahren. Er ist schon öfter in den Truck gehüpft, aber normalerweise schaue ich immer nach, bevor ich losfahre. Heute war ich allerdings mit den Gedanken ganz woanders.« Henrik sah mir schmunzelnd in die Augen, zog mich an sich und küsste mich erneut.

Merlin setzte sich neben uns und wartete einige Zeit geduldig, doch dann machte er mit einem Bellen auf sich aufmerksam. Unser verliebtes Geturtel langweilte ihn.

»Na komm, du alter Quälgeist. Ab ins Auto mit dir. Wir fahren zur Fischbude.« Henrik hielt ihm die Tür auf und der Hund hüpfte begeistert hinein.

Wir setzten uns nach vorne in die Fahrerkabine. Die Rückbank war durch ein Sicherheitsgitter abgetrennt, über das Henrik seine Jacke gehängt hatte. Kein Wunder, dass er Merlin nicht gesehen hatte. Und so laut, wie das Radio lief, hatte er ihn auch nicht gehört.

Ich drehte die Musik leiser.

»Sorry, wegen Merlin.« Henrik warf mir einen

schuldbewussten Blick zu und lenkte den Wagen zur Hauptstraße. »Ich dachte, wir machen uns einen gemütlichen Nachmittag und jetzt das.«

»Macht doch nichts. Ich mag Hunde. Und Merlin scheint ein pfiffiges Kerlchen zu sein.«

»Ja, das ist er in der Tat. Er hat seinen eigenen Kopf und weiß ganz genau, was er will. Und was nicht.«

»Sehr sympathisch«, sagte ich. »Es gibt nichts Schlimmeres als Ja-Sager und Mitläufer.«

»Das sag mal Leon. Manchmal verzweifelt er an Merlins Sturkopf. Begleitest du mich, wenn ich das Zottelmonster zurückbringe?«

»Klar, gerne. Dann kann ich einen von deinen Gärten bewundern.«

Und Zeit mit dir verbringen, ergänzte ich in Gedanken. Sagte es aber nicht, weil ich Henrik ja nicht auf die Nase binden musste, dass es im Moment nichts gab, was ich lieber tat. Es hieß doch immer, Männer dürften sich ihrer Sache nicht zu sicher sein, sie wollten eine Frau schließlich erobern. Wobei ich irgendwie das Gefühl hatte, als bräuchten Henrik und ich diesen Schritt nicht. Als könnten wir die Phase des Datens und der Kennenlernspielchen einfach überspringen. Weil es vollkommen klar war, dass wir zusammengehörten.

Aber auch diesen Gedanken würde ich schön für mich behalten. Denn der war wirklich ein bisschen schräg. Und ziemlich kitschig.

Es dauerte ein wenig, bis Henrik einen Parkplatz für sein riesiges Gefährt gefunden hatte. Heute herrschte reges Treiben in der Innenstadt, die Menschen läuteten bereits das Wochenende ein, genehmigten sich einen

Drink im Café oder ein Eis auf der Promenade. Grüppchen standen lachend beisammen, es wurde geshoppt und flaniert.

Mich überfiel sofort ein angenehmes Urlaubsfeeling, diesen Effekt hatte Prielhagen öfter auf mich. Die gelöste, fröhliche Stimmung steckte einfach an, auch wenn man nur schnell in die Buchhandlung huschte, um sich einen neuen Roman zu holen, oder ein paar Brötchen in der Kornstube kaufte.

Vor der Fischbude hatte sich eine lange Schlange gebildet, aber Merlin schien die Warterei kein bisschen zu stören. Interessiert betrachtete er die Menschen, die Möwen, kreischende Kinder und mit ihren Besitzern vorbeispazierende Hunde. Henrik und ich hatten uns in die Tafel mit den angebotenen Gerichten vertieft und überlegten, ob uns der Sinn eher nach Backfischbrötchen, Fish & Chips oder Räucherfisch stand. Plötzlich stieß Merlin ein lautes Bellen aus und raste davon.

»Herrje, was hat er denn?«, schimpfte Henrik und spurtete hinterher.

Ich folgte ihm, auch wenn ich dadurch unseren Platz in der Schlange aufgab.

Der Grund für Merlins stürmischen Abgang war schnell gefunden. Renate kam mit ihrer Pudeldame Polly den Promenadenweg entlang. Die Hündin war sichtlich erfreut, Merlin zu sehen, allerdings war sie an der Leine und konnte nicht einfach losstürmen. Zum Glück, wer weiß, was für einen Kuddelmuddel die beiden Hunde dann angerichtet hätten.

»Es tut mir leid«, sagte Henrik und packte Merlin am Halsband.

»Ach, das macht doch nichts«, sagte Renate. »Die beiden lieben sich, das weiß jeder in Prielhagen.«

»Seid ihr beiden auf dem Weg in die Buchhandlung?«, fragte ich.

»Ja. Ich muss für Meike einspringen. Ihr Kleiner lässt sich einfach nicht beruhigen und schreit nach seiner Mama. Da kann selbst der Papa mit Süßigkeiten nichts ausrichten.«

»Oh je, die Arme. Wie alt ist der Kleine denn?«

»Zweieinhalb. Schreckliches Alter. Da können sie einem den letzten Nerv rauben.« Renate lachte und hob die Hand. »Ich muss dann mal. Macht es gut.«

»Na toll, Merlin. Das war jetzt nötig. Guck mal, wie lang die Schlange in der Zwischenzeit geworden ist.« Henrik seufzte. »Jetzt heißt es wohl, wieder ganz hinten einreihen.«

Merlin setzte ein schuldbewusstes Gesicht auf. Das hatte er wirklich drauf. Ich wollte mich wieder ans Ende der Schlange stellen, doch Henrik hielt mich zurück.

»Komm mit, ich habe eine bessere Idee.«

»Ach ja?«

»Ja. Wir fahren zu Leon, bringen dieses ungezogene Zotteltier zurück und futtern zum Dank Leons Kühlschrank leer.«

»Das können wir doch nicht machen«, sagte ich.

»Können wir sehr wohl. Leon wird sich freuen, glaub mir.«

Ich presste ungläubig die Lippen zusammen und zog die Nase kraus, aber Henrik schien so überzeugt von seinem Plan zu sein, dass ich nachgab. Wir verfrachteten Merlin wieder ins Auto und düsten los.

25

Henrik hielt während der ganzen Fahrt meine Hand und ließ sie nur kurz los, wenn er schalten musste. Ich schaute mit einem glücklichen Lächeln aus dem Fenster und betrachtete die vorbeiziehende Landschaft.

Irgendwie war die Luft hier viel klarer als in Berlin, die Farben kräftiger. Dazu diese wunderbar weiten Wiesenflächen, auf denen weiße, wollige Schafe grasten. Ein Graureiher stolzierte zwischen den Tieren herum, bevor er die Flügel aufspannte und sich majestätisch in den Himmel erhob. Immer wieder konnte ich einen Blick auf die Ostsee erhaschen, deren Wasseroberfläche golden in der Frühlingssonne glitzerte.

»Dieses Wochenende macht der April seinem Namen alle Ehre«, sagte Henrik. »Heute ist ein Frühlingstag wie aus dem Werbeprospekt, morgen soll es bei eiskalten fünf Grad regnen und stürmen, nur damit uns dann am Sonntag tropische dreißig Grad einen Kreislaufkollaps bescheren.«

»Dreißig Grad? Du machst Witze«, sagte ich ungläubig. »So warm wird es hier doch nicht mal im Sommer.«

»Na ja, ein paar Mal im Jahr kommen wir in den Genuss«, sagte Henrik. »Normalerweise zwar nicht im April, aber man muss die Feste feiern, wie sie fallen, nicht wahr?«

»Ach ja, stimmt, du bist ja auch ein Sommerkind«, erinnerte ich mich.

»Unbedingt. Ich liebe die Ostsee und die Landschaft hier. Meinen Hof, meine Arbeit. Aber es hätte mich nicht gestört, wenn Tante Ella in Spanien gelebt und das Schicksal mich an die Costa del Sol verschlagen hätte.«

»Verstehe ich sehr gut. Falls du überlegst, auszuwandern – ich bin dabei.«

»Gut zu wissen. Wir beide wären ein gutes Team. Architektin und Landschaftsgärtner – da könnten wir was Tolles auf die Beine stellen.«

Wir vertrieben uns den Rest der Fahrt mit Ideen und Träumereien, wie unser Leben in Spanien aussehen könnte. Fantasierten von duftenden Pinien, Mandel- und Zitronenbäumen und endlosen Sommernächten, die man bei Tapas auf der Plaza oder am Strand verbrachte.

Henrik setzte den Blinker und bog in eine ruhige Sackgasse mit nur wenigen Häusern ein. Wir befanden uns auf einer Halbinsel und die Lage war überaus idyllisch. Wenige, hübsche Reetdachhäuser mit riesigen Gärten säumten die Straße.

»Leon wohnt ganz am Ende in der Nummer sieben«, sagte Henrik. »Der verfluchte Glückspilz. Hinter seinem Haus führt ein Weg direkt zum Meer.«

»Das Haus muss ein Vermögen gekostet haben«, sagte ich.

»Oh, es war eine Bruchbude, als Leon es gekauft hat. Das Geld aus seinem ersten erfolgreichen Krimi hat er allerdings nicht in die Sanierung, sondern in die Holzveranda gesteckt. So haben wir uns kennengelernt.«

»Eine Terrasse mit Meerblick ist auch unbezahlbar«, sagte ich. »Da kann man beim Wohnen schon mal Abstriche machen.«

Als Merlin merkte, dass wir in der Einfahrt seines Zuhauses parkten, kam Leben in ihn. Er hatte die ganze Fahrt mucksmäuschenstill geschlafen, aber nun kratzte er an der Autotür und wollte dringend hinaus.

Leon hatte uns kommen hören und entließ Merlin in die Freiheit. Dieser führte ein Freudentänzchen auf, dann musste er jedoch zwei strategisch wichtige Stellen in der Einfahrt markieren.

»Danke fürs Zurückbringen«, sagte Leon. »Ich hoffe, er hat sich anständig benommen.«

»Na ja, er hat uns um unser Fischbrötchen gebracht, aber ansonsten war er ein Vorzeigehund«, sagte Henrik.

»Er hat eure Fischbrötchen gefressen?« Leon schaute uns ungläubig an.

»Nein«, widersprach ich lachend. »Es gab eine ellenlange Schlange an der Fischbude. Wir standen schon eine gefühlte Ewigkeit an, als Merlin plötzlich losgespurtet ist – und wir natürlich hinterher. Er hat Polly erspäht.«

»Ach herrje, seine große Liebe. Da kennt er kein Halten. Ich kann euch zwar kein Fischbrötchen anbieten, aber einige Leckereien vom Wochenmarkt. Ich habe heute Vormittag eingekauft. Kommt rein. Wir machen es uns auf der Terrasse gemütlich.«

Henrik zwinkerte mir zu. Wir folgten Leon ins Haus, das mir auf Anhieb gefiel. Hier hatte jemand mit viel Feingefühl saniert und in einem alten Reetdachhaus einen modernen Wohntraum verwirklicht. Helle, offene Räume, ein originaler, aufbereiteter Holzboden, geschmackvolle Möbel.

»Was wollt ihr trinken? Ein alkoholfreies Bier? Wasser? Saft?«, fragte Leon.

»Für mich Wasser, bitte.«

»Ich nehme ein alkoholfreies Bier«, sagte Henrik.

Leon nahm ein handgemachtes Holztablett aus einer Wandhalterung und stellte Flaschen und Gläser darauf. »Bringt ihr das schon mal nach draußen? Ich komme dann gleich mit dem Essen nach.«

Henrik und ich verzogen uns auf die Terrasse.

»Wow«, entfuhr es mir. »Das nenne ich mal einen Ausblick.«

»Ja, hier lässt es sich aushalten.«

»Und die Terrasse hast du gebaut?« Meine Hände wanderten über das Geländer mit der schönen Maserung.

Henrik nickte. »Komm, ich zeig dir den Garten.«

Wir wanderten über das große Grundstück, zwischen blühenden Stauden und hohen Gräsern hindurch, die sich wie zur Begrüßung vor uns verneigten und leise im Wind raschelten. In einer nach Frühlingsblüten duftenden Nische hinter einem großen Apfelbaum küssten wir uns. Alles an diesem Moment war zauberhaft. Der betörende Blütenduft, die Sonnenstrahlen, die durchs Laub fielen, Henriks raue Hände auf meiner Haut, die Brise, die vom Meer herauf wehte.

Jetzt die Zeit anhalten, dachte ich. Wenigstens für einen kurzen Augenblick.

Natürlich ging das nicht. Aber ich spürte, dass die Erinnerung dieses einzigartigen Moments gerade in einen Goldrahmen schlüpfte und sich ein schönes Plätzchen in meiner Galerie im Herzen sicherte.

Leons Rufen ließ uns schließlich auseinandertreten. Lächelnd machten wir uns auf den Weg zurück zur Terrasse. Merlin hatte sich in seinen Hundekorb verkrochen und schlief tief und fest. Ein leises Schnarchen drang aus der Ecke.

Auf dem Tisch stand eine riesige Platte mit Köstlichkeiten – Oliven, Käse, Antipasti, eingelegter Fisch – dazu frisch aufgeschnittenes Weißbrot und diese leckeren Blätterteigcracker aus der Kornstube.

»Greift zu, meine Lieben.« Leon machte eine einladende Handbewegung.

»Und die arme Sina muss heute Abend hungern, wenn sie nach Hause kommt«, sagte ich.

»Keine Sorge. Im Kühlschrank steht noch mal so viel. Ich kann mich am Wochenmarkt immer ganz schlecht beherrschen«, sagte Leon. »Da gibt es jetzt diesen neuen Stand mit italienischen und griechischen Spezialitäten. Ein Gedicht«, schwärmte er.

Die Oliven mit Mandelkern waren wirklich sehr lecker. Und dieser Pecorino! Göttlich. Nach und nach probierte ich mich durch das ganze Angebot und nahm mir vor, diesem Stand nächsten Freitag selbst einen Besuch abzustatten.

»Ich hoffe, es ist okay, wenn ich so direkt frage«, sagte Leon. »Gibt es schon Neuigkeiten zum Skelett?«

»Ich dachte, du wolltest keine Krimis mehr schreiben«, sagte Henrik.

»Das stimmt. Aber die Knochen sind höchstwahrscheinlich achtzig Jahre alt. Oder sogar älter. Gut möglich, dass ein Familiendrama hinter der Angelegenheit steckt, dessen Wurzeln bis in die Gegenwart reichen.« Leon sah mich neugierig an.

»Leider kann ich nicht viel zu dem Fall sagen.« Ich hielt einen Moment inne und resümierte in Gedanken, was bisher bekannt war. »Also, die zuständige Ermittlerin heißt Gesa Haym. Sie ist etwas, na ja, nennen wir es unkonventionell. Und sie hat anscheinend seit Jahren ein angespanntes Verhältnis zu einem ihrer Kollegen. Werner Kessner heißt der Mann. Schiebt ihr wohl immer die aussichtslosen Fälle zu, die sie dann doch löst. Darum ist Kessner umso angepisster. Wie auch immer, bisher ist lediglich bekannt, dass sich keine archäologische Stätte auf dem Gelände befindet und dass es auch keinen alten Friedhof an der Stelle gab, der die Knochen erklären würde. Das Skelett ist mittlerweile in der Gerichtsmedizin. Vermisstenfälle gibt es in Prielhagen anscheinend nicht, außer einer gewissen Ute Lück, die ist aber erst seit vierzig Jahren verschwunden.«

»Ja, den Fall kenne ich«, sagte Leon. »Hermine und ich haben überlegt, ein Buch darüber zu schreiben, aber Utes Mann lebte noch und es kam uns unmoralisch vor. Kurz nach seinem Tod ist dann allerdings auch Hermine gestorben und dann – ach, das ist eine andere Geschichte.«

Ich wusste, dass Leon eine schwere Zeit hinter sich hatte. Diese Phase in seinem Leben hatte er in seinem Roman Hermine aufgearbeitet, aber ich war bisher noch nicht dazu gekommen, ihn zu lesen. Das musste ich unbedingt nachholen. Sophie hatte ihn im Bücherregal stehen und als eins ihrer Lesehighlights bezeichnet.

»Woran ist der Mann gestorben?«, fragte Henrik.

»Selbstmord«, sagte Leon.

»Ach, deshalb haben die Zeitungen nicht darüber geschrieben«, sagte Henrik. »Kann mich auf jeden Fall nicht daran erinnern, etwas darüber gelesen zu haben.«

»Ja, bei Selbstmorden wird oft nicht berichtet. Norbert Lück war zudem schon lange aus Prielhagen weggezogen und in seiner neuen Heimat hat er extrem zurückgezogen gelebt. Es konnte ihm nie nachgewiesen werden, dass er etwas mit dem Verschwinden seiner Frau Ute zu tun hatte. Einige werteten seinen Selbstmord als Schuldeingeständnis. Ich bin mir da nicht so sicher.« Leon trank einen Schluck und schaute in den Garten.

»Wirst du doch noch ein Buch darüber schreiben?«, fragte ich.

»Nein.« Leon schüttelte den Kopf. »Manche Sachen muss man ruhen lassen. Und solange keine sterblichen Überreste von Ute Lück auftauchen, ist es so gut wie unmöglich, herauszufinden, was wirklich passiert ist.«

»Wahrscheinlich wird das auch bei dem gefundenen Skelett am Fabrikgelände schwierig«, sagte Henrik. »Wer sollte noch am Leben sein, der etwas dazu zu sagen hat?«

»Das stimmt. Allerdings verraten die Knochen bestimmt das ein oder andere interessante Detail«, sagte Leon.

»Ich könnte mir auf jeden Fall vorstellen, dass die Person keines natürlichen Todes gestorben ist«, sagte ich. »Im Schädel war ein deutliches Loch zu sehen.«

»Das auch der Zahn der Zeit hineingefressen haben könnte«, gab Leon zu bedenken.

»Oder eine Waffe. Ein Hammer, ein Stein. Was weiß ich«, sagte ich.

»Auch ein Unfall wäre möglich«, sagte Henrik.

»Das alte Fabrikgelände gehörte früher übrigens zu den Ländereien vom Gutshof Benk«, sagte ich. »Der alte Benk, ich glaube, Helfried war sein Name, kam 1940 schwer verwundet aus dem Krieg zurück. Nach und nach musste er das gesamte Ackerland verkaufen.«

»Hm, das ist interessant«, sagte Leon. »Bei Benk klingelt etwas in meinem Hinterkopf. Ich komme im Moment nicht drauf, aber irgendetwas löst der Name bei mir aus. Kannst du mir Gesa Hayms Nummer geben? Ich denke, ich sollte mich mal mit der Frau treffen.«

26

Gegen achtzehn Uhr verabschiedeten wir uns von Leon. Merlin musste im Haus bleiben, damit er nicht wieder als blinder Passagier mit an Bord ging.

»Was hältst du davon, wenn ich mit zu dir komme?«, schlug ich spontan vor.

Es wäre schön, noch Zeit mit Henrik zu verbringen. Aber in Oves Kate wollte ich ihn nicht mitnehmen. Heute kam Elias nach Hause, und ich gönnte Sophie und ihrem Liebsten ein ungestörtes Miteinander. Um den Abend am Strand zu verbringen, war es leider noch zu kühl. In ein Café oder eine Kneipe? Irgendwie auch nicht das Wahre.

Zögernd warf ich Henrik einen Seitenblick zu. Er starrte verbissen auf die Straße. Hatte er mich nicht gehört?

»Ich könnte bei dir übernachten. Also, falls du eine Zahnbürste für mich hast.«

»Nein, das geht nicht«, sagte Henrik brüsk. »Ich muss morgen früh raus.«

»Morgen ist Samstag«, sagte ich.

»Ich arbeite oft am Wochenende.« Wieder dieser abweisende Ton.

»Okay. Verstehe. War ja nur so eine Idee.« Ich war verunsichert.

Warum reagierte Henrik auf einmal so schroff? Hatte ich bei Leon etwas Falsches gesagt? Vor ein paar Stunden hatten wir uns noch leidenschaftlich unter dem Apfelbaum geküsst und jetzt das.

»Hey, ich meine das nicht böse.« Henriks Stimme klang nun sanfter. »Ich würde gerne die Nacht mit dir verbringen. Aber ich kann diesen Termin morgen nicht absagen. Und ich weiß, dass ich keine Minute schlafen werde, wenn du bei mir bist.« Er grinste.

»Und wenn ich dir verspreche, dass ich ganz brav sein werde?«, schnurrte ich.

»Ein andermal, okay?« Henrik drückte meine Hand.

Mir kam das alles ein wenig spanisch vor – denn ganz ehrlich, welcher Mann verzichtete auf Sex, wenn er ihn auf dem Silbertablett serviert bekam? – aber gut. Bitten und betteln war unter meiner Würde. Henrik würde schon seine Gründe haben.

»Ich könnte nach dem Auftrag morgen zu dir kommen und wir unternehmen etwas Schönes«, sagte er.

Hatte dieser Vorschlag einen faden Beigeschmack? Ich wusste es nicht, war aber sowieso egal.

»Geht leider nicht. Ich bin morgen mit Gustav Finke unterwegs.«

»Aha. Wieso denn das?«

»Er will mir ein paar seiner Häuser zeigen.«

»Einfach so?«

»Er hat mir angeboten, sein Architekturbüro in Priel-hagen zu übernehmen. Und er will mich davon überzeu-gen, dass die Arbeit hier auf dem Land genauso spannend ist wie in Berlin.«

»Hey, das sind doch tolle Neuigkeiten!«, sagte Henrik sichtlich erfreut.

Mein Ärger legte sich ein wenig. Wenn er sich so über die Aussicht freute, dass ich vielleicht meinen Lebensmit-telpunkt nach Prielhagen verlagern würde, dann konnte er wohl kaum genug von mir haben.

»Mal sehen«, sagte ich.

»Wir telefonieren morgen auf jeden Fall, okay?« Henrik hielt vor dem Zufahrtsweg zu Oves Kate.

»Machen wir.«

»Hey.« Er beugte sich zu mir. »Ich würde nichts lieber tun, als die Nacht mit dir zu verbringen. Aber ich will dabei nicht gestresst sein. Dazu ist die Zeit mit dir viel zu wertvoll.«

»Alles gut«, sagte ich.

Wir schauten uns in die Augen. Es lag so viel Wärme und Zuneigung in Henriks Blick, dass ich meine Zweifel beiseite wischte.

Jeder konnte Stress im Job haben. Das wusste ich doch selbst gut genug. Von Nachtschichten und durchge-arbeiteten Wochenenden ganz zu schweigen.

Wir küssten uns innig. Ich stieg aus und winkte Henrik zum Abschied zu, dann marschierte ich zu Oves Kate. Elias flotter BMW stand bereits vor der Tür, aber das Haus strahlte trotzdem eine gewisse Art von Leere aus. Vielleicht war Elias ins Café Sanddornliebe gegangen, um Sophie zu überraschen.

Ich drückte vorsichtshalber auf den Klingelknopf, bevor ich die Tür aufsperrte, aber nichts regte sich.

»Elias? Sophie?« Als Antwort erhielt ich nur Schweigen.

Ich beschloss, die sturmfreie Bude zu nutzen, um den Haushalt ein wenig auf Vordermann zu bringen. Unter der Woche blieb immer viel liegen und Sophie freute sich bestimmt, wenn sie die Zeit mit Elias ohne Gedanken an Badputz oder Staubsaugen verbringen konnte.

Putzen zählte zwar nicht unbedingt zu meinen Lieblingsbeschäftigungen, aber in dieser Hinsicht war ich pragmatisch. Ich mochte ein sauberes Zuhause, also tat ich, was nötig dafür war. Zudem belohnte Putzen einen immerhin mit sofort sichtbaren Resultaten. So ein glänzendes, duftendes Badezimmer hatte doch was! Bis man am alten Fabrikgelände erste Ergebnisse bewundern konnte, würden noch Monate vergehen.

Ich ließ meine Lieblingsplaylist am Handy laufen, streifte mir Handschuhe über und legte los. Mit Feuereifer schrubbte ich Waschbecken, Dusche und WC, polierte den großen Spiegel, wischte die Fliesen. Dann sauste ich mit dem Staubsauger durchs Haus, klopfte Teppiche aus, staubte Regale ab.

»Huhu, wir sind dahaaa«, hörte ich Sophie rufen.

Dann ein Kichern. Eindeutige Kussgeräusche. Geraschel. Schließlich stand sie mit Elias im Wohnzimmer.

»Ja sag mal, bist du verrückt geworden? Hier glänzt und blitzt es ja, als wäre ein ganzer Putztrupp am Werk gewesen. Das musst du doch nicht tun.« Sophie schaute sich ungläubig um.

»Wenn du schon keine Miete von mir nimmst, dann kann ich mich wenigstens ein bisschen nützlich machen. Hi, Elias!«

»Hi!« Er hob die Hand und grinste.

Wie immer sah er bewundernswert fit und gesund aus. Es war mir ein Rätsel, wie man es schaffte, niemals zu sündigen, vor allem, wenn man mit Sophie zusammen war. Ich konnte den süßen Verlockungen manchmal nur schwer widerstehen. Elias hingegen schien dagegen immun zu sein.

»Verbringst du den Abend gar nicht mit Henrik?«, fragte Sophie.

»Der hat morgen einen Auftrag und muss früh raus«, sagte ich.

»Na, was hältst du davon, wenn wir dann ein Gläschen zusammen trinken und ein wenig plaudern?« Sophie ging zum Weinregal im Wohnzimmer und inspizierte die Bestände.

»Hey, ihr müsst keine Rücksicht auf mich nehmen. Ich komme wunderbar allein zurecht«, sagte ich.

»Das sieht man ja«, erwiderte Sophie. »Kaum lässt man dich allein, hast du nichts Besseres zu tun, als dich in einen Putzteufel zu verwandeln. Das kann nicht gesund sein.« Sie zog eine Flasche aus dem Regal und hielt sie Elias unter die Nase. »Die letzte von unserem Urlaub am Gardasee. Darf ich?«

»Klar.«

Ich holte Gläser aus der Küche. Bis ich wieder zurück

ins Wohnzimmer kam, lagen Sophie und Elias knutschend auf der Couch.

»Seid ihr sicher, dass ich euch nicht doch allein lassen soll?«, fragte ich.

»Nun setz dich schon zu uns«, sagte Elias. »Ich will alles über das Skelett auf der Baustelle wissen.«

Seufzend ließ ich mich auf das Sofa fallen. Wie oft würde ich diese Geschichte noch erzählen müssen?

27

Pünktlich um vierzehn Uhr hörte ich ein leises Hupen vor Oves Kate. Das musste Gustav Finke sein. Leider hatte Henrik mit seiner Wettervorhersage recht behalten: Es war kalt, stürmisch und richtig ungemütlich.

»Was für ein Wetter!«, sagte der Architekt anstelle einer Begrüßung. »Ich hatte mich schon auf eine Spritztour mit dem Cabrio gefreut, aber das musste ich leider in der Garage lassen. Es ist schon ziemlich alt und nicht mehr ganz dicht.« Er lachte mir vom Sitz eines Geländewagens entgegen.

Der Wagen wirkte zwar auch nicht mehr wie der jüngste, aber immerhin hatte er ein Dach, in das es nicht hineinzuregnen schien. Und man saß schön erhöht. Für unsere Tour genau das Richtige.

Ich schwang mich auf den Beifahrersitz.

»Bevor wir losfahren – ich bin Gustav. Vielleicht wirst du schon bald meine Nachfolgerin. Da können wir das Sie bleiben lassen, oder?«

»Von mir aus sehr gerne«, sagte ich und musste grinsen. Gustav ließ kein Mittel unversucht, um mich auf seine Seite zu ziehen.

Gemütlich rollten wir zur Hauptstraße.

»Die neuesten Gebäude in Prielhagen von mir kennst du wahrscheinlich schon«, sagte Gustav.

»Den Kindergarten und die Bücherei?«

»Genau. Das waren meine letzten großen Projekte. Ansonsten habe ich in den vergangenen Jahren nur noch Einfamilienhäuser gemacht, das fand ich immer stressfreier als öffentliche Projekte. Wobei private Bauherren auch eine Herausforderung darstellen können.«

»Das stimmt. Aber ich finde viele Verhaltensweisen verständlich. Natürlich kostet es Nerven, wenn jedes Detail hundertmal nachgefragt wird oder sich die Leute immer wieder umentscheiden. Endlose Preisdiskussionen sind auch so ein Klassiker. Aber schließlich ist so ein Hausbau eine große Sache, die man meistens nur einmal im Leben angeht.«

»Oder dreimal«, sagte Gustav. »Ich habe tatsächlich für eine Familie drei Häuser gebaut. Das erste, als sie gerade mit der Uni fertig waren und eine kleine Erbschaft gemacht hatten. Das zweite, als das dritte Kind im Anmarsch war. Und das dritte, als die Kinder aus dem Haus waren.«

»Für jede Lebensphase die passende Immobilie«, sagte ich.

»So ist es. Der Altersruhesitz der Familie Arndt ist unser erstes Objekt auf der Liste. Ein Bungalow, sehr schön gelegen. Die Herrin des Hauses hat mit dem Eintritt in die Rente eine Leidenschaft fürs Gärtnern entwickelt und das Grundstück in ein blühendes Paradies verwandelt«, erzählte Gustav.

»Wie meine Mutter. Die kann auch kein Fleckchen Erde unbearbeitet lassen.«

»Ich muss gestehen, dass ich überhaupt keinen grünen Daumen habe«, sagte Gustav. »Ohne meine Frau wäre unser Garten nur eine schnöde Wiese ohne einen einzigen Baum oder Strauch.«

»Das ist wenigstens pflegeleicht«, sagte ich. »Man muss Prioritäten setzen.«

»Meine Rede. Wenn ich die Wahl habe, mit dem Segelschiff aufs Meer zu fahren oder im Garten zu graben, würde ich mich immer fürs Segeln entscheiden.«

Das Ortsschild von Prielhagen erschien am Straßenrand. Allerdings beschleunigte Gustav den Wagen nicht, sondern behielt das behäbige Tempo bei, was unserem Hintermann ein empörtes Hupen entlockte und in einem waghalsigen Überholmanöver endete.

Gustav ließ sich davon nicht aus der Ruhe bringen, sondern tuckerte noch ein paar Hundert Meter weiter und setzte dann den Blinker. Er bog in eine schmale Straße ab, die sich sanft einen Hang hinaufschlängelte und an beiden Seiten von dichten Hecken begrenzt war.

Erst als sich das Grün am Fahrbahnrand lichtete, offenbarte sich die Einmaligkeit des Ortes. Ein spektakulärer Rundumblick tat sich auf.

Gustav fuhr am Haus vorbei in eine kleine Parkbucht. Von hier aus hatten wir einen guten Blick auf die Immobilie.

»Ein Traum«, sagte ich und drehte mich einmal um die eigene Achse.

Wie schön musste es hier sein, wenn das Wetter nicht gerade Weltuntergang spielte. Der Bungalow der Arndts stand in exponierter Lage und bot ein atemberaubendes Panorama. Ausgedehnte Wiesenflächen, das Meer, Wald, Äcker. Sehr weit entfernt eine Reihe von Windrädern.

Das Haus schien in die Umgebung hineingewachsen zu sein. Durch das begrünte Flachdach und die natürlichen Materialien verschmolz es mit der Landschaft. Es wirkte wie ein Element der Natur, nicht wie ein Bauwerk des Menschen.

»Wen hast du bestochen, um dafür eine Baugenehmigung zu bekommen?«, fragte ich.

»Das war in der Tat nicht ganz leicht und erforderte einiges an Geduld und Argumenten«, sagte Gustav. »Aber wie heißt es so schön – steter Tropfen höhlt den Stein.«

»Ich bin mir sicher, dass du da noch den ein oder anderen Trick angewendet hast«, sagte ich.

»Mag sein. Aber das wirst du erst erfahren, wenn du einen Vertrag als meine Nachfolgerin unterschrieben und das Büro übernommen hast. Dann geht mein ganzes Wissen an dich über.«

»Raffiniert«, sagte ich.

»Tja, den ein oder anderen Trumpf muss ich ja im Ärmel behalten, oder?« Gustav zwinkerte mir zu.

Wir setzten unsere Fahrt fort. Ein heftiger Regenschauer trommelte aufs Autodach und die Windschutzscheibe. Dazu ertönte ein tiefes Donnergrollen, das mir durch Mark und Bein ging. Gustav hielt unter einer Brücke und wir warteten, bis das Gewitter vorübergezogen war.

»Das nächste Haus, das ich dir zeigen werde, war

früher eine Scheune«, sagte Gustav. »Ein ganz anderes Wohnmodell, aber ebenso reizvoll.«

Die Landschaft hatte sich geändert. Große Buchen- und Kiefernwälder prägten nun die Umgebung. Es musste schön sein, hier vor der Sommerhitze Schutz zu suchen. Im Moment war ein Waldspaziergang jedoch eher weniger verlockend.

Das, was Gustav als ehemalige Scheune bezeichnet hatte, kam in den Blick. Ein toller Bau, der Alt und Neu gekonnt vereinte. Große Glasflächen wurden von riesigen, rissigen Holzbalken umrahmt, altes Granitpflaster traf auf moderne Betonstufen, eine knallrote Haustür aus Aluminium setzte einen farbigen Akzent.

Der Himmel riss auf und nur die kleinen Wasserpfützen auf dem Pflaster erinnerten an das heftige Gewitter, das noch vor Kurzem gewütet hatte.

Wir stiegen aus dem Auto, allerdings blieb unser Besuch nicht lange unbemerkt.

»Herr Finke, sind Sie das? Was für eine nette Überraschung. Kommen Sie doch rein! Ich habe gerade die Kaffeemaschine angeschaltet. Kuchen gibt es auch.«

Bei so viel Gastfreundschaft konnten wir natürlich nicht Nein sagen. Die Herders erwiesen sich als kunterbunte Patchworkfamilie, deren Offenheit sich im ganzen Haus widerspiegelte. Von einem dicken Deckenbalken hing eine Schaukel, die Möbel waren knallbunt und wild zusammengewürfelt, ein riesiger, uralter Holztisch dominierte den Wohn- Essbereich.

Ich bekam drei Katzen, einen Hund, vier Kinder sowie Frau und Herrn Herder zu Gesicht. Dazu ein Videoanruf von der Oma und eine Freundin, die plötzlich hereinschneite. Was für ein sympathisches Chaos. Wir blieben länger als beabsichtigt und setzten unsere Tour erst zwei Stunden später fort.

Von den nächsten beiden Häusern hielten wir größeren Abstand, um nicht wieder auf uns aufmerksam zu machen, aber beim letzten Haus der Tour gelang uns das nicht. Es lag als einziges am Ende eines schmalen Flurweges und schon bevor unser Wagen ins Sichtfeld rollte, hörten wir das bedrohliche Bellen von zwei großen Hunden.

Die Hausherrin, eine resolute Frau in grünen Gummistiefeln und mit riesiger Gartenschere in der Hand, linste skeptisch über den Zaun. Als sie Gustav erkannte, huschte jedoch ein Lächeln auf ihr Gesicht und sie winkte uns herein.

Wir mussten zum Abendessen bleiben. Der Herr des Hauses ließ es sich nicht nehmen, eine edle Flasche Wein zu köpfen, und weil Gustav sich als Fahrer mit dem Alkohol zurückhalten musste, wurden mir zwei Gläser aufgenötigt.

Als wir gegen zweiundzwanzig Uhr endlich Oves Kate erreichten, war ich fix und fertig.

»Danke für diese unglaubliche Tour«, sagte ich. »Einen besseren Einblick hättest du mir nicht geben können. Jetzt weiß ich, was mich erwarten würde, sollte ich dein Büro übernehmen.«

»Wird und werde.«

»Wie bitte?« Ich verstand nicht, was Gustav meinte. Vielleicht war mir der Wein zu Kopf gestiegen, aber ich wurde aus den Worten nicht schlau.

»Lass einfach den Konjunktiv weg. Du bist genau die

Richtige für den Job. Und der Job ist der Richtige für dich.« Gustav lächelte mich an. Als er meinen erschrockenen Blick sah, lenkte er ein. »Hey, keine Sorge. Du musst dich nicht unter Druck gesetzt fühlen. Ich komme auch damit zurecht, wenn du ablehnst. Aber es wäre sehr schade.«

Ich verabschiedete mich und sperrte leise die Tür zu Oves Kate auf. Das Haus war dunkel, ich hörte keine Stimmen. Vielleicht waren Elias und Sophie schon ins Bett gegangen. Oder sie waren unterwegs. Ich verzichtete darauf, meine Anwesenheit anzukündigen, und schlich mich in die Küche.

Auf dem Tisch lag eine Nachricht für mich.

Morgen 30 Grad!
Strand, Party, Spaß!
Andere Pläne werden nicht akzeptiert!

Sophie hatte einen Smiley dahintergesetzt und ich musste lachen. Okay, dann morgen eben Sonne, Strand und Sommerfeeling. Ich machte ein Foto der Nachricht und schickte es an Henrik.

Kurz darauf vibrierte mein Handy. Henrik fragte mich, ob ich einen schönen Tag gehabt hatte.

Ganz überdreht erzählte ich ihm von der Tour. Plötzlich hörte ich bei ihm eine Stimme im Hintergrund. Eine Frauenstimme.

»Oh, hast du Besuch?«, fragte ich.

»Nein, nein. Nur der Fernseher.« Ich hörte, wie eine Tür geschlossen wurde.

»Was siehst du denn an?«, fragte ich.

»Ach, dies und das. Ich wollte eigentlich schon ins Bett gehen. War ein anstrengender Tag. Aber ich hatte gehofft, dass du dich noch meldest.«

Mein Herz machte einen Sprung. Wir verabredeten uns für morgen am Strand und schickten ein paar Küsse durch die Leitung.

Dann schnappte ich mir eine Flasche Wasser und tappte die Treppe hinauf in mein Zimmer. Aus dem Schlafzimmer von Sophie und Elias hörte ich zärtliches Getuschel und Gelächter. Ich beschloss, die beiden nicht zu stören, und verschwand nur kurz zum Zähneputzen im Bad.

Danach kuschelte ich mich ins Bett und schaute noch mal die Fotos von heute durch. Diese modernen Handys machten wirklich beeindruckende Bilder. Ich bastelte eine Bildstrecke für Instagram und schrieb einen kurzen Text dazu.

Raus aus der Stadt. Häuser am Meer. Am Land. Am Wald. Auch schön. Vielleicht die Zukunft? Also, meine Zukunft?

Immer das Meer vor den Füßen, dachte ich träumerisch. Henrik wäre da. Und Sophie. Mehr konnte einem das Leben doch eigentlich gar nicht bieten, oder?

28

Sophie wollte unbedingt ihre aufblasbare Riesenschwimmente an den Strand mitnehmen. Und den tragbaren Grill. Drei Isomatten. Einen Picknickkorb. Boccia-Kugeln. E-Reader. Handtücher.

Elias stöhnte beim Anblick des vollgestellten Flurs.

»Soll ich vielleicht doch fragen, ob uns Henrik mit seinem Pick-up abholt? Dann könnten wir die Couch auch noch einpacken.«

»Sehr witzig. Heute ist der erste Strandtag des Jahres. Das muss zelebriert werden«, sagte Sophie.

Mit ungebremstem Eifer fing sie an, die Sachen ins Auto zu stopfen. Elias ergab sich seinem Schicksal und half ihr dabei. Ich wollte mir gerade den Picknickkorb und die Luftpumpe schnappen, da klingelte mein Handy.

Ingo.

Mein erster Reflex war, den Anruf wegzudrücken. Aber dann siegte die Vernunft. Denn Ingo würde es wieder probieren. Und wieder. Wenn er etwas wollte, konnte er sehr hartnäckig sein.

»Was ist?«, fragte ich ungehalten.

»Hallo Jola, warum so ruppig?«

Ich überging die Frage.

»Weshalb rufst du an?«

»Ich wollte mich nur vergewissern, dass das gestern nicht dein Ernst war.«

»Was meinst du?«

»Das mit der Zukunft am Meer. Dein Instagrampost. Du hast doch wohl nicht ernsthaft vor, in diesem Kaff an der Ostsee zu versauern?«

»Die Leute hier wissen schöne Architektur zu schätzen.«

»Ich bitte dich. Dieser provinzielle Schick kann doch nicht dein neuer Maßstab für gutes Design sein. Dafür haben wir doch nicht Seite an Seite gearbeitet.«

»Mir gefällt's«, sagte ich knapp.

An Gustavs Häusern war weder gestalterisch noch technisch etwas auszusetzen. Ich wusste das. Und Ingo wusste es auch. Aber er wollte mich verletzen, und dazu war ihm jedes Mittel recht.

»Dann habe ich mich wohl gehörig in dir getäuscht«, sagte Ingo. »Ich dachte, deine guten Entwürfe sprächen von wahrem Talent. Dabei war es nur Anfängerglück.«

»Ja, wahrscheinlich hast du recht. Ein Anfängerglück, das nun schon viele Jahre anhält. Ich muss auflegen, Ingo. Bitte ruf mich nicht mehr an.«

Ich beendete das Gespräch und atmete hörbar aus. Was stimmte nicht mit diesem Kerl?

»Alles klar?« Sophie legte besorgt ihre Hand auf meinen Arm.

»Ach, nur Ingo.«

»Du solltest seine Nummer blockieren«, sagte Sophie.

»Ja, vielleicht ist das keine schlechte Idee.«

Oder ihm wenigstens den Zugang zu meinen Profilen auf Facebook und Instagram sperren, dachte ich. Denn da hatte Ingo nun wirklich nichts mehr verloren.

Ich quetschte mich auf die Rückbank des übervollen Autos und setzte mein Vorhaben gleich in die Tat um. Dann verscheuchte ich die Gedanken an Ingo aus meinem Kopf und freute mich auf den Tag am Strand.

Es war wirklich ungewöhnlich heiß für Ende April. Sogar ich hatte meinen Rollkragenpullover gegen ein ärmelloses Shirt getauscht. Ins Wasser würde ich mich aber eher nicht wagen, denn die Ostsee war von der zwanzig Grad Marke noch weit entfernt.

Auf jeden Fall waren wir nicht die Einzigen, die den Tag am Strand verbringen wollten. Es hatte sich ein richtiger kleiner Stau auf der Zufahrt zum Prielhagener Badestrand gebildet. Ein paar Autos vor uns erspähte ich Henriks Pick-up und mein Herz schlug schneller. Ich freute mich unglaublich darauf, ihn zu sehen.

Du bist verknallt wie ein Teenager, dachte ich und grinste in mich hinein. Dabei genoss ich das hibbelige Gefühl, das meinen ganzen Körper unter Strom setzte.

Bis wir den Strand letztendlich erreicht hatten, verging noch eine Weile. Endlos langsam rollten die Autos auf den Parkplatz und es dauerte ewig, bis jeder eine Lücke fand, in die er einparken konnte. Anstatt einfach die nächstbeste zu nehmen, kurvten die Leute tatsächlich herum, weil jeder im Schatten und direkt neben dem Strandaufgang parken wollte. Manchmal fragte ich mich, wie es sein konnte, dass die Menschheit noch nicht ausgestorben war.

Elias fand schließlich einen Parkplatz fast direkt neben Henrik. Hastig sprang ich aus dem Auto. Henrik zog mich in seine Arme, als hätte er mich wochenlang nicht gesehen. Dabei flüsterte er mir ins Ohr, wie sehr er mich vermisst hatte. Der Begrüßungskuss schmeckte nach Sehnsucht und Leidenschaft.

»Ähm, ich will ja nicht stören«, sagte Sophie. »Aber würde es euch etwas ausmachen, uns beim Tragen zu helfen?«

Grinsend ließen wir voneinander ab und rafften Sophies Hausrat an uns. Gemeinsam stapften wir zum Strand.

»Ich glaube, von den anderen ist noch keiner da. Das heißt, die Platzwahl liegt an uns.«

»Wer kommt denn alles?«, fragte ich.

Sophie winkte Thekla in der Strandbar zu, dann wandte sie sich wieder an mich. »Also, Yvi und Janosch auf jeden Fall, Judith und Bjarne höchstwahrscheinlich auch, Sina und Leon vielleicht. Jule wollte sich noch melden.«

»Wie wär's da drüben?«, sagte Elias und deutete Richtung Westen. »Da ist es noch nicht so voll.«

Wir nickten und stapften los. Nachdem wir unser Lager aufgeschlagen und uns aufgrund der Hitze gleich mal in unsere Badeoutfits geschmissen hatten, folgte erst einmal eine kleine Vorstellungsrunde. Henrik und Elias kannten sich noch gar nicht und Sophie kannte Henrik nur flüchtig vom Sehen. Aber zu meiner großen Erleichterung waren alle auf einer Wellenlänge und schon nach kurzer Zeit saßen wir zusammen wie alte Freunde.

Elias bewunderte vor allem Henriks durchtrainierten Körper.

»Und du machst echt keinen Sport?«, fragte er mit großen Augen.

Henrik schüttelte den Kopf. »Mein Job ist Sport genug. Graben, schaufeln, sägen, heben, tragen – und das den ganzen Tag draußen an der frischen Luft, bei jedem Wetter. Das ist Ganzkörpertraining par excellence.«

»Oh Mann, ich werde mir nächstes Mal bei meiner Trainingseinheit im Fitnessstudio wie ein Weichei vorkommen«, scherzte Elias. »Wer kommt mit ins Wasser?«

»Niemals«, sagte ich. »In zwei Monaten vielleicht.«

»Ach, komm schon. Hier draußen schmilzt man doch«, sagte Sophie.

»Geht ihr zwei mal schön allein«, sagte ich. »Wir bleiben hier und halten nach Yvi und den anderen Ausschau.«

»Spielverderber«, murrte Sophie, grinste aber dabei.

Dann kniff sie Elias in den Po und die beiden trabten händchenhaltend ins Wasser. Sophies Kreischen nach zu urteilen, schien es ziemlich kalt zu sein, aber sie stürzte sich trotzdem todesmutig in die Fluten. Elias bewies männliche Stärke und gab keinen Laut von sich.

Ich drehte mich zu Henrik.

»Na, hattest du gestern einen harten Tag?«, fragte ich. »Das Wetter ließ ja wirklich zu wünschen übrig.«

»Lass uns nicht über die Arbeit reden. Erzähl mir

lieber, wie es mit Gustav gelaufen ist. Konnte er dich für Prielhagen begeistern?«

»Ich könnte mir mittlerweile wirklich vorstellen, hierzubleiben«, sagte ich. »Das liegt allerdings nicht nur an Gustav.«

»Wenn ich ehrlich bin, hoffe ich, dass es gar nicht an Gustav liegt«, neckte mich Henrik.

»Oh, der Herr ist eifersüchtig.« Ich drückte ihm einen Kuss auf die Wange.

Henrik legte die Arme um mich. Plötzlich fühlte sich das Leben ganz leicht an. Nach Sommer, Wärme und Liebe. Nach langen Gartennächten und heißen Nachmittagen, nach Wellenrauschen und Sand zwischen den Zehen. Könnte das wirklich mein Leben sein? Nicht nur ein kurzer Ausschnitt, wie man ihn in einer Woche Urlaub erlebte.

»Woran denkst du?«, fragte Henrik.

»Ich denke nicht. Ich fühle.« Ich schmiegte mich an ihn und genoss es, das erste Mal seine nackte Haut auf meiner zu spüren.

Henrik schlang seine Arme fester um mich und sah mir tief in die Augen.

»Hm, dann kann ich nur hoffen, dass sich das für dich genauso sensationell anfühlt wie für mich.«

29

»Da sind Jola und Henrik. Hallo ihr beiden! Huhu!« Yvi winkte uns vom Strandaufgang zu.

Zusammen mit Janosch kam sie durch den Sand gestapft. Ihr blondes langes Haar wehte im Wind, sie sah glücklich aus.

»Hi. Du strahlst ja richtig«, sagte ich.

»Dem Baby geht es blendend. Ich habe ein Ultraschallbild. Willst du es sehen?« Yvi breitete eine Decke neben mir aus und setzte sich.

Janosch nahm bei Henrik Platz und nach kurzem Small Talk vertieften sich die zwei umgehend in ein Gespräch über Gärten und Pflanzen.

»Klar.« Ich lächelte Yvi an.

Es war schön, sie so glücklich zu sehen. Ich musste an den Streit am Leuchtturm denken, den ich zufällig mitbekommen hatte. Damals hatte sie so verzweifelt gewirkt. Doch Janosch und sie schienen nun einen gemeinsamen Weg gefunden zu haben.

Yvi kramte in ihrer Tasche und holte das Ultraschall-bild hervor.

»Hey, da kam man ja schon richtig was erkennen«, staunte ich. »So schlank, wie du bist, dachte ich, dass man nur ein kleines Pünktchen sehen würde.« Verzückt betrachtete ich das verschwommene Wesen, das eindeutig schon Kopf, Arme und Beine besaß. »Sieht man schon, ob es ein Mädchen oder Junge ist?«, fragte ich.

»Nein, dazu ist es noch zu früh. Die Ärztin hat eine Vermutung, aber ich wollte sie nicht wissen. Ich weiß überhaupt nicht, ob ich das Geschlecht vorher wissen will.«

»Natürlich wollen wir es vorher wissen«, sagte Janosch. »Sonst weiß ich doch gar nicht, in welcher Farbe ich das Kinderzimmer streichen soll.«

»Dein Ernst?«, fragte Yvi. »Und wie stellst du dir das vor? Blau für einen Jungen und Rosa für ein Mädchen? Das ist doch so was von letztes Jahrhundert.«

»Streicht es doch einfach kunterbunt«, sagte ich. »Das passt für jedes Kind. Ich habe da erst vor Kurzem tolle Beispiele in einer Zeitschrift gesehen. Die bringe ich euch mal vorbei.«

»Oh ja, das wäre super. Und ich könnte Rüdiger fragen, ob er ein paar Tiere an die Wand malt. Was meinst du, Janosch?«

»Unser Kind wird eine vollkommen falsche Vorstel-lung von der Realität bekommen. Vielleicht auch Albträume. Oder beides.« Janosch schien von Rüdigers quietschbunten und etwas surrealen Tierbildern nicht so viel zu halten.

»Wie gemein. Das werde ich ihm ausrichten, wenn er uns das nächste Mal besucht«, drohte Yvi im Spaß.

»Hallo zusammen«, ertönte es plötzlich und eine Kaskade Meerwassertropfen spritzte in unsere Gesichter.

Sophie und Elias waren von ihrem Badeausflug zurück und sahen ziemlich durchgefroren aus. Jedenfalls waren ihre Lippen ganz blau und Sophie hatte Gänsehaut an Armen und Beinen, was sie aber nicht zu stören schien. Die beiden hatten ein verklärtes Lächeln im Gesicht und ihre Augen funkelten übermütig.

Kichernd rubbelten sich Sophie und Elias gegenseitig trocken und sie schauten dabei so glücklich aus, dass ich einen Moment überlegte, ob ich auch mit Henrik ins Wasser springen sollte. Aber Judith und Bjarne, die in diesem Augenblick zu uns stießen, vereitelten meine wagemutigen Pläne.

Es gab ein großes Hallo und Yvis Ultraschallbild machte die Runde.

»Schwangersein ist viel schöner, wenn man darüber reden darf«, sagte sie glücklich.

»Was macht der Umzug?«, fragte Bjarne. »Braucht ihr Hilfe? In ein paar Wochen sind wir weg.«

»Meine paar Sachen passen in Steppkes Entenmobil«, sagte Yvi. »Aber vielleicht könntest du noch mal im Leuchtturm vorbeischauen. Irgendeine Sicherung spinnt da immer.«

»Ich weiß. Deswegen habe ich Knut auch schon hundertmal gesagt, dass er die Elektrik erneuern lassen muss«, sagte Bjarne. »Sonst kannst du bald täglich eine neue Sicherung reindrehen.«

»Weiß ich doch. Aber du kennst Papa und seine

Lotterwirtschaft. Na ja, vielleicht bringt ihn die Liebe dazu, die Sanierung anzugehen.«

»Die Liebe?«, fragte Sophie neugierig.

»Ist wie der Blitz bei ihm eingeschlagen. Jola, du warst doch mit dieser Polizistin bei uns. Er war hin und weg von Gesa Haym.«

»Dachte ich mir schon. Er hat sie die ganze Zeit so angesehen«, sagte ich.

»Scheint auf Gegenseitigkeit zu beruhen. Denn am Freitagabend ist sie aufgetaucht, unter dem Vorwand, nur ein Bier trinken zu wollen. Aber sie haben den ganzen Abend zusammengehockt. Gestern war sie auch wieder da. Und heute schmeißen sie gemeinsam den Laden.« Yvi lachte.

»Sollte die Frau nicht ermitteln?«, fragte Judith. »Im Fernsehen arbeiten die Kommissare doch immer die Wochenenden durch, wenn sie einen Fall haben.«

»Das macht sie nebenbei. Sie ist ziemlich geschickt beim Leute aushorchen«, sagte Yvi.

»Gibt es denn schon konkrete Hinweise?«, fragte ich.

»Nein, bisher nicht. Sie war beim Benk, aber der war anscheinend immun gegen ihre subtilen Verhörtechniken. Kein Wort hat er zu ihren Fragen gesagt, stattdessen hat er sie lauthals vom Hof gejagt. Vom Küchenfenster aus«, erzählte Yvi.

»Komisch«, sagte Henrik. »Normalerweise wird der Hans nie laut. Es muss ihn ganz schön aufgeregt haben, Besuch von der Polizei zu bekommen.«

»Kennst du ihn besser?«, fragte Yvi.

»Nein, das lässt er gar nicht zu. Aber ich sehe ab und zu nach ihm oder bringe ihm etwas zu essen vorbei.

Manchmal reden wir übers Wetter. Ich akzeptiere seinen Wunsch nach Distanz und Einsamkeit. Mir geht es nur darum, hin und wieder vorbeizuschauen. Er soll nicht wochenlang verletzt oder gar tot in seinem Haus liegen und niemandem fällt es auf.«

»Kein Mensch sollte so ein Schicksal erleiden«, sagte Judith. »Und trotzdem gibt es immer mehr solcher Fälle.«

»Nicht in Prielhagen«, sagte Janosch. »Hier fällt es schon auf, wenn du deine Brötchen zehn Minuten später holst als sonst.«

»Manchmal ist das nervig«, sagte Sophie. »Aber eigentlich finde ich es ganz gut. Das vermittelt einem so ein heimeliges Gefühl von Geborgenheit. Ich beobachte das übrigens schon an mir selbst. Wenn ein Stammkunde mal nicht auftaucht, frage ich auch immer sofort Pia, was da los ist.«

»Ein Hoch auf das Kleinstadtleben«, sagte Bjarne. »Auch wenn ich froh bin, dieser Idylle mal ein Weilchen zu entfliehen.«

»Auf der Suche nach den letzten Schlaglöchern Europas«, neckte ihn Janosch. »Ich kann den Duft von Abenteuer schon riechen.«

»Also, ich rieche, dass jemand am Strand schon den Grill angeschmissen hat. Sollten wir auch machen. Ich sterbe vor Hunger«, sagte Sophie.

»Oh guckt mal, da kommen Leon und Sina«, sagte Henrik und winkte.

»Hey, ihr habt wohl geahnt, dass wir gleich den Grill anheizen werden. Ich hoffe, ihr habt Hunger mitgebracht«, sagte Sophie.

»Nicht nur Hunger«, sagte Sina. »Auch Grillkäse und Würstchen. Hallo zusammen.« Sie winkte in die Runde.

Leon nickte nur, er war voll beladen und trug in beiden Händen Körbe, die er mit einem erleichterten Seufzen in den Sand stellte. Elias warf ihm einen mitfühlenden Blick zu. Sina schien ähnliche Vorstellungen von einem Strandtag zu haben wie Sophie.

»Wo habt ihr denn Merlin gelassen?«, fragte ich.

»Der darf bei seiner Freundin Polly bleiben. Am Strand ist es heute einfach zu heiß für ihn«, sagte Leon.

Es dauerte nicht lange, da war der Grill platziert und die Kohle brannte herunter. Als eine ordentliche Glut vorhanden war, legten wir das Grillgut auf. Schon bald wehte ein verführerischer Duft um unsere Nasen und mein Bauch begann laut zu knurren.

»Ich könnte dir einen Kuss als Vorspeise anbieten«, sagte Henrik und zog mich an sich.

»Klingt verlockend.«

Unsere Lippen berührten sich und ich wusste, dass ich mehr wollte als diesen Kuss.

Viel mehr.

30

Das Essen hätte für eine ganze Kompanie gereicht. Schließlich luden wir einige hungrige Kinder auf Würstchen, Kartoffelsalat und Gemüse ein.

Als nur noch ein einsamer Grillkäse und matschig gewordener Salat auf einen Abnehmer warteten, lenkte Leon das Gespräch auf das Skelett.

Yvi erzählte Leon, was sie auch uns berichtet hatte: Dass Gesa Haym viel Zeit am Leuchtturm verbrachte und ganz nebenbei die Leute »verhörte«. Dass aus Hans Benk nichts herauszubekommen war. Und dass es bisher noch keine interessanten Ermittlungsergebnisse gab.

»Wolltest du dich nicht mit Gesa Haym treffen?«, fragte ich Leon.

»Ja, das werde ich auch. Aber erst übermorgen. Ich muss da vorher noch etwas abklären. Dazu muss ich aber in Hermines Haus und alte Aufzeichnungen durchsehen. Das kann dauern. Es gibt Berge davon.«

»Bist du auf eine Spur gestoßen?«, fragte ich.

»Ich habe euch doch vor ein paar Tagen erzählt, dass

der Name Benk bei mir etwas auslöst. Ich konnte das nicht einordnen, aber nun kann ich es. Hermine und der Benk haben sich gekannt.«

»Okay.« Ich schaute Leon abwartend an.

Eine Bekanntschaft allein war ja nicht unbedingt etwas Außergewöhnliches. Einige der hier Anwesenden kannten Hans Benk, ohne dass es eine Bedeutung für den Fall hatte oder irgendein Zusammenhang mit dem Skelett hergestellt werden konnte.

»Hermine war krank«, fuhr Leon fort. »Sie hatte eine schwere Sonnenlichtallergie und konnte das Haus nur abends und nachts verlassen. Merlin war unser gemeinsamer Hund. Hermine und er liebten es, spätabends am Strand herumzustromern. Dort hatte sie auch ab und zu Hans Benk getroffen. Ich bin nur nicht gleich darauf gekommen, weil sie nicht wie alle anderen vom Benk gesprochen hat, sondern immer nur von Hans.«

»Die beiden haben sich angefreundet?«, fragte Henrik überrascht. »Der Benk lässt normalerweise niemanden an sich heran.«

»Hermine war eine besondere Frau. Anscheinend hat sie es geschafft, Zugang zu ihm zu finden«, sagte Leon.

»Okay, Hermine und Hans Benk kannten sich also«, sagte Yvi. »Sie trafen sich manchmal abends am Strand und unterhielten sich. Aber was hat das mit dem Skelett zu tun?«

»Das weiß ich noch nicht«, gab Leon zu. »Aber ich erinnere mich, dass Hermine mir eines Tages erzählt hatte, dass etwas Dunkles auf Hans' Seele lastete. Sie spürte es, wusste aber nicht, worum es ging. Sie wollte der Sache weiter nachgehen, weil sie glaubte, dass Hans erst wieder glücklich werden könnte, wenn er darüber sprach.«

»Du glaubst, dieser Hans Benk hat einen Mord begangen und die Leiche am Fabrikgelände vergraben?«, fragte Judith.

»Das würde erklären, warum er vor vierunddreißig Jahren auf einmal so seltsam geworden ist«, sagte Henrik. »Vorher war er doch angeblich ganz normal.«

»Halt!« Ich hob die Hand. »Das Skelett ist doch viel älter als vierunddreißig Jahre. Außerdem gehörte das Land zu dieser Zeit gar nicht mehr dem Benk und die Fabrik stand schon. So kann das nicht zusammenhängen.«

»Warum glaubt ihr eigentlich alle, dass der Benk in der Sache mit drin hängt?«, fragte Janosch. »Was ist mit dem Gründer der Fischfabrik? Er hat den Acker gekauft und hätte alle Möglichkeiten gehabt, beim Bauen dort eine Leiche verschwinden zu lassen.«

»Der Gründer der Fischfabrik, ein gewisser Eckart Stahlhut, ist bereits 1990 gestorben«, sagte ich. Alle schauten mich neugierig an, also erzählte ich weiter. »Sein Sohn, Hauke Stahlhut, hat die Fabrik einige Jahre vorher übernommen. Aber er interessierte sich weniger für die Arbeit als für Frauen, Glücksspiel und Alkohol. Er hat die Fabrik 1991 verkauft, konnte sich allerdings nicht mehr an dem Geld erfreuen, denn er starb 1992 an einer Leberzirrhose. Mit dem Verkauf war der Abstieg der Fabrik besiegelt. Sie wurde ein paar Mal weiterverkauft und immer wieder neuen Zwecken zugeführt. Einige Jahre wurden Christbaumständer dort hergestellt, dann diente die Anlage als Palettenlager. Und seit fünfzehn Jahren hat sich das Gelände als Schandfleck von Prielhagen etabliert«, schloss ich meinen Bericht.

»Wow, woher weißt du das alles?«, fragte Yvi.

»Die Geschichte der Fabrik wurde mal in einer Sitzung des Bauausschusses erläutert«, sagte ich. »Fakt ist: Der Gründer der Fabrik kann nicht mehr befragt werden. Und sein Sohn, der eventuell etwas hätte wissen können, ist ebenfalls tot. Kinder hatte der keine, so weit ich weiß. Die einzige Spur ist deshalb Hans Benk.«

»Aber der redet nicht«, sagte Yvi.

»Vielleicht hat Hermine ihn ja zum Reden gebracht und etwas dazu aufgeschrieben«, sagte Leon. »Gleich morgen fahre ich wieder in ihr Haus und sehe weiter ihre Aufzeichnungen durch.«

31

Die Sonne hatte von ihrer Strahlkraft eingebüßt und sich hinter einen Schleier aus dunstigen Wolken zurückgezogen. Der nahende Montag warf seine Schatten voraus und Aufbruchstimmung machte sich am Strand breit.

Jeder hatte noch etwas zu erledigen. Wäsche waschen, Essen vorbereiten, einen aufgeschobenen Anruf hinter sich bringen. Ein wenig wehmütig packten alle ihre Sachen zusammen. Warum vergingen diese herrlichen Tage immer wie im Flug, während sich ein Bürotag ins Endlose ausdehnen konnte?

»Hast du noch Lust auf einen Spaziergang?«, fragte Henrik.

Ich saß neben ihm im Truck und winkte Sophie und Elias zu, die gerade ausparkten. Henrik hatte mir angeboten, mich nach Hause zu fahren, aber noch lieber war es mir, weiter Zeit mit ihm zu verbringen.

»Sehr gerne«, sagte ich.

Wir fuhren weg vom Meer ins Landesinnere. Henrik erzählte mir ein wenig über die Natur, deutete hin und wieder auf einen besonderen Baum oder hielt neben einem Brackwasserareal, wo eine Gruppe Säbelschnäbler im flachen Wasser nach Futter suchte.

Unser Weg führte uns schließlich zu einem Moor, wie die Infotafel am Parkplatz verriet.

»Es ist einer meiner Lieblingsplätze hier in der Gegend«, sagte Henrik. »Außerhalb der Hochsaison ist man hier meistens allein. Hast du eine Jacke dabei?«

»Nein.« Ich schüttelte den Kopf.

»Warte.« Henrik kramte auf der Rückbank herum und reichte mir ein flauschiges Karohemd.

Ich band es mir um die Hüften und wir marschierten Hand in Hand los. Schon nach wenigen Schritten hüllte uns die besondere Stimmung des Ortes ein. Das Licht zauberte kleine Goldpünktchen auf die dunklen Wasserflächen, karge Bäume streckten ihre laubfreien Äste in den Himmel. Eine riesige Kiefer stand gebeugt vom Sturm inmitten des Mooses, wie ein Wächter, der das Tor zu einer anderen Welt im Auge behielt.

Henrik und ich schlenderten auf einem Holzbohlenweg dahin, eine Libelle sauste vor unseren Nasen vorbei.

»Eine kleine Moosjungfer«, sagte Henrik beiläufig.

Es schien keine Tier- oder Pflanzenart zu geben, die er nicht kannte.

»Und was sind das für puschelige Gewächse?« Ich deutete auf zarte Gräser, die mit einer Mütze aus weißem Plüsch verziert waren.

»Das ist Schneidiges Wollgras«, sagte Henrik.

Wir lehnten uns über die Balustrade des Weges und ließen den Blick über die eigentümliche Landschaft schweifen. Fast schwarze Wasserflächen, sattgrünes Moos, rostrote verdorrte Gräser, raschelndes Schilf. Dazu die weißen Wattetupfen des Wollgrases, die ganz sanft im Wind tanzten. Abgebrochene Baumstämme, die wie einsame, verlorene Seelen aus dem Boden ragten. Eine bizarre Schönheit, die mich tief in meinem Innersten berührte.

Henrik legte seinen Arm um mich und ich lehnte meinen Kopf an seine Schulter.

»Mit dir zusammen fühlt sich alles gut an«, sagte Henrik und sprach damit aus, was ich gerade dachte. »Selbst, wenn man einfach nur da steht und aufs Moor schaut.«

»Geht mir ganz genauso«, sagte ich.

»Ich habe noch nie eine Frau wie dich getroffen, Jola. Es fühlt sich an, als wären wir seelenverwandt. Das ist schon beinahe unheimlich.«

»Lass uns zu dir fahren«, sagte ich. »Lass uns dieses Gefühl auskosten.«

Ich spürte Henriks Ablehnung bereits, bevor er etwas sagte. Seine Muskeln spannten sich an und er rückte von mir ab. Wenige Millimeter nur, aber sie reichten aus, um mir seine Haltung deutlich zu machen.

Er nahm den Arm von mir und sah mir in die Augen.

»Es tut mir leid, aber …«

»Die Arbeit, ich weiß. Du musst morgen früh raus. Hab schon verstanden.« Ich verschränkte die Arme vor der Brust.

Jetzt, wo Henriks Wärme an meiner Seite fehlte, fröstelte ich. Aber ich war zu stolz, um in sein Flanellhemd zu schlüpfen. Bestimmt hätte er wieder fürsorglich den

Arm um mich gelegt, doch das konnte ich im Moment nicht ertragen.

Warum wies er mich nun schon zum zweiten Mal zurück? Warum hielt er mich auf Distanz, wenn wir doch angeblich seelenverwandt waren? Da stimmte doch etwas nicht.

»Nein, es ist nicht die Arbeit«, sagte Henrik.

»Was ist es dann?«

»Ich habe Angst. Angst, dich zu verlieren.«

»Verstehe ich nicht. Warum solltest du mich verlieren, wenn wir uns näherkommen?«

»Jola, bitte. Gib mir Zeit, okay?« Er streckte in einer versöhnlichen Geste die Hand nach mir aus, doch ich wich zurück.

»Sag doch einfach, was los ist«, forderte ich.

Zugegeben, der Spruch »Gib mir Zeit« triggerte mich. Ingo hatte ihn gerne und häufig benutzt, um mich bei der Stange zu halten. Dabei hatte er nie vorgehabt, seine Frau zu verlassen. Er wollte einfach das Beste aus zwei Welten – Ehe und Affäre.

»Es ist gar nichts los«, sagte Henrik matt.

Wahrscheinlich merkte er selbst, wie unglaubwürdig seine Worte klangen.

»Fahr mich einfach nach Hause«, sagte ich. »Wir müssen kein Drama draus machen.«

Henrik machte noch einen Versuch, mich zu umarmen. Und mein Körper sehnte sich auch nach dieser Nähe. Es kostete mich Kraft, einen Schritt zurückzutreten und weiterhin die Arme vor der Brust zu verschränken. Aber ich war ein gebranntes Kind. Ich wollte nicht erneut verletzt werden.

Die Fahrt zu Oves Kate verlief schweigend. Es war kein angenehmes Schweigen, vielmehr hatte die Stille etwas Anklagendes, Belastendes.

Wie konnte das passieren? Gerade war das Leben noch leicht und voller Sonne gewesen. Verliebte Schmetterlinge hatten Rundflüge in meinem Bauch gedreht. Und nun lag ein bitterer Klumpen aus Misstrauen zentnerschwer in meinem Magen und sorgte dafür, dass ich kein Wort mehr herausbekam.

Wir hatten Oves Kate erreicht.

»Ich ruf dich an«, sagte Henrik.

»Mach das. Bis dann.« Ich zwang mich zu einem Lächeln, aber jeder, der mich nur ein klein wenig kannte, konnte erkennen, dass es falsch war. Natürlich auch Henrik. Ich sah es an seinem Blick. Schmerz und Enttäuschung sprachen daraus, aber das war nicht meine Schuld.

32

Elias und Sophie turtelten in der Küche. Also, eigentlich kochten sie, aber ihre Hände waren weniger damit beschäftigt, in Töpfen und Pfannen zu rühren, als unter irgendwelchen Kleidungsstücken zu verschwinden.

»Hey, Jola. Du isst doch mit uns, oder? Es gibt Eiweiß. Pures Eiweiß.« Sophie kicherte total überdreht.

»Danke, aber ich habe keinen Hunger«, sagte ich. »Hab am Strand beim Grillen etwas über die Stränge geschlagen.«

»Ich auch. Aber das eiskalte Meer hat die Kalorien einfach weggeschmolzen«, sagte Sophie. »Du hättest auch in die Ostsee springen sollen.«

»In ein paar Wochen vielleicht«, sagte ich. »Ich geh nach oben.«

»Verabschiede dich noch von Elias. Er verlässt uns morgen schon wieder«, sagte Sophie.

»Was? Du bist doch gerade erst angekommen«, sagte ich. »Schade.«

»Bin nur ein paar Tage weg«, sagte Elias. »Und dann kann ich hoffentlich länger bleiben.«

»Dafür werde ich höchstpersönlich sorgen«, sagte Sophie. »Zur Not sperre ich dich ein und füttere dich mit Pralinen. Dann will keiner mehr Fotos von dir machen.«

»Mir wird Angst und Bang«, sagte Elias und zog Sophie an sich.

Ich ließ die beiden Turteltäubchen allein und ging in mein Zimmer. Um die Gedanken an Henrik zu vertreiben, klappte ich meinen Laptop auf. Arbeit war noch immer die beste Medizin gegen sinnloses Grübeln.

Ich rief meine E-Mails ab. Nur Werbung. Und eine Nachricht von Ingo. Was wollte er denn schon wieder? Reichte es nicht, dass ich meine Accounts in den sozialen Medien für ihn gesperrt hatte? Musste ich jetzt auch noch seine Telefonnummer und E-Mail-Adresse blockieren? Das war doch Kindergarten.

Lustlos öffnete ich seine Nachricht.

Liebe Jola,
ich habe nachgedacht. Über uns, aber auch über unsere Arbeit.
Halt, erst muss ich mich entschuldigen. Das Telefonat heute, also, als ich gesagt habe, dass ich mich in deinem Talent getäuscht hätte, das war natürlich Unsinn. Du weißt, dass ich mich in solchen Angelegenheiten nicht täusche. Dass ich ein Auge habe für Design und Gestaltung.

Ich verdrehte die Augen. War das jetzt sein Ernst? Dass er sich bei mir entschuldigen wollte und diese Entschuldigung sogleich wieder als Chance nutzte, um seine eigene Genialität in den Vordergrund zu rücken? Dieser Mann war wirklich unverbesserlich.

Ich übersprang die drei Absätze, in denen sich Ingo mit salbungsvollen Worten selbst auf die Schulter klopfte und las weiter, als es wieder interessant wurde.

Nun mein Angebot:
Lass uns etwas Großes, etwas Einzigartiges erschaffen. Gemeinsam. Auf Augenhöhe. Gleichberechtigt. Als Partner. Als Verbündete gegen die Hässlichkeit. Als Kämpfer gegen schlechtes Design. Ich denke, dir ist klar, was ich meine, oder? Zusammen können wir Architekturgeschichte schreiben.
Lass uns die Welt zu einem schöneren Ort machen.
Was meinst du? Wann legen wir los?
Visionäre Grüße,
Dein Ingo

P.S.: Natürlich wird alles vertraglich geregelt. Gerne auch mit einem Anwalt deiner Wahl. Die Sache hat keinen Haken.

Ich musste grinsen. Ach, Ingo, dachte ich. Du bist so durchschaubar.

Ja, er war ein Visionär und großartiger Architekt. Das

änderte aber nichts daran, dass er nicht in der Lage war, eine Baustelle anständig zu leiten. Das war seine Achillesferse. Das war die Achillesferse vieler Architekten, die sich nur der Kunst verschrieben hatten und die Kommunikation mit Handwerkern, das Lösen konkreter Probleme und das Herumstehen auf staubigen Baustellen allenfalls als lästige Pflicht betrachteten. Dabei ging die wahre Arbeit nach dem Entwurf erst richtig los.

Ingo brauchte jemanden, der die Drecksarbeit für ihn erledigte. So sah es aus. Natürlich zahlte er einen hohen Preis, wenn er mich zu seiner Partnerin machte. Er musste nicht nur seine Einnahmen, sondern auch seinen Glanz und das Prestige teilen. Das würde er niemals ohne Not tun. Er brauchte mich wirklich. Was mich in eine extrem gute Verhandlungsposition bringen würde, sollte ich das Angebot annehmen.

Mein erster Reflex war es gewesen, sofort eine Absage an Ingo zu schicken. Aber bei näherer Betrachtung war die gebotene Perspektive durchaus verlockend.

Das schicke Büro in Berlin, all die spannenden Aufträge, die an uns herangetragen werden würden, die interessanten Menschen, die man kennenlernte. Wir könnten uns die Perlen und Juwelen herauspicken und tatsächlich Architekturgeschichte schreiben. Aber zu welchem Preis?

Ich dachte an meine verletzte Seele und mein gebrochenes Herz. Wäre es für mich wirklich möglich, an der Seite dieses Mannes eine rein professionelle Rolle einzunehmen? Oder würde ich mich sehenden Auges ins Unglück stürzen und den letzten Rest Selbstachtung verlieren?

Ich beschloss, die E-Mail vorerst nicht zu beantworten und das Gelesene erst einmal sacken zu lassen. Es hatte noch nie geschadet, bei wichtigen Entscheidungen erst einmal eine Nacht darüber zu schlafen. Oder auch zwei.

33

Am nächsten Morgen fand ich ein Post-it von Sophie am Kühlschrank.

Gemeinsame Mittagspause am Meer?
Ich bringe das Essen mit. Treffpunkt an der Himmelsleiter um 12.30 Uhr?

Der Jour fixe am Fabrikgelände begann um zehn Uhr. Bis 12.30 Uhr sollte ich fertig sein. Ich tippte eine Nachricht an Sophie, worin ich das Treffen bestätigte, und machte mir einen Kaffee.

Während des Frühstücks ging ich noch einmal die Aufzeichnungen zur heutigen Besprechung durch. Außerdem notierte ich mir alles, was ich über den Skelettfund wusste. Die Leute würden neugierig sein und es war am besten, gleich nach der Begrüßung eine Zusammenfassung der Lage zu geben. Ansonsten würde die Baubesprechung ständig von unpassenden Fragen gestört werden.

Gegen acht Uhr machte ich mich auf den Weg. Ich überlegte, ob ich ins Auto springen sollte, aber mein treuer, verbeulter Volvo hatte schon mächtig Staub angesetzt und ich hatte keine Lust, erst noch den Gartenschlauch herauszuholen. Also schwang ich mich aufs Fahrrad und strampelte bei schönstem Frühlingswetter zur Baustelle.

Das ungewöhnliche Hitzehoch von gestern war weitergezogen. Zurückgelassen hatte es angenehme siebzehn Grad, einen hellblauen Himmel mit Wattewolken und die Vorfreude auf die kommenden Sommermonate.

Am Fabrikgelände wurde bereits fleißig gearbeitet. Der Abriss und die Erdarbeiten schritten dank des zweiten Baggers flott voran. Zu meiner Überraschung stand jedoch auch Henriks Pick-up auf dem Parkplatz. Was wollte er denn hier? Die Außenanlagen hatten noch Zeit, es gab keine Notwendigkeit, dass er am heutigen Jour fixe teilnahm.

Ich schaute mich um, konnte ihn allerdings nirgendwo sehen. Erst, als ich den Baucontainer aufsperrte, kam er mit Loers hinter dem Fabrikgelände hervor. Beide gestikulierten wild und schienen über die Gestaltung des Geländes zu debattieren.

Sollten sie mal machen. Bis es an die endgültige Ausarbeitung ging, rollten noch viele Wellen an den Ostseestrand. Keine Notwendigkeit, sich jetzt schon verrückt zu machen.

Ich setzte mich an den Schreibtisch, klappte meinen Laptop auf und startete die Bau-Software. Es dauerte nicht lange, da klopfte jemand an die Tür. Henrik steckte seinen Kopf in den Container und schaute mich schuldbewusst an.

»Ich dachte, du musst arbeiten«, sagte ich betont gelassen, während mein Herz wie verrückt gegen meine Brust hämmerte.

Am liebsten wäre ich aufgesprungen und hätte den doofen Streit einfach vergessen, aber mein verletzter Stolz ließ das nicht zu.

»Jola, bitte. Ich habe doch gestern bereits gesagt, dass es nicht daran liegt.«

»Ach ja, stimmt. Du brauchst Zeit. Ich weiß zwar nicht wofür, aber bitte, nimm dir Zeit, so viel du willst.«

»Warum reagierst du so gereizt auf meine Bitte?«, fragte Henrik.

Er schloss die Tür des Containers und zog sich den einzigen Besucherstuhl heran. Wir saßen uns gegenüber und starrten uns an. Ich löste rasch den Blick, um nicht in seinen grünen Augen zu ertrinken. Sie hatten diese Wirkung auf mich. Ich verlor mich darin und wollte Henrik dann nur noch nahe sein.

»Ich reagiere so gereizt, weil das Ingos Spruch war«, sagte ich. »Immer brauchte er noch ein wenig Zeit. Bis er seiner Frau von uns erzählte, bis er sich von ihr trennte, bis er seine Angelegenheiten geregelt hatte. Nur noch ein bisschen Zeit. Und die Wochen vergingen. Und die Monate. Und ich wurde unglücklicher. Und ich verachtete mich selbst. Und mein Herz brach. So, jetzt weißt du Bescheid.« Ich atmete tief durch.

Henrik wollte etwas sagen, doch ich hob die Hand und gebot ihm Einhalt.

»Eine Sache noch. Ich habe gesagt, ich will nie wieder einen verheirateten Mann. Das stimmt nicht. Ich will auch nie wieder einen Mann, der *noch ein wenig Zeit braucht*. Egal, warum.« Ich schluckte, als ich die harten Worte ausgesprochen hatte.

Sie kamen dahergeschossen wie feindliche Kanonenkugeln. Als wollte ich Schluss machen. Das wollte ich natürlich nicht. Ich wollte nur, dass sich Henrik endlich einen Ruck gab und die Nähe zuließ, die wir uns doch beide wünschten.

»Verstehe«, sagte Henrik. »Das heißt dann wohl, dass …« Er kam nicht dazu, den Satz zu beenden, weil es an der Tür klopfte und Loers seinen Kopf hereinsteckte.

»Jola, kommst du mal? Meine Leute sind da auf etwas gestoßen.«

»Sag bloß nicht, dass ihr noch einen Schädel ausgegraben habt.« Ich stöhnte.

»Nein, nein. Es geht um altes Baumaterial. Da hat jemand die Chance genutzt und allerhand Krempel verschwinden lassen.«

»Das Übliche.« Ich stand auf, um Loers zu folgen.

Solche Funde waren auf Baustellen keine Seltenheit. Sie waren nicht weiter schlimm, nur ärgerlich, weil sie die Entsorgungskosten in die Höhe trieben und die Arbeit etwas verzögerten. Solange kein Giftmülldepot geborgen wurde, brachten mich solche Unwägbarkeiten aber nicht aus dem Konzept.

Ich schaute mir den Müll an und wir klärten alle nötigen Details. Zurück im Baucontainer, saß Henrik immer noch an Ort und Stelle. Er wirkte niedergeschlagen und irgendwie verzweifelt, aber ich hatte keine Zeit, mich jetzt mit ihm zu unterhalten.

»Wir müssen das in Ruhe klären«, sagte ich. »Gleich beginnt das Jour fixe.«

»Okay. Wie wäre es, wenn du zum Essen zu mir kommst? Nicht heute, das ist zu knapp. Ich werde bis spätabends bei einem Auftrag sein. Aber vielleicht morgen? Sagen wir um sieben?« Henrik schaute mich erwartungsvoll an.

»Okay.« Ich nickte. »Soll ich etwas mitbringen?«

»Verständnis«, sagte Henrik. »Eine gehörige Portion Verständnis.«

34

»Das hat er gesagt? Dass du Verständnis mitbringen sollst? Zu einem Abendessen? Komisch. Total kryptisch, irgendwie.« Sophie biss in ihr Sandwich und hielt die Füße ins Meer.

Wir saßen auf einem umgefallenen Baumstamm am Strand. So nah an den Wellen, dass sie unsere nackten Füße immer wieder umspülten, aber weit genug weg, um nicht durchnässt zu werden.

Etwas entfernt staksten einige hochbeinige Vögel durch den Sand. Kraniche? Reiher? Ich hatte keine Ahnung. Henrik hätte es mit Sicherheit gewusst.

Ich knabberte an einem Salatblatt, das aus dem Sandwich hing und starrte trübsinnig aufs Wasser.

»Hey, jetzt lass den Kopf nicht hängen. Bestimmt kann Henrik sein eigenartiges Verhalten erklären«, sagte Sophie. »Ich meine, Männer sind nun mal seltsame Wesen. Schau dir Elias an. Bei dem ist mehr als eine Schraube locker. Und trotzdem könnte ich mir keinen besseren Partner an meiner Seite vorstellen.«

»Es geht nicht um Ecken und Kanten oder ein paar spleenige Eigenheiten«, sagte ich. »Henrik verbirgt irgendetwas vor mir. Und das schafft eine Distanz zwischen uns, wo eigentlich Nähe sein sollte.«

»Natürlich verbirgt er etwas vor dir. Ihr kennt euch doch noch gar nicht so lange. Da kann man nicht alles voneinander wissen.« Sophie lächelte mich aufmunternd an. »Vielleicht gibt es peinliche Jugendsünden. Oder er hat Schulden. Einen körperlichen Makel. Das hässlichste Tattoo der Welt. Oder, oder, oder. Es gibt so viele Möglichkeiten. Mach dich nicht verrückt, okay?«

»Leichter gesagt als getan«, brummte ich.

»Bei Elias war es doch das Gleiche«, sagte Sophie. »Männer sind nicht solche Plaudertaschen wie wir Frauen. Sie machen die Dinge mit sich aus und schweigen so lange, bis es nicht mehr geht. Es ist also ein positives Zeichen, dass Henrik mit dir reden will. Du bist ihm wichtig. Du solltest dich freuen, anstatt Trübsal zu blasen.«

»Na ja, das kommt wohl ganz darauf an, was er mir morgen Abend eröffnen wird«, sagte ich. »Kann mal jemand die Zeit vorandrehen. Oder nein, lieber nicht. Noch kann ich mich der Illusion hingeben, meinen Traummann gefunden zu haben.«

»Wenn Henrik wirklich dein Traummann ist, dann wird dich so eine kleine Offenbarung schon nicht umhauen«, sagte Sophie. »So, ich muss wieder los. Ich will noch eine Wagenladung Zebrapralinen herstellen. Die Kunden sind süchtig danach.«

»Diese Dinger sind ja auch der Hammer«, sagte ich.

»Leg mir ein paar auf die Seite. Die kann ich morgen zu Henrik mitnehmen.«

»Okay. Aber du gibst sie ihm nur, wenn sein Geheimnis nicht allzu schlimm ist. Ansonsten wirfst du sie ihm an den Kopf. Nimm das, du Schuft. Und das!« Sophie lachte.

»Dazu wären sie viel zu schade. Wenn, dann fress ich sie aus Frust alle selbst.«

»Auch gut.«

Wir schlüpften in unsere Schuhe und schlängelten uns auf einem schmalen Pfad durch die Dünen, bis wir wieder am Promenadenweg vor der Himmelsleiter standen. Der Aussichtsturm war gut besucht, Jung und Alt erklommen die achtzig Stufen, um den grandiosen Weitblick zu genießen. Sophie und ich verabschiedeten uns an dieser Stelle. Wir mussten in entgegengesetzte Richtungen.

Zurück auf der Baustelle erwartete mich Gesa Haym. Die Polizistin lehnte am Baucontainer und rauchte eine Zigarette.

»Guten Tag. Ich hoffe, Sie sind nicht hier, um die Bauarbeiten zu stoppen«, sagte ich.

»Keine Sorge. Wenn es so wäre, würden die Bagger schon stillstehen.« Gesa Haym drückte die Zigarette aus und schaute sich suchend um.

»Kommen Sie mit in den Container. Da steht ein Abfalleimer.« Ich sperrte die Tür auf und machte eine einladende Geste.

»Schön haben Sie's hier«, sagte Gesa Haym mit einem Augenzwinkern. »Richtig gemütlich.«

»Es regnet nicht rein und man ist wenigstens ein bisschen vor dem Baustellenlärm geschützt. Was will man mehr?«, fragte ich.

»Kaffee?«

Ich musste lachen. »Sogar damit kann ich dienen. Allerdings nur mit einer einfachen Filtermaschine. Und Milch ist auch keine mehr da.«

»Ich trinke ihn sowieso schwarz. Also, wenn es Ihnen keine Umstände macht.« Die Polizistin ließ sich auf den Besucherstuhl fallen.

Ich machte mich an der Kaffeemaschine zu schaffen, die sofort röchelnd ihren Dienst aufnahm. Treue Seele.

»Also, was kann ich für Sie tun?«, sagte ich. »Sie sind doch bestimmt nicht nur zum Kaffeetrinken hergekommen. Der schmeckt im Café Sanddornliebe nämlich um Längen besser.«

»Ich wollte Ihnen das hier zurückgeben.« Gesa Haym legte die Chronik von Prielhagen auf den Tisch.

»Und, hat es Ihnen weitergeholfen?«

»Wie man es nimmt. Ich wollte mit dem Verfasser Gerhard Nitsch Kontakt aufnehmen. Aber das hat leider nicht geklappt.«

»Ist er tot?«

»Nein, schlimmer. Er liegt nach einem Unfall in einer Art Wachkoma und ist nicht ansprechbar. Was sich nach Auskunft der Pflegerin auch nicht mehr ändern wird.«

»Wie schrecklich«, sagte ich.

»Grausames Schicksal, finde ich auch. Leider sind die Urheber der in der Chronik abgedruckten Fotos bereits alle verstorben. Trotzdem hatte ich Glück. Denn ich habe den Sohn eines der Fotografen erreicht. Und der ist in die

Fußstapfen seines Vaters getreten und ebenfalls Fotograf geworden.«

Die Kaffeemaschine gab ein letztes Zischen von sich. Ich schaltete sie aus und schenkte uns ein.

Gesa Haym nickte mir dankbar zu, als ich die dampfende Tasse vor sie stellte, und redete weiter.

»Dieser Sohn, Mike Worm, ist glücklicherweise nicht nur Fotograf, sondern auch ein Ordnungsfreak erster Güte. Er hat nicht nur von all seinen Bildern ein digitales Archiv angelegt und jedes einzelne Foto beschriftet, sondern auch die analogen Abzüge seines Vaters archiviert. Es existieren Aufnahmen des Fabrikgeländes aus der Zeit kurz vor Baubeginn. Und die hat mir Herr Worm freundlicherweise sofort zugeschickt.« Gesa Haym zog ein Tablet aus der Tasche und zeigte mir die Bilder.

Besonders viel war auf den Schwarz-Weiß-Aufnahmen allerdings nicht zu sehen. Ein großer brachliegender Acker mit einer Hecke. Ich konnte die Begeisterung der Polizistin nicht wirklich nachvollziehen.

»Hm. Und was genau sagen diese Fotos aus?«, fragte ich.

»Schauen Sie sich diese Aufnahme an. Sie wurde am 10. Mai 1945 aufgenommen.«

»Kurz nach dem Ende des Zweiten Weltkriegs. Am 8. Mai hat Deutschland kapituliert, wenn ich mich richtig erinnere.« Ich betrachtete das Foto. Brachliegender Acker. Hecke.

»Und nun sehen Sie sich das an.« Gesa Haym wischte zum nächsten Foto.

Brachliegender Acker. Hecke. Ich zog das Tablet zu

mir heran und kniff die Augen zusammen. Jetzt sah ich es auch.

»Der Boden ist anders. Hier, das sind eindeutig die Umrisse eines Grabes.« Ich tippte mit dem Finger darauf.

»Ganz genau.« Gesa Haym nickte. »Dieses Bild ist auf den 15. Mai 1945 datiert.«

»Wir wissen jetzt also, dass die Person zwischen dem 10. und 15. Mai 1945 gestorben ist«, sagte ich.

»Nein, das wissen wir nicht. Wir wissen, dass sie zwischen dem 10. und 15. Mai 1945 auf dem Gelände vergraben wurde«, korrigierte mich Gesa.

»Und diese Information reicht aus, um den Fall aufzuklären?« Ich nippte skeptisch an meinem Kaffee.

»Nein, sie ist nur eins von vielen kleinen Puzzleteilen. Der Grundstücksverkauf ist auf Montag, 14. Mai 1945 datiert. Leider ist der Käufer, ein gewisser Eckart Stahlhut, bereits verstorben.«

»Genau wie sein Sohn Hauke, ich weiß«, sagte ich.

»Kinder hatte Hauke dummerweise auch nicht. Aber ich werde mich hinters Telefon klemmen. Mal sehen, was sich herausfinden lässt. Vielleicht treibe ich doch noch ein paar entfernte Verwandte auf. Vorher möchte ich allerdings gerne ein wenig Zeit auf der Baustelle verbringen, wenn das in Ordnung ist. Am Ort des Geschehens kommen mir oft die besten Gedanken.« Die Polizistin stand auf.

»Bleiben Sie, so lange Sie möchten. Aber setzen Sie sich einen Helm auf. Das ist Pflicht.« Ich reichte Gesa Haym einen gelben Schutzhelm. »Sie können ihn später einfach vor die Tür legen, falls ich nicht da sein sollte.«

»Gut, danke.« Die Polizistin packte ihre Sachen

zusammen, setzte den Helm auf ihre üppige Mähne und verließ den Baucontainer.

Kaum fiel die Tür ins Schloss, klingelte mein Handy. Außerdem waren seit Gesa Hayms Besuch bereits mehrere E-Mails eingetrudelt. Baustellenalltag.

Ich vertrieb die Gedanken an Schädel und Knochen und machte mich an die Arbeit.

35

Die Nervosität hatte mich in der Nacht unruhig schlafen lassen und den Tag zu einer Qual gemacht. Mehr schlecht als recht hatte ich die Arbeit hinter mich gebracht und bei Weitem nicht so viel geschafft, wie ich mir vorgenommen hatte. Immer wieder waren meine Gedanken zu Henrik gedriftet und was er mir heute Abend wohl offenbaren würde.

Um fünf verließ ich die Baustelle und radelte ins Café Sanddornliebe, um ein paar Pralinen zu holen. Es war wenig los auf der Straße, das Wetter war durchwachsen. Dunkle Wolkenberge zogen über den Himmel, es sah so aus, als könnte es jeder Zeit Regen geben. Die dreizehn Grad, die das Thermometer anzeigte, fühlten sich nur an wie fünf.

Ich zog den Reißverschluss meiner Jacke bis zum Anschlag hoch und klappte mir auch noch die Kapuze über die Ohren. Wahrscheinlich ließ mich der wenige Schlaf frösteln. Ich war froh, als ich das Café Sanddornliebe erreichte und in den warmen gemütlichen Gastraum trat. Es duftete herrlich nach Kaffee und Zimt, im Hintergrund spielte leise Musik, dazu das Klappern von Porzellan und Besteck.

Die Gäste ließen sich Pias Kuchen und Torten schmecken. Nicht die schlechteste Art, einen kühlen und regnerischen Frühlingstag zu verbringen.

»Moin, Jola«, begrüßte mich Pia, als ich an den Tresen trat. »Was darf's sein?«

»Ich wollte nur schnell ein paar Pralinen besorgen«, sagte ich. »Aber jetzt, wo ich schon da bin: einen Espresso, bitte.«

»Kommt sofort. Die Pralinen hat dir Sophie schon zur Seite gepackt. Sie ist gerade unterwegs und liefert Ware aus.« Pia legte eine Schachtel vor mir auf den Tresen, dann hantierte sie an der Siebträgermaschine.

Einen Moment später stand ein kräftiger Espresso vor mir, den ich mit einem Schluck hinunterkippte. Ich zahlte, schnappte mir die Pralinen und machte mich auf den Heimweg. In der Tür stieß ich mit Leon zusammen.

»Ups, sorry«, sagte ich. »War ganz in Gedanken.«

»Nichts passiert, ich hab ja selbst nicht richtig aufgepasst«, sagte Leon.

»Und, hast du schon etwas über Hans Benk herausgefunden?«, fragte ich.

»Tür zu«, rief eine mürrische alte Frau von einem Tisch neben der Tür.

Leon und ich schwankten einen Moment zwischen drinnen und draußen, entschieden uns aber für draußen. Da konnten wir uns ungestört unterhalten und standen nicht im Weg herum.

»Ja, aber Hermines Aufzeichnungen sind mehr als kryptisch.« Leon holte einen Zettel aus der Jackentasche.

Hans Benk
Trauma
Ihm fehlen die Worte, weil ihm die Erinnerung fehlt.
Mutter!

»Das ist wirklich eine kryptische Notiz«, sagte ich. »Kannst du damit etwas anfangen?«

»Nein. Ich zerbreche mir schon den ganzen Tag den Kopf darüber und versuche, mich an Gespräche mit Hermine zu erinnern, aber ich bekomme das in keinen Zusammenhang.«

»Was machst du jetzt damit?«

»Ich treffe mich gleich mit Gesa Haym. Mal sehen, ob die etwas damit anfangen kann«, sagte Leon. »Ich wollte nur vorher noch schnell einen Kaffee trinken, bevor ich aufs Präsidium gehe. Darf ich dich auf eine Tasse einladen?«

»Danke, das ist lieb, aber ich bin auf dem Sprung. Grüß Sina von mir.«

»Mach ich. Bis dann.«

Leon verschwand im Café, ich schwang mich auf den Drahtesel. Während der Fahrt zu Oves Kate dachte ich über Hermines Notizzettel nach, aber genau wie für Leon ergaben die Worte auch für mich keinen Sinn.

Ich wollte gerade die Haustür aufsperren, als mein Handy klingelte.

Sag jetzt bloß nicht ab, Henrik, dachte ich. Das wäre wirklich feige!

Aber es war nicht Henrik, es war Lingrön. Der hatte mir gerade noch gefehlt. Ich widerstand dem Reflex, den Anruf wegzudrücken, und nahm das Gespräch an.

»Liebe Jola, es gibt tolle Neuigkeiten«, flötete der Kurdirektor in den Hörer. »Du wirst nicht erraten, wer mich gerade angerufen hat.«

»Wer denn?«, fragte ich.

»Ingo Stübben. Er will unsere Baustelle besuchen und ein paar lobenden Worte zur Sanierung des alten Fabrikgeländes sagen. Ist das nicht wunderbar? Das hebt das ganze Projekt auf ein neues Niveau.«

»Na, vielen Dank auch«, rutschte mir heraus.

»Nein, nein, liebe Jola. Das ist keine Abwertung deiner Arbeit. Sondern eine Aufwertung. So etwas wie ein Ritterschlag. Welche größere Ehre könnte deinem Entwurf denn zuteilwerden als die Heiligsprechung durch einen Architekturpapst?«

Ich schnaufte. Lingrön hatte sich von Ingos Worten einlullen lassen und mal wieder keine Ahnung, was die eigentlichen Hintergründe betraf. Aber woher sollte er auch wissen, dass Ingo mit aller Macht versuchte, mich wieder auf seine Seite zu ziehen?

»Du sagst ja gar nichts. Das macht dich sprachlos, nicht wahr? Mir ging es im ersten Moment auch so. Herr Stübben wird schon demnächst Zeit für einen Besuch in

Prielhagen haben. Das wird eine große Sache. Ich danke dir, dass du solchen Glanz in meine kleine Stadt bringst, Jola. Ich wollte dir das unbedingt gleich sagen, um dir den Abend zu versüßen. Aber jetzt störe ich dich nicht länger. Auf Wiederhören.«

Abend versüßen. Wohl eher das Gegenteil. Die Aussicht, nicht einmal in Prielhagen vor Ingo sicher zu sein, verursachte vielmehr einen bitteren Geschmack in meinem Mund.

Warum konnte dieser Mann keine Grenzen akzeptieren? Warum legte er plötzlich so einen Eifer an den Tag, mich zurückzuerobern? Während unserer Affäre war es ihm stets wichtiger gewesen, seine Ehe zu retten. Aber jetzt, wo es seiner Frau endgültig zu dumm geworden war, versuchte er, sein Gesicht zu wahren.

Ingo Stübben, der große Architekt, wollte nicht als verlassener Fremdgeher dastehen. Nein, lieber drehte er den Spieß um und gaukelte aller Welt vor, dass wahre Liebe der Grund für seine Trennung war. Eine Liebe, die größer war als seine Ehe. Eine Liebe, die über bloße Leidenschaft hinausging, sondern auch noch die perfekte berufliche Symbiose bedeutete. Wer konnte es einem schon verübeln, wenn man alles aufgab, um das Leben mit seiner Seelenverwandten zu teilen?

Tja, mein lieber Ingo. Pech gehabt. Ich falle nicht mehr auf dich herein, denn ich habe meine Lektion fürs Leben gelernt, dachte ich.

Hände weg von verheirateten Männern! Egal, welche Versprechen sie dir machen.

36

Beulenolv, wie ich meinen verbeulten Volvo liebevoll nannte (das V und das letzte O waren schon vor langer Zeit abgefallen), sprang sofort an. Es schien, als würde er die Dringlichkeit des abendlichen Ausflugs erkennen. Wahrscheinlich war meine Aufregung direkt als Energie in den Motor geflossen.

Die Gangschaltung hakte wie immer und wir hoppelten die ersten Meter mehr, als wir fuhren. Aber dann erreichte mein treuer Begleiter Betriebstemperatur und ratterte behäbig dahin.

Die dreißig Kilometer zu Henriks Anwesen führten durch eine herrliche Gegend. Doch ich nahm weder die leuchtenden Rapsfelder wahr, die an diesem trüben Tag wie geschmolzenes Gold über der Landschaft lagen, noch die ausgedehnten Weideflächen, auf denen Rinder oder Schafe grasten. Meine Gedanken waren bei Henrik und dem, was er mir zu sagen hatte.

Unzählige Möglichkeiten geisterten durch meinen

Kopf. Schulden, eine Vorstrafe, ein Kind aus einer früheren Beziehung.

Plötzlich stand ein Schaf auf der Straße und ich trat so hart auf die Bremse, dass ich beinahe den Motor abgewürgt hätte. Das Tier blieb mitten auf der Fahrbahn stehen und starrte mich ausdruckslos an, nur um dann im gemächlichen Bummeltempo weiterzuwandern und in einer Wiese zu verschwinden. Ich hielt Ausschau nach weiteren Schafen, aber anscheinend war dieses Exemplar ein Einzelgänger auf Wanderschaft.

Ich fuhr wieder an und konzentrierte mich auf die Straße, anstatt meinen Gedanken nachzuhängen. Solche tierischen Begegnungen kannte ich zwar eher aus dem Ausland – in Griechenland, Schottland und Kroatien hatte ich beim Autofahren schon öfter spontan Bekanntschaft mit allerhand Getier gemacht. Aber anscheinend befand ich mich hier in einer wilden Ecke Deutschlands, wo nicht jeder Quadratzentimeter eingezäunt war. Wie zur Bestätigung sprang auch gleich noch ein Reh über die Straße.

Der Rest der Fahrt verlief ohne Zwischenfälle. Lediglich eine Beobachtung am Gutshof machte mich stutzig. Die Haustür des Anwesens stand sperrangelweit offen, und das, wo doch Hans Benk partout keine neugierigen Blicke, geschweige denn Besucher, in seinem Haus haben wollte. Ich drosselte das Tempo und spähte auf das Anwesen, konnte allerdings nichts erkennen. Weder war der Hausherr irgendwo im Hof zu sehen, noch sah ich Steppke, der möglicherweise gerade ein paar Konserven auslieferte.

Ein seltsames Gefühl beschlich mich, aber ich schrieb

es den ganzen eigenartigen Geschichten zu, die über diesen Ort und Hans Benk kursierten. Es war kein Verbrechen, die Haustür offenstehen zu lassen. Und es ging mich auch nichts an.

Kurze Zeit später erreichte ich Henriks Haus. Sein Truck stand nicht vor der Tür und auch nicht im Hof. Ich warf einen Blick auf die Uhr. Okay, ich war zwanzig Minuten zu früh dran. Ich hatte nicht einschätzen können, wie lange ich für die Strecke brauchen würde und wollte auf keinen Fall zu spät kommen.

Ich entschied mich, trotzdem zu klingeln. Vielleicht war Henrik schon lange zu Hause und hatte den Truck in die Garage gefahren. Und wenn nicht, dann würde ich mich einfach auf die Stufen vor die Haustür setzen, eine Zebrapraline essen und warten.

Obwohl ich mich zwang, ruhig zu atmen, klopfte mein Herz heftig. Mit einer Mischung aus Vorfreude, Henrik zu sehen, und Aufregung, welches Geständnis mich erwarten würde, drückte ich auf den Klingelknopf.

Es dauerte nicht lange, da hörte ich Schritte und die Tür ging auf. Allerdings war es nicht Henrik, der mir gegenüberstand. Sondern eine Frau. Schwarze Hautfarbe, tolle Afro-Frisur und ein unglaublich offenes Lächeln.

»Hallo, du musst Jola sein«, sagte die Frau. »Ich bin Dara.«

»Ähm, ich wollte eigentlich zu Henrik«, stammelte ich.

»Der kommt gleich. Ist nur noch schnell los, um ein paar Wildkräuter für den Salat zu holen. Komm rein.« Dara wies ins Haus.

Ich blieb wie angewurzelt stehen. »Und du bist eine Freundin von Henrik?«, fragte ich etwas ratlos.

»Nein.« Dara schüttelte den Kopf und lachte. »Ich bin seine Frau.«

»Seine Frau«, wiederholte ich und wirkte dabei bestimmt nicht besonders geistreich.

»Er wird es dir erklären«, sagte Dara. »Nun komm schon rein.«

Seine Frau, hallte es in meinem Kopf. Henrik war verheiratet. Ich sah Dara an, sah in ihr wunderschönes, lächelndes Gesicht und fragte mich, ob das so etwas wie ein Fluch war, der mich verfolgte.

Verheiratete Männer.

Ich hatte heute Abend mit vielem gerechnet. Aber nicht damit.

»Ähm, ich fühle mich nicht so gut. Ich glaube, es ist besser, wenn ich gehe. Ja, genau. Ich fahre heim und lege mich hin. Tschüss dann«, murmelte ich und stolperte zu meinem Auto.

Viel zu schnell fuhr ich davon. Ich wollte Henrik nicht begegnen. Wollte keine Erklärungen und Ausreden aufgetischt bekommen. Sein Gesicht nicht sehen. Seine Stimme nicht hören.

Tränen liefen mir über die Wangen und mir wurde übel. Ich war so naiv gewesen. Hatte mit allem gerechnet. Aber nicht damit. Dabei hätte ich mir doch denken können, dass ein Mann wie Henrik nicht Single war.

Plötzlich erschien mir das Gedudel des Radios unerträglich. Ich schaltete es aus und ließ die Fenster herunter. Heulend japste ich nach Luft. Eine Welle von Selbstmitleid überflutete mich. Das Leben war so verflucht ungerecht.

Ein Hase sprang zwanzig Meter vor mir über die Straße. War heute Tag der wilden Tiere? Ich drosselte das Tempo. Benks Gutshof erschien auf der Bildfläche. Langsam rollte ich daran vorbei. Die Haustür stand noch immer offen. Mein Herzschmerz wich einem unguten Gefühl.

Ohne lang darüber nachzudenken, setzte ich den Blinker und fuhr in den Hof. Ich rechnete damit, dass gleich ein aufgebrachter Benk dahergeschossen kam, um mich zu vertreiben. Aber nichts rührte sich. Ich angelte eine Tüte Taschentücher aus dem Handschuhfach, wischte mir meine verheulten Augen trocken und schnäuzte. Noch immer lag das Anwesen in vollkommener Stille vor mir. Kein Benk, der aus dem Fenster schaute. Kein Benk, der aus der Scheune kam.

Das war doch seltsam, oder?

Ich stieg aus dem Auto.

»Hallo?«, rief ich. »Herr Benk?«

Keine Antwort.

Steig wieder ein und fahr nach Hause, murmelte eine Stimme in meinem Kopf.

Aber irgendeine dumpfe Ahnung ließ mich zum Haus gehen. Ich rechnete jede Sekunde damit, dass eine wilde Schimpftirade auf mich einprasseln würde, aber nichts passierte. Ich hatte den Türstock erreicht und klopfte dagegen. Dann steckte ich vorsichtig den Kopf in den Hausflur.

»Herr Benk!«, rief ich entsetzt.

Der alte Mann lag am Boden. Er war weiß wie ein

Gespenst und sah mausetot aus. Ich stürzte zu ihm, kniete mich nieder und griff nach seiner Hand. Sie war kalt, aber es war nicht die leblose Kälte eines Toten. Ich legte meine Finger an seinen Hals und spürte einen Puls. Schwach, aber eindeutig vorhanden.

»Herr Benk, hören Sie mich?« Ich strich über seine Wange.

Seine Lider flackerten. Einen Moment später öffnete er die Augen. Er wirkte orientierungslos.

»Hallo, Herr Benk. Mein Name ist Jola. Können Sie aufstehen? Haben Sie Schmerzen?«

»Nnhhh«, kam ein heiseres Stöhnen aus seinem Mund. Oder war das ein Wort?

»Ich habe Sie nicht verstanden«, sagte ich und legte mein Ohr näher an seinen Mund.

»Durst«, flüsterte er kaum hörbar.

»Ich hole Ihnen ein Glas Wasser«, sagte ich. »Keine Sorge. Bin gleich zurück.«

Ich stand auf und sah mich um. Links ging eine Tür vom Gang ab, sie musste in die Küche führen. Ich trat ein und fand mich in einem kargen Raum wider, der mehr an eine Mönchszelle als an eine Küche erinnerte.

Die Wände kahl, die wenigen Möbel schmucklos. Unter dem Fenster die harte Bank, die nach Henriks Erzählung als Bett diente. Darauf nicht einmal ein Kissen, sondern nur ein fleckiges Leinentuch, das wohl als Decke genügen musste.

Wofür bestrafte sich dieser Mann? Warum quälte er sich so?

Ich riss den Blick los und schaute mich nach einem Glas um, fand aber nur eine angeschlagene Emailletasse.

Ich füllte sie mit Wasser und lief wieder zu Benk. War er noch blasser geworden? Ging das überhaupt? Seine Gesichtshaut wirkte fast durchsichtig, seine Augen waren wieder geschlossen.

Ich ging in die Knie und legte meine Hand unter seinen Kopf, um ihn anzuheben.

»Trinken Sie einen Schluck«, sagte ich.

Doch Benk reagierte nicht.

»Herr Benk?« Ich tätschelte sanft seine Wangen. Sie waren eiskalt.

»Herr Benk? Hallo? Hören Sie mich?«

Keine Reaktion.

Ich fühlte den Puls am Hals. Er war schwach, aber gleichmäßig.

Ich zog mein Handy aus der Tasche und rief den Notruf. Dann holte ich das Leinentuch aus der Küche und deckte Benk notdürftig zu. In Ermangelung eines Kissens legte ich seinen Kopf auf meine Oberschenkel und hielt einfach nur seine Hand. Mehr konnte ich nicht tun.

Zum Glück waren die Rettungskräfte schnell vor Ort. Ruhig und routiniert versorgten sie den Patienten, betteten ihn auf eine Trage und verstauten ihn im Krankenwagen.

»Was fehlt ihm denn?«, fragte ich.

»Ohne Untersuchung schwer zu sagen. Rein erfahrungsgemäß: Schwäche und Dehydrierung. Gut, dass Sie ihn gefunden haben. Sonst wäre er irgendwann gestorben.« Der Sanitäter wirkte seltsam emotionslos, ein bisschen wie ein Roboter.

Vielleicht musste man so sein, um diesen Job auszuhalten.

»Sind Sie eine entfernte Verwandte oder so was?«, fragte mich der andere Sanitäter. »Der Benk hat normalerweise nie Besuch.«

»Nein. Ich bin nur zufällig vorbeigekommen und habe gesehen, dass die Tür offensteht.«

»Dann war das wohl dem Benk sein Glückstag.«

Die beiden Männer schoben die Trage in den Rettungswagen. Bevor sie die Tür schlossen, ruckte der Kopf des Roboters zu mir herum.

»Ach, jetzt weiß ich, wer Sie sind. Die Architektin vom Fabrikgelände. In Ihrer Nähe lebt es sich anscheinend gefährlich. Entweder liegt man halb verdurstet auf dem Boden oder man wird als vermodertes Skelett ausgegraben.«

Die Sanitäter lachten über die Geschmacklosigkeit und verabschiedeten sich.

Na toll, ist das der Ruf, den ich in Prielhagen weghabe?, dachte ich.

Vielleicht sollte ich doch zurück nach Berlin gehen.

37

Sophie empfing mich mit einem aufgeregten Wortschwall, als ich die Küche betrat.

»Warum bist du schon zurück? Was ist passiert? Hast du geweint?« Sie betrachtete mich misstrauisch.

»Er ist verheiratet«, sagte ich. »Und der Benk liegt im Krankenhaus.«

»Häh? Sorry, aber ich verstehe nur Bahnhof. Bist du betrunken?« Meine Freundin neigte skeptisch den Kopf.

»Nein, leider nicht.« Ich ließ mich auf die Eckbank fallen.

»Na, das können wir ändern.« Sie holte die Flasche Ostseeflüsterer aus dem Schrank und schenkte uns beiden ein. »Also, erzähl: Was ist passiert?«

Ich kippte den Schnaps hinunter und schüttelte mich. Sophie schenkte mir nach.

»Henrik hat eine Frau. Sie heißt Dara und arbeitet wahrscheinlich als Supermodel. Als sie mich ins Haus gebeten hat, bin ich abgehauen und auf Benks Gutshof gelandet, wo der Benk fast bewusstlos im Gang gelegen ist.« Ich kippte den zweiten Schnaps hinunter.

Sophie hielt die Flasche in die Luft und sah mich fragend an. Ich schüttelte den Kopf. Alkohol würde meine Probleme auch nicht lösen.

»Okay, jetzt mal langsam und der Reihe nach«, sagte Sophie. »Henrik ist verheiratet. Hat er dir das gesagt?«

»Nein. Henrik war gar nicht da. Dara hat es mir gesagt.«

»Und du bist sicher, dass du diese Dara nicht falsch verstanden hast?«, fragte Sophie.

Meine Freundin hielt mich anscheinend nicht für zurechnungsfähig. Ich konnte es ihr nicht verdenken. Wahrscheinlich wirkte ich tatsächlich reichlich verwirrt nach all dem, was ich bisher von mir gegeben hatte.

Ich schloss für einen Moment die Augen und besann mich darauf, als Dara die Haustür geöffnet hatte. Ich hatte sie gefragt, ob sie eine Freundin von Henrik sei. Und sie hatte lachend geantwortet: Nein, ich bin seine Frau.

»Ich habe Dara ganz sicher nicht falsch verstanden«, sagte ich. »Sie hat es mir ins Gesicht gesagt: Ich bin seine Frau.«

»Okay. Krass.« Nun griff auch Sophie zu ihrem Schnapsglas. »Und dann?«

»Na, sie wollte, dass ich reinkomme. Henrik würde mir alles erklären.«

»Wo war Henrik überhaupt?«

»Beim Wildkräutersammeln.«

Sophie prustete los. »Sorry, aber das klingt alles viel zu absurd, um wahr zu sein. Bist du sicher, dass du nicht

einmal falsch abgebogen und in eine Art Paralleluni-
versum gerauscht bist? Vielleicht solltest du Henrik mal
anrufen. Wahrscheinlich sitzt er allein daheim und
wundert sich, wo du bleibst.«

»Das ist nicht lustig«, sagte ich matt.

Ich fühlte mich wirklich erschöpft.

»Weiß ich doch.« Sophie strich mir über den Arm.
»Du darfst jetzt nicht böse sein, wenn ich das sage, aber
ein bisschen selbst schuld bist du schon an deiner Lage.
Warum hast du dir nicht einfach angehört, was Henrik
zu sagen hat?«

»Er ist verheiratet, Sophie. Egal, was er zu sagen hat,
ändert nichts an der Tatsache, dass er eine Frau hat. Und
ich habe mir geschworen, diesen Fehler nie, nie wieder in
meinem Leben zu machen.«

»Henrik ist nicht wie Ingo. Ich finde, er hat verdient,
dass du ihn anhörst.«

»Auf welcher Seite stehst du?«, fragte ich meine
Freundin.

»Auf der Seite des gesunden Menschenverstandes«,
erwiderte sie und schaute mir fest ins Gesicht. »Kinder
schmollen, Erwachsene reden miteinander.«

»Henrik hätte genug Gelegenheiten gehabt, um mit
mir zu reden«, sagte ich trotzig.

»Vielleicht musste das alles so passieren«, sagte
Sophie. »Eine Fügung des Schicksals, damit du den Benk
findest und sein Leben rettest.«

»Du klingst schon wie deine Mutter«, sagte ich
genervt.

Frau Nicolai war eine begeisterte Hobbyastrologin.
Alles, was auf dieser Welt geschah, war in ihren Augen ein

Resultat spezieller Sternenkonstellationen oder kosmischer Strömungen.

»Und wenn schon. Du musst doch zugeben, dass es einem Wunder gleicht, dass du den Benk gefunden hast. Warum bist du überhaupt zu ihm gefahren?«

»Seine Haustür stand offen. Schon bei der Hinfahrt. Und bei der Rückfahrt immer noch. Ich hatte ein komisches Gefühl.«

»Es geht einfach nichts über die weibliche Intuition«, sagte Sophie.

»Exakt. Und genau diese sagt mir auch, dass ich die Finger von Henrik lassen sollte. Gute Nacht.« Ich stand auf.

Mir reichte es für heute. Alles, was ich noch wollte, war ein Bett und eine Decke, die ich mir über den Kopf ziehen konnte.

38

Die Baustelle kam ein paar Tage ohne mich aus. Loers und seine Leute wussten, was zu tun war. Der Rohbau würde erst nächste oder übernächste Woche starten. Den digitalen Papierkram und nötige Telefonate konnte ich von überall aus erledigen. Eine gute Gelegenheit, um nach Berlin zu fahren und ein wenig Abstand von Prielhagen zu gewinnen.

Besser gesagt von Henrik.

Er rief ununterbrochen auf meinem Handy an und hatte auch schon mehrere Nachrichten auf meiner Mailbox hinterlassen. Ich hatte sie ignoriert, weil ich keine Ingo Story 2.0 erleben wollte. Ausreden, Entschuldigungen, Rechtfertigungen – nicht mit mir. Allerdings war ich mir sicher, dass Henrik nicht lockerlassen, sondern auf der Baustelle auftauchen würde. Deswegen hatte ich nur kurz mit Loers telefoniert und mich dann ohne Umschweife auf den Weg nach Berlin gemacht.

Sophie hatte ich gesagt, dass ich mich um ein paar Aufträge kümmern musste, doch natürlich wusste sie, warum ich Hals über Kopf abhaute. Sie versuchte erst gar nicht, mich aufzuhalten, weil es sowieso nichts gebracht hätte. Dazu kannte sie mich einfach zu gut. Stattdessen drückte sie mir Ware für Merle in die Hand und einen Abschiedskuss auf die Wange.

Ich schnurrte mit knapp hundertzwanzig Stundenkilometern über die Autobahn. Beulenolvs Lieblingsgeschwindigkeit, bei der man fast vergessen konnte, dass mein treuer Gefährte bereits dreißig Jahre auf dem Blechbuckel hatte.

Meine Gedanken kreisten ständig um Henrik. Das zwischen uns, das hatte sich so echt angefühlt. So einzigartig. Ich wollte nicht glauben, dass jemand so gut schauspielern konnte. Hatte Henrik nur eine Show abgezogen?

Ja, sagte mein Kopf, durchaus möglich.

Nein, schrie mein Herz, niemals.

Wer auf jeden Fall eine Show abzog, war Ingo. Dass er tatsächlich nach Prielhagen reisen und sich als mein großer Gönner und Förderer aufspielen wollte, ging entschieden zu weit. Deshalb stand als meine erste Handlung in Berlin ein Besuch bei ihm an, um Klartext mit ihm zu reden.

Ich hatte Glück und fand eine Parklücke in der Nähe seines Büros. Für einen Moment überkam mich Nostalgie und ich dachte an die spannende und lehrreiche Zeit, die ich gemeinsam mit Ingo erlebt hatte. Ja, ich hatte ihm viel zu verdanken. Aber das hieß nicht, dass ich bis an mein Lebensende in seiner Schuld stehen würde.

Entschlossen drückte ich auf den Klingelknopf. Der Summer ertönte sofort. Ich stapfte die Treppe in den vierten Stock hinauf und betrat meinen ehemaligen

Arbeitsplatz. Wie viele Nächte hatte ich mir im ausgebauten Dachgeschoss des Gründerzeitbaus um die Ohren geschlagen? Immer bemüht, jedes Detail zu optimieren. Eine noch bessere, schönere, einzigartigere Lösung zu finden.

An meinem Schreibtisch saß nun eine andere Frau. Sie lächelte mir schüchtern entgegen. Die übergroße Brille drohte von ihrer winzigen Nase zu rutschen, als sie sofort wieder den Blick abwendete und sich auf den Plan vor ihr konzentrierte.

»Jola. Das ist ja eine Überraschung! Was für eine Freude«, hörte ich Ingo.

Er war aus der kleinen Büroküche getreten und kam mit ausgebreiteten Armen und einem gönnerhaften Lächeln auf mich zu. Alles an dieser Umarmung fühlte sich falsch an, aber Ingo schien das nicht so zu empfinden. Er wollte mich gar nicht mehr loslassen.

»Kaffee?«, fragte er, als er nach einer gefühlten Ewigkeit von mir abließ.

»Sehr gerne.«

»Miriam, würdest du bitte?« Er warf dem jungen Ding an meinem Schreibtisch einen auffordernden Blick zu.

»Wo ist Barbara?«, fragte ich.

Sie war die gute Seele des Büros, nahm Anrufe entgegen, legte Rechnungen ab, wischte Staub, kochte Kaffee und hielt Ingo den Rücken frei. Denn für die profanen Dinge des Berufsalltags war sich ein Genie wie er natürlich zu schade.

»Sie hat gekündigt. Nach meiner Trennung von Christine hat sie sich auf ihre Seite geschlagen. Wahrscheinlich ist das der Dank für all das, was ich für sie getan habe.« Ingo stöhnte.

Miriam quetschte sich an uns vorbei in die Küche.

»Komm, lass uns in meinem Büro weiterreden.« Ingo deutete auf einen mit Glas abgetrennten Bereich.

Ich bereute es, gekommen zu sein. Ingos alternative Geschichtsschreibung lief bereits auf vollen Touren: *seine* Trennung von Christine, alles, was *er* für Barbara getan hatte. Ich war mir sicher, dass ich getrost vom Gegenteil ausgehen konnte.

Christine hatte sich von ihm getrennt. Und ohne Barbara wäre er im Chaos versunken.

Ingo war sehr eigen, was seine Arbeitsweise anging. Er hatte nur immer einen engen Mitarbeiter oder Mitarbeiterin. Und eben Barbara, die wie ein unsichtbarer Geist dafür sorgte, dass das Büro lief. Genau diese Fähigkeit, sich unsichtbar zu machen, hatte Ingo an ihr geschätzt. Es war unmöglich, Ersatz für sie zu finden. Frauen wie Barbara waren Geschöpfe des Himmels. So eine Angestellte mehr als einmal im Leben zu finden war unwahrscheinlicher als ein Sechser im Lotto.

Pech für Miriam. Jetzt musste sie Kaffee kochen. Anrufe entgegennehmen. Rechnungen ablegen. Staub wischen. Die Baustellen betreuen. Und ganz nebenbei noch ihre Karriere als Architektin vorantreiben. Sie war nicht zu beneiden.

Ich setzte mich auf den Thonet-Freischwinger, den Ingo für mich zurechtrückte. Mein Blick fiel auf die Zeichnungen auf seinem Schreibtisch. Schnell skizzierte Entwürfe für eine Villa am See.

Sofort war da wieder dieses Kribbeln. Ingos Arbeit

löste das in mir aus. Er war ein Meister darin, mit wenigen Strichen ganze Welten zu erschaffen. Natürlich bemerkte er meinen interessierten Blick.

»Ein tolles Projekt«, schwärmte er. »Ein Unternehmer träumt von einem exklusiven Zweitwohnsitz am Tegeler See. Ein intimer Ort, wo er die Seele baumeln lassen kann, aber repräsentativ genug, um ab und an Geschäftspartner zu empfangen.«

»Budget?«, fragte ich.

»Fünf Millionen.«

Ich zog die Zeichnungen zu mir heran. »Hier, diese Ecke. Wenn du sie abrundest und das Gebäude um ein paar Prozent drehst, dann …«

Es klopfte. Miriam servierte uns den Kaffee.

»Danke«, sagte ich.

Ingo würdigte sie keines Blickes. Stattdessen riss er mir die Skizze aus der Hand und schnappte sich einen Bleistift.

»Genial, Jola. Einfach genial.« Mit wenigen Strichen setzte er meine Idee um und verbesserte sie gleich noch, indem er ein Fenster versetzte.

Strahlend lächelte er mich an.

»Wie sehr ich das vermisst habe! Wir zwei, wir sind einfach füreinander gemacht.« Er griff nach meiner Hand.

Ich zog sie weg.

»Warum ich eigentlich hier bin«, sagte ich.

»Jaaaa?« Ingos Augen weiteten sich hoffnungsvoll.

»Ich möchte, dass du den Termin in Prielhagen absagst. Die Sanierung des alten Fabrikgeländes ist mein Projekt. Ich halte meinen Kopf dafür hin – und stehe dafür mit *meinem* Namen. Du hast mit der Sache nichts zu tun.«

»Aber Jola, ich wollte dir doch nicht ins Handwerk pfuschen. Ich will dir Rückenwind geben!«

»Danke, aber ich schaffe das gut allein. Wobei wir beim nächsten Stichwort wären: Es wird kein gemeinsames Büro geben.« Ich sah Ingo fest in die Augen.

Enttäuschung machte sich in seinem Gesicht breit.

»Weißt du, was für ein einzigartiges Angebot du da so lapidar abschmetterst? Weißt du, wie viele Architektinnen sich da draußen alle zehn Finger abschlecken würden, um in deine Position zu geraten?«

»Ja, das weiß ich. Und ich bin dir dankbar für alles, was ich von dir gelernt und durch dich erreicht habe. Aber …«

»Nein, an diese Stelle passt kein Aber!«, rief Ingo aufgebracht. »An diese Stelle passt nur ein Und. *Und* jetzt starten wir gemeinsam durch. Zusammen sind wir eine Weltmacht, Jola.«

»Meine Entscheidung steht fest.« Ich stand auf und wollte ihm die Hand reichen.

Ingo musterte mich nur eiskalt. »Das wirst du bereuen.«

39

Trotz des unschönen Abschieds fühlte ich mich befreit. Ich war für mich eingestanden und hatte meinen Standpunkt klargemacht. Wenn Ingo damit ein Problem hatte, dann war das eben so.

Ich blockierte seine Mobilnummer und seine E-Mail-Adresse. Alles andere hatte ich nicht in der Hand. Gerade, als ich den Motor starten wollte, klingelte mein Handy.

Ingo?, dachte ich genervt.

Die Büronummer hatte ich nicht blockiert. Und er konnte sich natürlich auch jederzeit Miriams Handy leihen.

Ein Blick auf das Display ließ mich aufatmen. Es war Gesa Haym. Die Polizistin hielt sich nicht mit einer Begrüßung auf, sondern fiel sofort mit der Tür ins Haus.

»Hat Hans Benk etwas zu Ihnen gesagt, als Sie ihn gefunden haben?«

»Äh, nein. Also, doch. *Durst.* Das war das einzige

Wort. Zum Trinken ist er aber nicht mehr gekommen, weil er vorher wieder bewusstlos wurde.«

»Hmpf.« Die Ermittlerin stieß einen Laut des Unmuts aus.

»Waren Sie bei ihm im Krankenhaus?«, fragte ich.

»Ja. Aber nicht lange. Ich hatte kaum den Raum betreten, da fing er an, um sich zu schlagen, und die Schwestern haben mich hinausbefördert.«

»Der Mann braucht Ruhe«, sagte ich.

»Er weiß was. Da bin ich mir sicher.«

»Wie kommen Sie darauf? Er hat doch gar nicht mit Ihnen gesprochen.«

»Genau deshalb. Seine Reaktion war nicht normal. Der Gute war vollkommen von der Rolle. Ich bin mir sicher, dass ich – beziehungsweise meine Fragen – Grund für seinen Zusammenbruch waren. Hans Benk verbirgt etwas. Er ist der Schlüssel zu diesem Fall, das spüre ich.«

»Mag sein. Zu mir hat er jedenfalls nichts gesagt.«

»Noch nicht.«

»Worauf wollen Sie hinaus?«, fragte ich skeptisch.

»Ich möchte Sie bitten, Hans Benk im Krankenhaus zu besuchen. Vielleicht spricht er mit Ihnen. Immerhin haben Sie ihm das Leben gerettet.«

»Ich bin gerade nicht in Prielhagen.«

»Wann kommen Sie zurück?«

»Kann ich noch nicht genau sagen.«

»Melden Sie sich, wenn Sie wieder da sind. Ich hoffe, Benk hält so lange durch. Er sieht mehr tot als lebendig aus.«

Ich legte das Handy auf den Beifahrersitz, ließ meinen Kopf gegen die Nackenstütze sinken und schloss die Augen. Auch das noch. Wie sollte ich denn bitte einen halb toten Mann zum Reden bringen, der seit dreißig Jahren mit niemandem etwas zu tun haben wollte?

Ein Hupen ließ mich aufschrecken. Ein Autofahrer fuchtelte wild mit seinen Händen herum, wann ich endlich vorhatte, die Parklücke zu verlassen.

Ich hatte Lust, jetzt erst recht sitzen zu bleiben und Löcher in die Luft zu starren, aber die Vernunft siegte. Nach einem kurzen Stottern ließ sich mein Beulenolv zur Abreise bewegen. Nachdem ich Sophies Pralinen bei Merle abgeliefert hatte, steuerte ich den nächsten Supermarkt an, um ein paar Kleinigkeiten für meine Eltern zu kaufen. Wenn ich schon in Berlin war, war ein Besuch bei ihnen Pflicht.

Wie immer fand ich meine Mutter im Garten, mit den Händen in der Erde und einem Lächeln auf den Lippen. Papa lag unterdessen in einem Liegestuhl und las mit mürrischem Gesicht die Zeitung.

»Hallo, ihr beiden. Ich hoffe, ich störe nicht«, sagte ich.

»Jola! Ach, ist das schön.« Mama sprang auf und nahm mich in den Arm.

»Was schleichst du dich denn an wie ein Einbrecher«, brummte Papa und legte die Zeitung beiseite.

»Ich wollte euch überraschen.«

»Ist dir gelungen. Komm, setz dich. Ich hole uns etwas zu trinken.« Meine Mutter lächelte mir zu und verschwand im Haus.

»Und, was gibt es Neues zum Skelett auf deiner

Baustelle? In den Zeitungen liest man gar nichts mehr darüber.« Papa sah mich neugierig an.

»Ich kann dir leider auch nichts dazu sagen. Weder weiß ich, wer da vergraben wurde, noch warum.«

»Die Ermittlerin, die sie darauf angesetzt haben, soll kurz vor der Rente stehen, stand in einem Artikel. Die wird sich kein Bein mehr ausreißen, um den Fall zu klären«, mutmaßte mein Vater. »Na ja, ist im Grunde ja auch egal, nach all den Jahren.«

»Täusch dich mal nicht in Gesa Haym. Die Frau ist ein Bluthund. Ich glaube nicht, dass sie lockerlässt, bevor sie alle Spuren verfolgt hat.«

»Mhm, wie auch immer. Ich bin ja nur froh, dass du keine frische Leiche ausgebuddelt hast. Nicht auszudenken, wenn mein kleines Mädchen in der Nähe eines irren Mörders arbeiten müsste.« Papa griff nach meiner Hand und drückte sie fest.

»Ach, du wieder.« Ich lächelte gerührt.

Obwohl ich bereits fünfunddreißig Jahre alt war, war ich immer noch Papas kleines Mädchen. Und das würde ich bis zu seinem Tod auch bleiben.

Die Terrassentür ging auf und Mama kam mit einem großen Tablett an den Tisch. Natürlich hatte sie nicht nur Getränke mitgebracht, sondern Schnittchen, Käsewürfel und allerlei Knabberzeug. Begleitet wurde sie von Peppermint, dem alten Kater meiner Eltern. Er war mittlerweile achtzehn Jahre alt und sah etwas abenteuerlich aus, erfreute sich aber noch guter Gesundheit.

Mich strafte er allerdings nur mit einem verächtlichen Blick. Ich war zu selten hier, um mich seiner Gunst zu erfreuen. Wenn ich Glück hatte, ließ er sich in einer Stunde dazu herab, ein paar Streicheleinheiten von mir entgegenzunehmen. Momentan zog er es aber vor, sich auf Papas Schoss zusammenzurollen und mich mit Verachtung zu strafen.

Meine Mutter hingegen genoss meinen Besuch umso mehr. Sie erzählte mir sämtliche Neuigkeiten aus dem weitläufigen Bekanntenkreis, versorgte mich mit Infos aus dem Lehrerdasein meines Bruders und fragte mich über mein Leben in Prielhagen aus.

Es waren kurzweilige Stunden auf der Terrasse meiner Eltern. Als ich ins Auto stieg und in meine Wohnung fuhr, fühlte ich mich geerdet und umsorgt. Besuche in meinem Elternhaus hatten diesen Effekt auf mich – sie führten mir stets vor Augen, wie gut ich es hatte. Auf mich wartete eine liebevolle Familie: Was auch geschehen mochte und wie unterschiedlich unsere Meinungen auch waren, meine Eltern und mein Bruder würden zu mir halten. Das gab mir unglaublich viel Kraft.

Kaum hatte ich meine Wohnung erreicht, riss ich alle Fenster auf, um die abgestandene Luft zu vertreiben. Aber es war nicht wie in Prielhagen. Es wehte keine frische Brise vom Meer herauf, die den Duft von Salz und Algen mit sich trug. Vielmehr roch es nach Abgasen und Döner, vermischt mit dem süßlichen Geruch von Cannabis.

Mein Handy klingelte. Lingrön. Ich nahm den Anruf entgegen. Der Kurdirektor hielt sich nicht mit einer Begrüßung oder Small Talk auf.

»Er hat abgesagt«, blaffte er in mein Ohr.

»Wer hat was abgesagt?«, fragte ich verwirrt.

»Ingo Stübben hat seinen Besuch in Prielhagen gecancelt. Einfach so. Es ist eine Tragödie.«

Ich verdrehte die Augen. Eine Tragödie wäre es, wenn Walter Loers vom Bagger überrollt worden wäre. Von mir aus auch, wenn das Prielhagener Rathaus abgebrannt oder eine EHEC-Epidemie im Kurhotel ausgebrochen wäre. Aber Ingos Absage war ganz sicher keine Tragödie. Für mich war sie vielmehr ein Triumph.

»Oh, das ist schade«, presste ich hervor.

Zum Glück konnte Lingrön mein Gesicht nicht sehen.

»Du bist doch gerade in Berlin«, sagte Lingrön.

»Ja?«

»Du musst zu ihm gehen und ihn überreden, doch nach Prielhagen zu kommen. Ich habe schon die Zeitung und das Fernsehen informiert. Wie stehe ich denn jetzt da?«

»Das ist doch nicht deine Schuld, wenn Ingo absagt. Jeder wird Verständnis dafür haben«, sagte ich. »Er ist ein viel beschäftigter Architekt.«

»Du musst mit ihm reden«, beschwor mich Lingrön.

»Nein, das werde ich nicht tun. Ingo hat seine Entscheidung getroffen. Ich werde ihn ganz bestimmt nicht anbetteln, es sich anders zu überlegen.«

»Warum? Bedeutet dir das Ansehen von Prielhagen denn gar nichts? Mir ist zu Ohren gekommen, dass du vielleicht sogar Gustav Finkes Büro übernehmen wirst. Man sollte meinen, unser Städtchen liegt dir am Herzen.« Der Kurdirektor klang beleidigt.

»Das tut es auch. Aber ich wüsste nicht, was Ingo damit zu schaffen hat«, erwiderte ich schärfer als beabsichtigt.

»Wenn das so ist, werde ich ein ernstes Wörtchen mit

Gustav reden. Er soll noch einmal überdenken, in wessen Hände er sein Lebenswerk legen will. Ich wünsche dir einen angenehmen Abend, Jola.« Lingrön legte auf.

Ich sah sein Gesicht vor mir – ein Ausdruck von Verachtung und Selbstmitleid würde daraus sprechen. Wut kroch in mir hoch. Was war mit den Männern dieser Welt eigentlich los? Sie verhielten sich allesamt wie kleine Jungs im Sandkasten.

Und dann immer diese Drohungen – mal mehr, mal weniger subtil. Unterste Schublade war das. Aber ich würde mich davon nicht unterkriegen lassen.

40

Die Türklingel riss mich aus dem Tiefschlaf. Ich tastete nach dem Handy neben meinem Bett und sah auf die Uhr. Schon nach zwölf Uhr Mittag!

Verschlafen rappelte ich mich hoch. Um auf andere Gedanken zu kommen, war ich gestern Abend durch die Clubs gezogen und hatte mir meinen Frust von der Seele getanzt. Bis fünf Uhr morgens. Ich hatte zwar nur Wasser getrunken, aber ich war nun mal keine zwanzig mehr.

Barfuß und zerzaust tappte ich zur Tür. Wahrscheinlich umsonst. Bestimmt war es nur ein Paketbote gewesen, der auf alle Klingeln gleichzeitig gedrückt und das Paket längst achtlos in den Hausflur geworfen hatte. Ich drückte trotzdem auf die Videosprechanlage und erschrak. Es war Dara, die unten am Hauseingang stand.

»Ja?«, sagte ich verhalten.

»Hallo Jola. Können wir uns bitte unterhalten?« Dara sah direkt in die Kamera.

»Hat Henrik dich geschickt?«

»Nein. Er weiß nicht, dass ich hier bin. Kann ich hochkommen?«

»Ganz oben.« Ich drückte auf den Türöffner.

Warum Dara sich auch immer auf den Weg nach Berlin gemacht hatte, es wäre mehr als unhöflich, sie nicht hereinzulassen.

Eilig verschwand ich im Bad, schlüpfte in Jeans und T-Shirt, wusch mir hastig das Gesicht und fuhr mit den Fingern durch meine Haare. Dann trabte ich zur Tür und machte auf.

»Hi.« Dara begrüßte mich mit einem vorsichtigen Lächeln.

»Hallo. Komm rein.«

Dara streifte ihre Schuhe ab und folgte mir zu dem großen Tisch, der als Ess- und Arbeitsplatz gleichermaßen diente.

»Magst du einen Kaffee? Ich könnte einen vertragen«, sagte ich.

»Gerne.«

Ich schaufelte Pulver in den Filter und schaltete die Maschine an. Mit zwei Gläsern und einer Flasche Wasser kehrte ich an den Tisch zurück.

»Was machst du in Berlin?«, fragte ich.

»Ich fliege wieder zurück nach Gambia.«

»Wegen mir?«, fragte ich.

»Nein.« Dara winkte ab. »Das mit Henrik und mir, das ist nicht so einfach.«

»Ihr seid verheiratet«, sagte ich. »Das wusste ich nicht. Ich hätte sonst niemals etwas mit ihm angefangen. Es tut mir leid. Ich wollte mich nicht zwischen euch drängen.«

»Du musst dich nicht entschuldigen. Es ist alles gut. Ja, es stimmt, Henrik und ich sind verheiratet. Aber es war keine Hochzeit aus Liebe. Darf ich?« Dara deutete auf die Wasserflasche.

»Klar.«

Sie schenkte sich ein und trank einen Schluck. Ihr Blick wanderte zum Fenster, doch es schien nicht so, als würde sie die Berliner Kulisse wahrnehmen. Vielmehr wirkte Dara, als befände sie sich gedanklich meilenweit entfernt.

Die Kaffeemaschine gab ein letztes Röcheln von sich. Ich stand auf, schaltete sie aus und füllte zwei Tassen.

»Ich hab leider keine Milch«, sagte ich. »Und Zucker auch nicht.« Ich reichte Dara eine Tasse und setzte mich wieder.

»Macht nichts. Danke.« Ihre Fingerkuppen strichen über den Henkel. »Henrik und ich haben uns vor siebzehn Jahren in Spanien kennengelernt. Er ist damals mit dem Rucksack durch den Süden des Landes gereist. Ich habe als Illegale bei einem Obst- und Gemüsebauern in Andalusien gearbeitet. Es war Erdbeerzeit, wir schufteten sechzehn Stunden am Tag auf den Feldern und in den Gewächshäusern. Ohne geregelte Pausen, ohne Schutz vor Sonne und Hitze. Mir wurde schlecht, ich wollte ein paar Schritte gehen, nur weg von all den Plastikplanen und dem Staub, der in jeden Winkel meiner Lunge kroch.« Dara hielt inne und trank einen Schluck Kaffee.

»Und da bist du Henrik über den Weg gelaufen?«, fragte ich.

»Nein, ich bin zusammengebrochen. Und er hat mich gefunden. Vielleicht wäre ich sonst gestorben, ich weiß es nicht. Auf jeden Fall hat er sich um mich gekümmert, mir Wasser gegeben und etwas zu essen. Schließlich hat er mich zurück in die Chabola gebracht, so werden die Slums genannt, in denen die Arbeiter wohnen. Er war schockiert, als er meine Hütte sah. Ein windiges Teil aus alten, zerfetzten Plastikplanen und Paletten. Es gab kein fließendes Wasser und keinen Strom. Außer, wenn er illegal angezapft wurde. Aber das war gefährlich, denn die losen Kabelenden hingen einfach herum und fast alle im Camp rauchten. Es gab immer wieder Brände.«

»Das klingt schrecklich«, sagte ich.

»Es war die Hölle. Die Leute kamen aus Afrika nach Spanien, um ein besseres Leben zu führen. Aber es war nicht besser. Du warst ein niemand, ein Mensch ohne Bedeutung und ohne Rechte. Henrik hat mich da rausgeholt. Er hat mich mit nach Deutschland genommen und schließlich geheiratet, damit ich bleiben konnte. Aber wir waren niemals ein Paar.«

»Ihr führt eine Scheinehe?«, fragte ich.

»Im strengen Sinne, ja. Aber es ist so viel mehr als das. Ich habe Henrik alles zu verdanken. Durch ihn konnte ich Sprachen lernen, eine Ausbildung machen, mir eine Existenz aufbauen. Ich lebe mittlerweile wieder in Gambia, bin aber regelmäßig zu Besuch in Deutschland. Unsere Ehe besteht nur auf dem Papier, aber Henrik sah nie eine Notwendigkeit, daran etwas zu ändern. Er hat immer für seine Arbeit gelebt, Frauen haben keine große Rolle für ihn gespielt. Bis er dich kennengelernt hat.« Dara lächelte mich an.

»Warum hat er mir nicht von Anfang an reinen Wein eingeschenkt?«, fragte ich.

»Reinen Wein?« Dara runzelte die Stirn.

Ich musste lachen. »Sorry, das sagt man so in Deutschland. Ich meine, warum hat er mir nicht gleich die Wahrheit gesagt?«

»Das habe ich ihn auch gefragt. Henrik meinte, dass du schon bei eurem ersten Treffen gesagt hast, dass du nie wieder etwas mit einem verheirateten Mann anfangen würdest. Aber du hast ihm gleich gefallen und er wollte dich unbedingt wiedersehen. Ihr seid Essen gegangen. Dabei wollte er es dir eigentlich beichten.«

»Aber dann hat Ingo angerufen. Mein verheirateter Ex.« Ich erinnerte mich an die Situation im Ömming & Öpping.

»Genau.« Dara nickte. »Irgendwie ist Henrik dann nicht mehr aus der Sache rausgekommen. Er wollte es dir sagen, aber er wusste nicht wie. Und dann bin ich auch noch zu Besuch gekommen, weil ich etwas in Deutschland regeln musste, und schon war das Chaos perfekt. Du wolltest die Nacht bei ihm verbringen, aber dann hätte er meine Anwesenheit erklären müssen. Es tut mir so leid. Henrik hat mein Leben gerettet und jetzt habe ich sein Glück zerstört. Du kannst dir gar nicht vorstellen, wie schrecklich sich das für mich anfühlt.«

»Mir tut es leid, dass ich einfach weggelaufen bin, als du die Tür aufgemacht hast«, sagte ich. »Das war nicht besonders höflich.«

»Ich habe Henrik gesagt, er soll das mit diesen dämlichen Wildkräutern bleiben lassen, weil es sein könnte, dass du früher kommst.«

Wir schauten uns an und mussten lachen.

»Was für eine verrückte Geschichte«, sagte ich.

»Gibst du ihm noch eine Chance?«, fragte Dara. »Die Scheidung ist nur eine Formsache.«

»Du liebst ihn nicht?«, fragte ich.

»Doch, das tue ich. Aber nicht in einem romantischen Sinn. Eher wie einen großen Bruder.«

»Danke, dass du gekommen bist und mir all das erzählt hast«, sagte ich. »Du hättest jeden Grund gehabt, mich für eine doofe Ziege zu halten.«

»Ziegen sind sehr intelligente Tiere.« Dara griff nach meiner Hand. »Freundinnen?«

»Freundinnen.« Ich nickte ihr lächelnd zu.

41

Anstatt Henrik anzurufen, hatte ich mich ins Auto gesetzt und war zurück nach Prielhagen gefahren. Nun stand ich vor seinem Haus und wartete mit klopfendem Herzen darauf, dass sein Truck in die Auffahrt rollte.

Erst hatte ich mich auf die Stufen gesetzt, es aber nicht ausgehalten, mich stillzuhalten. Nun tigerte ich im Hof auf und ab und versuchte, mit einer Handy-App verschiedene Pflanzen zu bestimmen. Aber ich konnte mich nicht so recht konzentrieren. Meine Gedanken waren nur bei Henrik. Der Wunsch, ihn in den Arm zu nehmen, seine Nähe zu spüren, einfach bei ihm zu sein, war beinahe übermächtig.

Gerade, als ich die Kamera auf ein zierliches Gewächs mit winzigen gelben Blüten richtete, hörte ich das Brummen des schweren Motors. Ich sprang auf und steckte das Handy hastig in meine Tasche. Als der Truck um die Ecke bog, biss ich mir nervös auf die Lippen. Was würde Henrik sagen?

»Jola.« Er sprang aus dem Auto und kam auf mich zu.

Sein Gesichtsausdruck wechselte zwischen Ungläubigkeit, Anspannung und Freude. Ich merkte, dass er mich in den Arm nehmen wollte, sich aber nicht traute. Zögernd stand er vor mir. Ich fiel ihm um den Hals.

»Es tut mir leid«, sagte ich. »Ich hätte nicht davonlaufen dürfen.«

»Ich bin es, der sich entschuldigen muss«, murmelte Henrik.

Er strich mir durch die Haare und ließ seine Fingerkuppen zärtlich über meine Wange wandern. Dabei sah er mich an, als wäre ich etwas sehr, sehr Kostbares, das er für immer verloren geglaubt und nun überraschenderweise wiederbekommen hatte. Sein Kuss schmeckte rau und wild. Gleichzeitig lag eine Verletzlichkeit darin, die die Fragilität unserer Beziehung spürbar machte. Nichts war gewiss, alles war neu und unerforscht. Würde eine große Liebe daraus werden – oder ein schmerzhaftes Abenteuer?

Wir würden Mut brauchen, um das herauszufinden. Mut, Zeit und Nähe.

»Komm mit«, sagte Henrik und führte mich an seiner Hand ins Haus.

Wir stolperten ins Schlafzimmer. Endlich gehörte diese künstliche Distanz zwischen uns der Vergangenheit an. Es gab nur noch Henrik und mich und all die verdrängte Sehnsucht, die sich jetzt ihren Weg an die Oberfläche bahnte. Wie sehr hatte ich mir diese Berührungen gewünscht, davon geträumt, in Henriks Armen zu liegen und in einem Meer aus Zärtlichkeit zu versinken.

Es war später Abend, als wir unseren Liebeshunger

gestillt hatten. Erfüllt von Leidenschaft und Wärme tappten wir hinunter in die Küche, naschten ein wenig Weißbrot, Pecorino und Oliven und wanderten schließlich mit einer Flasche Wein hinaus auf die Veranda.

Die Sterne leuchteten am Himmel, eine zirpende Grille kündigte den nahenden Sommer an. Wir kuschelten uns unter eine Decke und atmeten die klare Nachtluft.

»Kannst du mich mal kneifen«, sagte Henrik. »Mir kommt das alles vor wie ein Traum.«

»Kneifen nicht. Aber küssen.« Ich drückte meine Lippen auf seine Wange.

Sofort musste ich daran denken, wie ich die Bartstoppeln gerade noch auf meiner Haut gespürt hatte. Ein wohliges Kribbeln durchlief meinen Körper.

»Ich dachte, dass ich dich verloren hätte, bevor alles richtig begann«, sagte Henrik. »Und dann ruft mich Dara vom Flughafen aus an und meint, dass ihr euch ausgesprochen hättet. Ich dachte, ich höre nicht recht.«

»Dara ist toll«, sagte ich. »Es ist mir ein Rätsel, warum ihr kein Paar seid. War da wirklich nie etwas zwischen euch?«

»Nein.« Henrik schüttelte den Kopf. »Gar nichts, nicht einmal ein Kuss. Als ich Dara gefunden habe, war sie mehr tot als lebendig. Aber sie war nicht nur körperlich am Ende, sondern auch psychisch total mitgenommen. Es hat lange gedauert, bis sie die Geister der Vergangenheit hinter sich lassen konnte.«

»Ich nehme an, sie ist nicht zum Spaß von Gambia nach Spanien gegangen«, sagte ich.

»So ist es. Sie hat alles mitgemacht, was man nur

mitmachen kann – Armut, Kinderarbeit, Vergewaltigung. Ihre Lebensgeschichte klingt wie eine Dramaserie. Ich hatte das Glück, in meiner schlimmsten Phase Tante Ella an meiner Seite zu haben. Als ich Dara traf, wollte ich dieses Glück, das mir widerfahren war, weitergeben. Es war vielleicht rechtlich nicht richtig, dass ich sie geheiratet habe. Aber moralisch war es die beste Entscheidung meines Lebens. Na ja, bis ich dich getroffen habe und du meintest, dass du nie wieder etwas mit einem verheirateten Mann anfangen willst.«

»Manchmal muss man einen Fehler im Leben zweimal machen, um das Richtige zu tun«, sagte ich mit einem Lächeln.

Henrik zog mich an sich. Der Mond warf einen fahlen Lichtschein ins Gras, der Wind zupfte leise raschelnd an den Blättern, ein Vogel der Nacht stieß einen spitzen Schrei aus.

»Ich will dich nie wieder loslassen«, flüsterte Henrik in mein Ohr. »Es kommt mir vor, als hätte ich mein Leben lang auf dich gewartet.«

»Das ist ziemlich kitschig«, sagte ich.

»Mag sein. Aber ich glaube, in einer Welt wie dieser kann eine Portion Romantik ab und zu nicht schaden.«

42

Am nächsten Morgen musste Henrik früh aus dem Haus. Die lange Nacht hatte zwar Spuren in seinem Gesicht hinterlassen, aber das Leuchten in seinen Augen zeigte, dass er glücklich war.

Genau wie ich.

Das Glück sprudelte wie kleine Blubberblasen in meinen Adern und machte mich übermütig.

»Die Dame hat aber gute Laune heute«, begrüßte mich Loers auf der Baustelle.

»Wie könnte es anders sein, bei den Topleuten, die hier arbeiten.« Ich zwinkerte ihm zu.

»Der Rohbau kann nächste Woche starten«, sagte Loers. »Meine Männer haben wirklich ordentlich rangeklotzt.«

Wir unterhielten uns gerade über den nahenden Baubeginn, da kam Lingrön angewetzt, sichtlich aufgebracht und mit übler Laune, die man bereits zehn Meter gegen den Wind riechen konnte. Er wedelte mit einem iPad in seiner Hand herum und blaffte mich wütend an.

»Würdest du mir das bitte erklären?« Es wunderte mich, dass kein Rauch aus seinen Nasenlöchern stieg.

»Ich muss dann mal«, sagte Loers und krümelte sich.

»Was soll ich denn erklären?«, fragte ich.

»Das hier.« Er aktivierte das Display und drückte mir das Tablet in die Hand.

Es war ein Artikel in einer Online-Architekturzeitschrift. Genauer gesagt ein Interview mit Ingo. Er schwadronierte über Architektur, wie er das immer gerne tat. Die Hässlichkeit des Gewöhnlichen, der schlechte Geschmack der meisten Bauherren (ausgenommen derer, die ihn beauftragten, natürlich) und die ausufernde Bürokratie, die jede Kreativität im Keim erstickte.

Alles wie gehabt. Bis mein Name fiel.

»Ihre enge Mitarbeiterin, Jola Andersen, ist mittlerweile selbstständig. Aufsehen erregte ihr aktuelles Bauprojekt (die Sanierung eines ehemaligen Fabrikgeländes, Anm. d. Redaktion) im kleinen Küstenort Prielhagen durch den Fund eines achtzig Jahre alten Skeletts. Was sagen Sie dazu?«

»Tja, es ist natürlich immer schade, wenn der Name der eigenen Schützlinge nicht durch große Architektur in der Presse landet, sondern durch pure Sensationslust. Aber so schwer es mir fällt, das zuzugeben: Das Skelett ist wirklich das Außergewöhnlichste an diesem Projekt. Der Entwurf ist gerade mal durchschnittlich, Provinzarchitektur, wenn Sie mich fragen.«

»Das sind harte Worte.«

»Ich habe mein Leben der Architektur verschrieben, nicht der Schönfärberei.«

Das Interview ging noch weiter, aber Ingo wandte

sich wieder anderen Dingen zu, über die er Gift und Galle spucken konnte.

Mein Puls hämmerte heftig und ich musste mich zusammenreißen, um nicht laut nach Luft zu schnappen. Dieser miese Lurch, dachte ich. Er würde ohne mit der Wimper zu zucken meine Karriere zerstören, nur um sein verletztes Ego zu pampern.

»Das ist doch nur Clickbait«, sagte ich zu Lingrön. »Nichts, dem man Beachtung schenken sollte.«

»Das Interview verunglimpft meine Stadt«, sagte der Kurdirektor. »Wie stehe ich denn jetzt da? Provinzarchitektur!«

Es war typisch, dass sich Lingröns Gedanken mal wieder nur um ihn selbst drehten. Dass dieses Interview für mich und meine berufliche Zukunft viel verheerendere Auswirkungen haben konnte, interessierte ihn gar nicht.

»Bring das in Ordnung«, fauchte er.

Mit wehendem Seidentuch um den Hals rauschte er davon. Ich schloss für einen Moment die Augen und atmete tief durch. Es wartete jede Menge Arbeit auf mich, aber ich beschloss, mir erst einen großen Cappuccino und ein Stück Torte im Café Sanddornliebe zu gönnen. Nervennahrung.

Obwohl das Wetter frühlingshaft schön war, wählte ich einen Tisch im Innenraum. Ich wollte meine Ruhe haben. Pia begrüßte mich herzlich.

»Cappuccino?«, fragte sie gut gelaunt vom Tresen.

Ich nickte. »Einen großen, bitte. Und gibt es heute diese fantastische Erdbeere-Vanillepudding-Torte?«

»Steht noch in der Kühlung. Ich guck gleich mal

nach, ob sie schon bereit zum Anschneiden ist.« Pia zwinkerte mir zu und begann, an der Siebträgermaschine zu hantieren.

Nachdem sie mir den Cappuccino serviert hatte, verschwand sie in der Küche und kam kurz darauf mit einem Stück Torte wieder.

»Lass es dir schmecken. Sophie kommt auch gleich.« Pia nickte mir zu und ging nach draußen, um Tische abzuräumen und Bestellungen aufzunehmen.

Ich rührte nachdenklich in meiner Tasse und trank einen Schluck. *Bring das in Ordnung*, hatte Lingrön gesagt. Ich wusste nicht, wie ich das anstellen sollte.

Bei Ingo zu Kreuze kriechen? Sicherlich nicht.

Versuchen, ein bekanntes Architekturmagazin auf das Projekt aufmerksam zu machen und hoffen, dass es einen positiven Artikel darüber brachte? Eine Möglichkeit, aber keine schnelle Lösung. Die Magazine planten ihre Artikel Monate im Voraus.

»Oh je, welche Laus ist dir denn über die Leber gelaufen?«, fragte Sophie in meine Gedanken hinein.

Sie rückte einen Stuhl heran und setzte sich. Bevor ich antworten konnte, redete sie weiter. »Es ist wegen Henrik, oder? Bist du deswegen schon wieder zurück?«

»Nein, nein, es …«

»Hör mal«, fiel mir Sophie übereifrig ins Wort. »Ich habe mich ein wenig umgehört. Unauffällig, natürlich. Niemand hier hat je davon gehört, dass Henrik verheiratet ist. Aber gut, er ist nicht aus Prielhagen und hat hier keinen engen Freundeskreis. Trotzdem solltest du da noch mal genauer nachforschen. Vielleicht hast du diese

Dara ja falsch verstanden und alles ist nur ein riesengroßes Missverständnis.«

»Ist es nicht«, sagte ich. »Henrik ist tatsächlich mit Dara verheiratet. Aber danke, dass du dich so ins Zeug gelegt hast. Das ist wirklich lieb von dir.« Ich lächelte meine Freundin an.

»Oh Mann, das tut mir leid. Du musst dich furchtbar fühlen.« Sophie schenkte mir einen mitfühlenden Blick.

»Alles gut. Wir haben uns ausgesprochen.« Ich senkte die Stimme. »Ich habe die Nacht bei ihm verbracht.«

»Du hast was?« Sophie riss die Augen auf. »Warum erfahre ich das erst jetzt? Erzähl, was ist passiert.«

»Das ist eine längere Geschichte. Wir reden heute Abend, okay?«

»Das ist Folter«, sagte Sophie.

»Du wirst es überleben.« Ich steckte mir eine Gabel voll Torte in den Mund.

Sophie neigte den Kopf und musterte mich misstrauisch. »Was ich an der ganzen Sache nicht verstehe: Du müsstest doch jetzt eigentlich glücklich sein, oder? Du wirkst aber irgendwie total gestresst.«

»Das hat andere Gründe«, sagte ich.

»Und welche?«

»Arbeit.«

»Schlimm?«

»Erzähl ich dir auch heute Abend.«

»Es ist wirklich nicht leicht, mit dir befreundet zu sein«, sagte Sophie. »Gibt es wenigstens interessante Neuigkeiten von Merle? Was macht die Wohnungssuche?«

»Du wirst mich jetzt gleich lynchen, aber ich habe

keine zwei Sätze mit Merle gewechselt, sondern ihr nur deine Pralinen in die Hand gedrückt. Die Leute standen bis nach Potsdam Schlange an ihrem Foodtruck.«

»Na gut, dann werde ich sie eben anrufen. Gibt es sonst noch etwas, das du mir gerade nicht sagen willst?« Sophie grinste.

»Nein, das wäre alles.« Ich grinste zurück.

Sie stand auf und legte mir kurz die Hand auf die Schulter. »Ich freu mich für dich. Also, für euch. Das mit dir und Henrik, das wird was.«

Sophie verzog sich wieder in die Küche und ich machte mich über die Reste von Kuchen und Cappuccino her. Als ich fertig war, legte ich einen Zehneuroschein auf den Tisch. Pia war gerade im Stress und wuselte im Stechschritt zwischen Außenbereich und Theke hin und her, da musste ich sie nicht noch zusätzlich aufhalten.

Gerade, als ich aufstehen und gehen wollte, kam Gesa Haym an meinen Tisch.

»Haben Sie noch eine Minute?«, fragte sie in der gewohnt direkten Art, die keinen Widerspruch duldete.

»Sicher.« Ich setzte mich wieder.

Nun kam Pia doch an unseren Tisch. Ich drückte ihr das Geld in die Hand, Gesa Haym bestellte einen Espresso mit Praline.

»Und? Gibt es schon Neuigkeiten in dem Fall?«, fragte ich.

»Ja, aber keine, die uns die Identität des Skeletts verraten. Aber trotzdem weiß ich eine ganze Menge. Das Opfer war eine europäische Frau, Hautfarbe weiß, etwa zwanzig bis dreißig Jahre alt, ungefähr 1,60 Meter groß.

Todesursächlich war ein Schädelbruch sowie ein gebrochenes Genick. Beides wurde wahrscheinlich durch einen Sturz mit Aufprall auf einen harten Gegenstand verursacht. Der forensische Anthropologe schätzt Todeszeitpunkt und Liegezeit des Skeletts auf sechzig bis neunzig Jahre. Das würde zum Zeitpunkt des Fabrikbaus passen. «

»Gibt es ein Bild der Toten?«, fragte ich.

»Nein, es wurde bisher keine Gesichtsrekonstruktion durchgeführt. Das Verfahren ist zeitaufwendig und teuer. Aber ich bin mir sicher, dass Hans Benk der Schlüssel zur Lösung des Falls ist. Und genau an dieser Stelle kommen Sie ins Spiel.« Gesa Haym hielt kurz inne, denn Pia servierte Espresso und Praline. Als wir wieder allein waren, sprach sie weiter. »Sie müssen Hans Benk im Krankenhaus besuchen und versuchen, etwas Licht ins Dunkel zu bringen. Sie haben ihm das Leben gerettet. Er wird Ihnen sehr dankbar sein.«

»Und diese Dankbarkeit soll ich ausnutzen, um ihn zum Reden zu bringen?«, fragte ich.

Moralisch gesehen war das schon ein wenig zweifelhaft in meinen Augen.

»Ganz genau.« Die Polizistin kippte sich ungerührt den Espresso hinter die Binde, als wäre es ein Kurzer. Die Praline hingegen ließ sie sich genüsslich auf der Zunge zergehen.

Ich stand auf. »Ich kann Ihnen nicht versprechen, dass etwas dabei herauskommt. Aber versuchen werde ich es.«

43

Ich machte mich auf den Weg ins Krankenhaus. Im Gegensatz zu Gesa Haym glaubte ich zwar nicht, dass Hans Benk mit mir reden würde, aber einen Versuch war es wert.

Auf dem Parkplatz vor dem Klinikum rief ich meine E-Mails ab. Ein junges Paar zog den Besprechungstermin für ihr geplantes Bauprojekt zurück, weil es sich kurzfristig für einen anderen Architekten entschieden hatte.

Ingo, dachte ich sofort. Doch woher sollte er Zugriff auf meine Kundenkontakte haben? Oder reichte dieses blöde Online-Interview von ihm tatsächlich aus, um Kunden zu vergraulen?

Kurzerhand rief ich bei der Kundin an. Wir hatten in unserem ersten Gespräch einen guten Draht zueinander gehabt. Vielleicht würde sie mir den Grund ihrer Entscheidung mitteilen.

Es war ihr sichtlich unangenehm, als sie merkte, wer da am Telefon war. Ich spürte, dass sie das Gespräch am liebsten abgebrochen hätte, doch Anstand und Höflichkeit hielten sie davon ab.

»Sie müssen meine Frage natürlich nicht beantworten«, sagte ich. »Es ist ganz allein Ihre Entscheidung, mit welchem Architekten Sie bauen wollen und ich bin Ihnen auch nicht böse. Ich hatte nur das Gefühl, dass die Chemie zwischen uns gestimmt hat, daher kommt Ihre Absage sehr überraschend für mich.«

»Ja, das verstehe ich und es tut mir auch leid, aber …« Die Frau beendete den Satz nicht.

»Sie können Ihre Kritik ruhig aussprechen«, sagte ich. »Ich kann damit umgehen und wichtige Impulse für die Zukunft daraus mitnehmen.«

Die Frau seufzte. »An mir liegt es nicht«, gab sie schließlich zu. »Mein Mann, also, Steffen, er ist in ein paar Foren zum Thema Hausbau unterwegs. Will sich vorher über Details schlaumachen und austauschen. Na ja, und da hat er gefragt, ob jemand Erfahrung mit Ihnen als Architektin hat. Erst kam keine Antwort, aber heute hat ein gewisser Gropius geschrieben, dass wir bloß die Finger von einer Zusammenarbeit mit Ihnen lassen sollen. Das würde uns viel Geld und Ärger ersparen. Da hat mein Mann sofort eine Absage an Sie geschickt.«

»Ah, verstehe.«

»Also, ich finde das Ganze ja ein wenig seltsam«, sagte die Frau, die mittlerweile richtig gesprächig wurde. »Wissen Sie, dieser Gropius ist neu in dem Forum und das ist sein einziger Eintrag. Er muss sich extra deswegen angemeldet haben. Haben Sie vielleicht einen unzufriedenen Kunden, der Ihnen eins auswischen möchte?«

»Keinen Kunden«, sagte ich. »Aber ja, es gibt da jeman-

275

den.« Ich nannte Ingos Namen nicht, weil ich mich niemals auf sein Niveau herablassen und öffentlich ablästern würde.

»Oh, das tut mir leid für Sie. Ich rede noch mal mit meinem Mann. Ich hätte sehr gerne mit Ihnen zusammengearbeitet. Aber ich kann nichts versprechen. Steffen ist ein perfektionistischer Kontrollfreak, es muss alles nach seinem Kopf gehen.«

»Ich danke Ihnen für Ihre Aufrichtigkeit«, sagte ich. »Und natürlich würde ich mich freuen, wenn wir noch mal voneinander hören. Aber ich wünsche Ihnen auf jeden Fall alles Gute für den Hausbau. Das wird eine anstrengende, aber auch sehr spannende Zeit.« Ich legte auf und ließ den Kopf gegen die Nackenstütze sinken.

Gropius.

Ich war mir sicher, dass Ingo dahinter steckte. Walter Gropius war einer der bekanntesten deutschen Architekten und Gründer des Bauhauses. Ingo hielt große Stücke auf sein Werk. Und nun nutzte er seinen Namen, um mich schlechtzumachen. Wollte er sich jetzt in sämtlichen Foren anmelden und über mich herziehen?

Ja, genau das würde er tun. Ich hatte Ingos Stolz verletzt und nun biss er wie ein tollwütiger Hund um sich. Wahrscheinlich gab er erst Ruhe, wenn er meinen Ruf vollkommen ruiniert hatte.

Wütend stieg ich aus dem Auto. In Zeiten des Internets war es einfach, ein Leben zu zerstören. Klar, ich konnte Beweise sammeln und damit zur Polizei gehen. Aber bis die Beamten etwas unternehmen würden – wenn überhaupt – war das Kind bereits in den Brunnen gefallen. Mein Name als Architektin wäre verbrannt.

Ich drückte die Tür zum Klinikum auf und ging zur Rezeption.

»Ich möchte zu Hans Benk«, sagte ich.

Die Dame hinter dem Schalter nannte mir Station und Zimmernummer. Widerwillig streifte ich durch das Gebäude. Ich mochte keine Krankenhäuser. Der Geruch, die Einrichtung, die drohende Gefahr. Einfach alles daran war schrecklich. Endlich stand ich vor dem richtigen Zimmer. Ich klopfte und trat ein.

Ein rundlicher Mittvierziger mit freundlichem Gesicht lächelte mich neugierig an. Ich nickte ihm zu, während mein Blick weiter zum Fenster wanderte. Hans Benk lag auf der Seite, sein Körper so schmal, dass er unter der Decke kaum auszumachen war.

Ich trat an sein Bett und dachte, dass ich vielleicht Pralinen oder Blumen hätte mitbringen sollen. Dann erinnerte ich mich an sein karges Zuhause. Wahrscheinlich hätte er keine rechte Freude daran gehabt.

»Guten Tag Herr Benk. Mein Name ist Jola Andersen.«

Benk hob nicht mal den Kopf. Er lag mit offenen Augen da und rührte sich nicht. War er tot?

Ich konzentrierte mich auf seinen Oberkörper und sah, dass sich die Bettdecke minimal bewegte. Leise zog ich mir einen Stuhl heran und setzte mich zu ihm.

»Ich habe Sie gefunden und den Rettungswagen gerufen«, sagte ich. »Und nun wollte ich mal nachsehen, wie es Ihnen geht.«

»Du hättest mich sterben lassen sollen«, flüsterte der Benk, ohne sich auch nur einen Millimeter zu bewegen.

»So etwas dürfen Sie nicht sagen.« Etwas Besseres als diese lahme Floskel fiel mir nicht ein.

Was hatte ich darüber zu urteilen, was dieser Mann zu fühlen hatte? Ich kannte ihn nicht, wusste nicht, welche Tragödien sein Leben gezeichnet hatten.

»Der Tod wäre eine Erlösung gewesen. Aber Erlösung habe ich nicht verdient.« Seine Stimme war so leise, dass ich mein Ohr in Richtung seines Mundes beugen musste.

»Warum haben Sie keine Erlösung verdient?«, fragte ich.

»Du hättest mich sterben lassen sollen. Bestimmt wäre ich in die Hölle gekommen. Das wäre der richtige Ort für mich.«

Oh je. Dieser Mann war ganz offensichtlich lebensmüde. Und ich war weder Psychologin noch Pastorin. Was sagte man in solch einer Situation?

»Und wenn Sie im Himmel gelandet wären?«

»Wär ich nicht. Die hätten mich da hochkant rausgeschmissen. Im Himmel ist für Leute wie mich kein Platz.«

»Warum denken Sie das?«, fragte ich.

»Kein Platz«, murmelte Benk. »Kein Platz für Leute wie mich.«

Ich versuchte noch ein paar Mal, ein Gespräch mit Hans Benk zu führen, doch er brabbelte nur noch wirres Zeug vor sich hin. Ich stand auf und legte meine Visitenkarte auf den Nachttisch.

»Mit mir redet er auch nicht«, sagte sein Zimmernachbar zum Abschied. »Aber in der Nacht, da schreit er manchmal. Schuld, schreit er, alles meine Schuld.«

44

Gesa Haym saß mir im Baucontainer gegenüber.

»Er hat sich nicht bei Ihnen bedankt?«

»Nein. Eher das Gegenteil, würde ich sagen.«

Die Polizistin schnaufte. »So ein Mist. Warum sagt dieser Mann kein Wort?«

»In der Nacht schreit er dafür manchmal. Dass alles seine Schuld ist.«

»Was ist seine Schuld?« Gesa Haym rührte nachdenklich in ihrem Kaffee, obwohl sie weder Milch noch Zucker genommen hatte. »Den Mord kann er wohl kaum begangen haben. Wenn er damals schon auf der Welt war, dann war er noch ein Säugling.«

»Was stand auf dem Zettel, den Leon in Hermines Aufzeichnungen gefunden hat?«

Gesa Haym zog ihr Handy heraus und las vor.

»*Hans Benk. Trauma. Ihm fehlen die Worte, weil ihm die Erinnerung fehlt. Mutter!* Ehrlich gesagt habe ich keine Ahnung, was das heißen soll.«

»Vielleicht hat das alles auch gar nichts mit dem

Skelett am Fabrikgelände zu tun«, gab ich zu bedenken. »Es kann tausend Gründe geben, warum Hans Benk ein seltsamer Einsiedler geworden ist.«

»Ja, das stimmt. Aber mein Instinkt sagt mir etwas anderes. Das hängt alles zusammen. Ich weiß es. Ich kann es nur nicht beweisen. Und das werde ich auch niemals können, wenn Benk nicht redet. Darf ich hier drin rauchen?«

»Nein.«

Die Polizistin sprang auf. Ich folgte ihr nach draußen und beobachtete fasziniert, wie sie sich eine Zigarette anzündete und den Glimmstängel mit wenigen Zügen um die Hälfte dezimierte.

»Haben sich denn noch andere Spuren ergeben? Da war doch was mit dieser Ute«, sagte ich.

»Nein. Das passt schon rein zeitlich nicht. Ist zwar eine tragische Geschichte, aber es gibt keinerlei Hinweise, dass eine Verbindung zu unserem Skelett besteht.« Gesa Haym nahm einen letzten, tiefen Zug und drückte die Zigarette dann aus. »Die Archive geben auch nichts her. Es gibt keine ungeklärten Vermisstenfälle. Ich war sogar im Altenheim und habe mit den Leuten dort gesprochen. Nichts. Dann habe ich den Firmengründer unter die Lupe genommen und sämtliche noch lebende Verwandte der Stahlhuts kontaktiert, aber auch das hätte ich mir sparen können. Ich sage Ihnen – wenn wir jemals die Wahrheit erfahren wollen, müssen wir Hans Benk zum Reden bringen. Aber fragen Sie mich nicht, wie wir das anstellen sollen.«

Gesa Haym verabschiedete sich und ließ mich ratlos zurück. Ich hatte keine Ahnung, wie man Benk dazu brachte, über die Vergangenheit zu sprechen. Und ich war mir auch gar nicht sicher, ob es überhaupt legitim war. Der Mann wollte seine Ruhe haben und war psychisch arg mitgenommen. Es kam mir falsch vor, ihn unter Druck zu setzen. Zumal er ganz sicher nicht der Mörder war.

Nicht mein Problem, schob ich die Gedanken beiseite. Darum musste sich die Polizei kümmern, nicht ich.

Die E-Mail, die gerade in mein Postfach getrudelt war, konnte ich jedoch nicht so leicht ignorieren.

Luisa Noll, die Redakteurin eines Einrichtungsmagazins, fragte an, ob ich Stellung zu Ingos Vorwürfen aus dem Online-Interview nehmen wollte.

Nein, wollte ich nicht.

Ich schrieb zurück, dass ich keinen öffentlichen Schlagabtausch mit Ingo Stübben führen würde, was in meinen Augen vielmehr dem Niveau der Heftchen aus der Regenbogenpresse entsprach.

Nach nochmaligem Durchlesen löschte ich diesen Zusatz. Ich wollte die Redakteurin nicht gegen mich aufbringen. Sie hatte kurz nach meinem Start in die Selbstständigkeit ein sehr wohlwollendes Porträt über mich und meine Arbeit veröffentlicht. Ich schrieb noch ein paar nette Worte unter meine Absage und schickte die Mail ab.

Zum Glück konnte ich mich für den Rest des Tages mit der Führung des Bauprotokolls und den aktuellen Schwankungen von Beton- und Stahlpreisen ablenken, bis ich um siebzehn Uhr erleichtert meinen Laptop zuklappte und in Oves Kate fuhr.

Zu meiner Überraschung war Sophie bereits zu Hause und werkelte in der Küche am Herd.

»Was machst du denn schon hier?«, fragte ich.

»Elias kommt. Da dachte ich mir, ich überrasche ihn mit einem leckeren Essen.«

»Hast du auch die Kalorien ermittelt und darauf geachtet, dass genug Eiweiß drin ist?«

»Nö. Ich habe das Hühnchen einfach im Wein ertränkt und in den Ofen geschoben. Der Wein ist übrigens gar nicht schlecht. Komm, wir trinken ein Glas und du erzählst mir endlich, was los ist.« Sophie wischte sich die Hände an der Schürze ab.

»Für mich nur einen kleinen Schluck. Ich fahre später noch zu Henrik.«

»Was? Der Vogel im Ofen ist riesig.« Sophie stöhnte und reichte mir ein Glas Wein. »Du musst zum Essen bleiben.«

»Ihr schafft das schon«, sagte ich.

Sophie ließ sich neben mich auf die Eckbank fallen. »Na gut, Liebende soll man nicht aufhalten, so sagt man doch, oder?« Sie grinste und stieß ihr Glas an meins. »Auf dich und Henrik und eine goldene Zukunft.«

Ich nippte am Wein. »Das mit der goldenen Zukunft sei mal dahingestellt«, sagte ich. »Ingo dreht gerade durch.«

»Was?« Sophie sah mich mit großen Augen an.

Ich erzählte ihr, was vorgefallen war und dass Ingo nun anscheinend einen umfassenden Racheplan schmiedete.

»Lingrön ist außer sich. Seine Laune bessert sich

bestimmt nicht, wenn noch mehr Magazine über mich herziehen.« Ich seufzte.

»Oh je, du Ärmste. Das ist wirklich übel. Was willst du tun? Soll ich vergiftete Pralinen für Ingo herstellen? Wir schicken sie ihm anonym mit einer Grußkarte. Von einer Verehrerin. So selbstverliebt, wie er ist, stopft er sie gleich alle hinein. Problem erledigt.« Sophie haute mit der flachen Hand auf den Tisch.

»Ich bin doch keine Mörderin«, sagte ich entsetzt.

»Okay, dann mach ich Durchfallpulver rein.«

»Einverstanden.« Wir sahen uns an und prusteten los.

»Jetzt mal im Ernst«, sagte Sophie. »Du musst etwas unternehmen. Oder willst du tatenlos zusehen, wie er deine Karriere ruiniert?«

»Nein, natürlich nicht. Aber ich warte erst einmal ab. Wenn ich mich ruhig verhalte, verläuft vielleicht alles im Sande. Melde ich mich lautstark zu Wort, wird die Sache nur unnötig aufgebauscht. Und dann erfahren viel mehr Leute davon.«

»Kann sein. Aber ärgert es dich denn gar nicht, dass er dich in aller Öffentlichkeit schlechtmacht? Ich würde schäumen vor Wut.«

»Natürlich ärgert es mich. Aber wenn ich Öl ins Feuer gieße, verbrenne ich mir bloß selbst die Finger. Und darauf habe ich keine Lust.«

»Du vertraust aufs Karma?«

»Ja, irgendwie schon.«

»Okay, dann aufs Karma.« Sophie hob erneut ihr Glas und wir stießen an. »Und falls du doch ein paar Spezialpralinen benötigst – Anruf genügt. Aber jetzt will ich alles von deinem verheirateten Henrik wissen. Wie kam es zu eurer Versöhnung?«

45

Eine dunkle Wolkenschicht bedeckte den Himmel, als ich von Oves Kate zu Henrik aufbrach. Obwohl es nicht regnete, war die Luft schwer vor Feuchtigkeit. Es fühlte sich an wie Herbst, nicht wie Frühling. Aber zu meiner Stimmung passte das Wetter ganz gut.

Eigentlich sollte ich fröhlich sein. Glücklich. Übermütig. Schließlich war ich frisch verliebt. Aber die Sache mit Ingo belastete mich mehr, als ich mir selbst eingestehen wollte. Wie sollte es nach der Sanierung des Fabrikgeländes weitergehen, wenn ich keine Aufträge mehr bekam? Und wie würde Gustav reagieren? Unter diesen Umständen hatte er wahrscheinlich wenig Interesse daran, mir sein Büro zu überlassen. Vor allem, wenn auch noch Lingrön gegen mich hetzte. Ich musste ihn anrufen und offen mit ihm reden. Bevor er aus dem Internet von der Sache Wind bekam oder Lingrön eine fiese Bemerkung fallen ließ.

Ich nahm mir vor, diesen Anruf gleich morgen früh hinter mich zu bringen. Aber jetzt würde ich die Sorgen zur Seite schieben und mich auf den Abend mit Henrik freuen. Und auf die gemeinsame Nacht.

Die Strecke zu seinem Haus fühlte sich schon wie eine Selbstverständlichkeit an. Der blühende Fliederbusch in der starken Rechtskurve. Die ausgedehnten Wiesen- und Ackerflächen, die einen Großteil des Weges säumten. Der kleine Weiler mit den drei Gehöften, wo beim letzten Haus stets die ausgeleierte Unterwäsche an der Wäschespinne im Garten hing. Das Trafohäuschen, bei dem ich links abbiegen musste. Und schließlich der Gutshof Benk, der nun eine noch traurigere Verlassenheit ausstrahlte.

Sofort erschien das mitleiderregende Bild von Hans Benk vor meinen Augen. Wie ein Geist im Krankenbett liegend, genauso weiß wie die Bettwäsche, mehr tot als lebendig. Wie gerne würde ich dem Mann helfen, doch ich wusste nicht, wie.

Man kann niemanden zu seinem Glück zwingen, hieß es. Und man konnte auch niemanden dazu zwingen, Hilfe anzunehmen. Zumal ich auch noch eine Fremde für Hans Benk war. Er ließ ja nicht mal Leute an sich heran, die er ein Leben lang kannte.

Ich war froh, als Henriks Anwesen vor mir auftauchte. Sein Truck stand im Hof und er räumte gerade Werkzeug von der Ladefläche. Als er mich kommen sah, hielt er inne und ein strahlendes Lächeln brachte sein Gesicht zum Leuchten.

Mein Herzschlag beschleunigte sich und ich spürte, wie mein ganzer Körper zu Kribbeln begann. Hastig sprang ich aus dem Auto und rannte zu ihm.

»Hi.« Ich ließ mich in Henriks ausgebreitete Arme fallen.

Wie gut das tat, bei ihm zu sein! Die Last auf meinen Schultern wurde augenblicklich weniger, das Leben fühlte sich viel leichter an.

»Schön, dass du da bist«, murmelte Henrik und drückte seine Lippen an meinen Scheitel.

Ein paar Minuten standen wir einfach nur da, genossen die Nähe des anderen und lauschten dem Zwitschern der Vögel. Doch schließlich trieben uns der wolkenverhangene Himmel und der kühle Wind ins Haus.

»Ich spring nur schnell unter die Dusche, dauert nicht lange«, sagte Henrik.

Ich gab ihm zwei Minuten Vorsprung, dann schlüpfte ich aus meinen Klamotten und huschte zu ihm. Nach der Dusche führte uns der Weg direkt ins Schlafzimmer, weil wir einfach nicht genug voneinander bekommen konnten.

Es war bereits dunkel, als wir in die Küche tigerten, um uns ein Sandwich zu machen. Henrik erzählte von der Arbeit, einer nervigen Kundin, der man es niemals recht machen konnte, und einer Reifenpanne, die er sich im Kieswerk zugezogen hatte.

»Klingt nach einem ereignisreichen Tag. Ich frage mich, wo du die ganze Energie hernimmst«, spielte ich schmunzelnd auf unseren Liebesmarathon an.

»Du wirkst wie ein Aufputschmittel auf mich«, sagte Henrik. »Ich brauche dich bloß anzusehen, und schon werde ich zum Tiger. Ach, was. Es reicht, wenn ich an dich denke.«

»Rarrr.« Ich imitierte mit meiner Hand eine Raubtiertatze.

Lachend sahen wir uns an. Es lag so viel Liebe und Zuneigung in Henriks Blick, dass mir ganz warm ums Herz wurde.

Mein Handy klingelte. Es steckte noch in meiner Handtasche, und die lag im Flur. Alarmiert stand ich auf. Es war bereits nach neun, meine Freundinnen schrieben für gewöhnlich Nachrichten auf WhatsApp und Handwerker riefen um diese Zeit nicht mehr an. Hoffentlich ist nichts mit meinen Eltern, dachte ich, als ich das Telefon aus der Tasche angelte.

Gustav.

Oh je, er war wohl im Internet über das Interview mit Ingo gestolpert. Ich hätte ihn gleich vorwarnen sollen und es nicht auf morgen verschieben. Mit mulmigem Gefühl nahm ich den Anruf entgegen.

»Es tut mir leid, dass ich so spät noch störe«, sagte Gustav. »Aber ich habe gerade einen Anruf bekommen, der mich dermaßen aufwühlt …« Er schnaufte. »Ich muss das jetzt sofort mit dir besprechen, sonst mache ich die ganze Nacht kein Auge zu.«

»Du hast das Interview mit Ingo gelesen?«, fragte ich. »Es tut mir leid, ich wollte dich gleich morgen in der Früh deswegen anrufen.«

»Interview? Welches Interview?«, fragte Gustav verwirrt. »Nein, ich habe einen Anruf bekommen. Von einer jungen Frau. Sie wollte mich vor dir warnen. Sie wüsste aus erster Hand, dass Ingo dich aus dem Büro geschmissen hat, weil du schlechte Arbeit abgeliefert und

Kunden verärgert hättest. Außerdem seist du unzuverlässig und deine Ideen seien nur geklaut.«

»Also, das ist …« Mir fehlten die Worte.

»Natürlich hat die Frau keinen Namen genannt und die Nummer war unterdrückt. Sie hat sich sehr jung angehört. Und unsicher. Mir kam die ganze Angelegenheit mehr als suspekt vor. Hast du mit jemandem Streit?«

»Nicht mit einer Frau«, sagte ich.

Und dann erzählte ich die ganze Geschichte von Ingo, unserer unglückseligen Affäre, meiner Kündigung und dem Zerwürfnis in Berlin inklusive Rachefeldzug.

»Verletzter männlicher Stolz«, konstatierte Gustav. »Gefährlich. Sehr gefährlich.«

»Du glaubst mir?«, fragte ich.

»Natürlich glaube ich dir. Mir ist der Anruf von der ersten Sekunde an spanisch vorgekommen. Ich kenne dich und deine Arbeit seit über einem Jahr und ich bilde mir ein, genug Menschenkenntnis zu besitzen, um dich einschätzen zu können.«

»Danke. Das bedeutet mir viel.«

»Du musst dagegen vorgehen, Jola. Das darfst du dir unter gar keinen Umständen gefallen lassen«, sagte Gustav.

»Na ja, was soll ich denn machen? Ich habe doch keine Beweise. Und dass Ingo meine Arbeit als Provinzarchitektur bezeichnet, ist nicht strafbar.«

»Aber Leute zu solchen Anrufen nötigen, schon. Und sich unter falschem Namen in einem Forum anmelden, um dir zu schaden, höchstwahrscheinlich auch. Das Internet ist kein rechtsfreier Raum.«

»Ich weiß. Aber ich will auch nicht mehr Aufmerksamkeit auf die Angelegenheit lenken als unbedingt nötig. Du weißt, wie klein die Architekturszene ist.«

»Genau darauf spekuliert Stübben.« Gustav klang ungehalten.

»Ich denke darüber nach«, sagte ich. »Danke, für deinen Anruf, Gustav. Und für dein Vertrauen.«

»Du bist für mich noch immer die ideale Nachfolgerin für mein Büro. Daran hat sich nichts geändert.«

46

»Frühstück im Bett?«, fragte Henrik am nächsten Morgen.

Er klappte die Fensterläden zur Seite und ließ die strahlende Maisonne ins Zimmer.

»Kaffee auf der Terrasse«, sagte ich und sprang aus den Federn. »Dein Garten ist ein Traum zu dieser Jahreszeit.«

Wir setzten uns mit unseren Tassen auf eine Bank, die an einem kleinen Mäuerchen stand. Die Morgensonne schien uns ins Gesicht und auf die nackten Füße und verwöhnte uns mit ihrer Wärme. Zwei Amseln trugen unter aufgeregtem Gezwitscher einen Streit aus, eine einsame, schneeweiße Wattewolke trieb träge über unsere Köpfe hinweg.

Auf einmal machte sich eine unglaubliche Ruhe in mir breit. Ich fühlte mich, als wäre ich angekommen, ohne, dass ich überhaupt bemerkt hatte, auf einer Reise zu sein.

»Ich werde Gustavs Angebot annehmen«, sagte ich mit einer Gewissheit, die mich selbst überraschte.

»Du wirst hierbleiben?« Henrik griff nach meiner Hand.

Ich nickte.

»Schöner könnte dieser Tag nicht anfangen. Komm her.« Henrik zog mich in seine Arme.

Wir küssten uns. Eine laue Brise strich durch meine Haare und vertrieb die Sorgen aus meinem Kopf. Es würde sich alles fügen. Vielleicht nicht sofort, aber mit der Zeit.

Im Haus hörte ich mein Handy klingeln.

»Lass es läuten«, murmelte Henrik.

Nur zu gerne gab ich seinem Wunsch nach. Wer auch immer mich erreichen wollte, er oder sie würde es überleben, wenn ich später zurückrief.

Henrik und ich tranken unseren Kaffee aus und schlenderten im Morgentau über das weitläufige Grundstück. Wieder bewunderte ich diese gekonnte Beiläufigkeit, die der Garten ausstrahlte. Als hätte der Wind die Pflanzen mit zufälliger, aber geübter Hand an Ort und Stelle geweht, wo sie wie durch ein Wunder perfekt mit der Umgebung harmonierten. Alles wirkte so mühelos und unbeschwert, aber ich wusste, dass der Schein trügte. Auch ein Garten, der aussah, als hätte ihn eine Laune der Natur in die Landschaft geworfen, erforderte jede Menge Arbeit.

Mir entging nicht, dass Henrik mit durchaus kritischem Blick zwischen den Bäumen und Staudenbeeten herumstapfte, während ich einfach nur die Seele baumeln ließ. Seinem geschulten Auge fielen wahrscheinlich

Hunderte Kleinigkeiten auf, die getan werden mussten. Ich hingegen erfreute mich an der Blütenpracht und dem Summen der Insekten.

Zurück im Haus warf ich einen Blick auf mein Handy. Unbekannte Nummer. Hier aus der Region. Sofort verließ mich die locker-leichte Unbeschwertheit, mit der ich gerade noch durch den morgendlichen Garten gewandert war. Unbehagen machte sich breit. Ein weiterer von Ingo initiierter Angriff gegen meine Person?

Mit mulmigem Gefühl rief ich zurück. Zu meiner Überraschung meldete sich das Krankenhaus, in dem Hans Benk lag.

»Herr Benk bittet Sie um einen Besuch«, sagte die Stationsschwester.

»Sind Sie sicher? Gestern wollte er nicht mit mir reden.«

»Doch, er hat explizit nach Ihnen gefragt.«

»Hm, na gut. Ich schaue heute noch vorbei«, sagte ich. »Danke für den Anruf.«

»Wo schaust du heute noch vorbei?«, fragte Henrik. »Ich dachte, wir machen uns einen schönen Tag?«

»Das war das Krankenhaus«, sagte ich. »Der Benk will mich sehen.«

»Es geschehen noch Zeichen und Wunder«, sagte Henrik. »Was hältst du davon, wenn wir den Krankenbesuch mit einem schönen Essen verbinden? Ich kenne einen netten Landgasthof mit ausgezeichneter Küche. Die Besitzerin macht sogar den Käse selbst.«

»Klingt gut. Kann ich zuerst ins Bad?«

»Nur zu. Ich wollte sowieso noch schnell etwas im

Garten erledigen.« Henrik drückte mir einen Kuss auf die Wange.

Ich grinste in mich hinein und verschwand im Badezimmer. Eine Stunde später saßen wir im Beulenolv und machten uns auf den Weg ins Krankenhaus. Und nein, ich hatte nicht solange vor dem Spiegel gestanden – Henrik war es gewesen, den man nur mit sanfter Gewalt von seinen Obstbäumen und Rosenbeeten hatte loseisen können.

»Es heißt ja, man verliebt sich immer entweder in seine Mutter oder in seinen Vater«, sagte ich.

»Das ist doch Küchenpsychologie.« Henrik schnaufte verächtlich.

»Dachte ich auch immer. Aber ich muss mit Entsetzen feststellen, dass du meiner Mutter wirklich sehr ähnlich bist. Der absolute Horrorsatz für meinen Vater und uns Kinder lautete immer: Ich muss nur noch kurz in den Garten. Dieses kurz konnte von Stunden bis Monate alles bedeuten.«

»Erwischt. Ich gelobe Besserung.« Henrik lachte. »Aber gerade Anfang Mai ist es wichtig, die …«

»Stop! Nächster Horrorsatz.« Nun musste ich auch lachen. Im Garten gab es immer irgendetwas zu tun, dass gerade besonders wichtig war. »Aber keine Sorge. Ich bin keinen Deut besser. Nur, dass es bei mir keine Pflanzen sind, sondern Gebäude.«

»Dann sollten wir versuchen, möglichst viele gemeinsame Aufträge zu bekommen. Dann sehen wir uns wenigstens auf den Baustellen.«

Unverhofft huschte eine Katze über die Straße und ich trat scharf auf die Bremse. Zum Glück war kein Auto hinter uns.

»Sorry«, sagte ich und fuhr wieder an.

»Du musst dich nicht entschuldigen. Ich denke vielmehr, dass sich die Katze bei dir bedanken sollte. Was wohl der Benk von dir will? Mit mir hat er in all den Jahren keine zehn Sätze gewechselt.«

»Keine Ahnung. Aber ich werde es gleich erfahren.« Das Krankenhaus war nicht mehr weit entfernt.

»Du willst allein zu ihm gehen? Soll ich dich nicht lieber begleiten?«

»Nein, das regt ihn nur auf.« Ich fuhr auf den Parkplatz der Klinik und stellte den Beulenolv unter einen schattigen Baum. »Bin bestimmt gleich zurück. Kann mir nicht vorstellen, dass der Benk plötzlich eine Plaudertasche geworden ist.«

»Ich seh mir schon mal die aktuelle Speisekarte vom Landgasthof an.« Henrik zog sein Handy aus der Tasche. »Und falls du Beistand brauchst, melde dich.«

»Mach ich. Danke.« Ich drückte Henrik einen Kuss auf die Wange und stieg aus dem Auto.

Im Krankenhaus empfing mich statt Wärme und Frühlingsduft eine sterile Kühle, die mir Gänsehaut an den Armen bescherte. Eilig marschierte ich zu Benks Zimmer und klopfte an.

Gerade, als ich eintreten wollte, hielt mich eine Krankenschwester zurück.

»Sind Sie Jola Andersen?«

»Ja.« Ich nickte.

»Gut, dass Sie da sind. Herr Benk wird von Tag zu Tag schwieriger. Wir mussten ihn jetzt fixieren.«

»Was macht er denn?«, fragte ich schockiert.

Und was mache ich hier?, fügte ich in Gedanken hinzu. Wenn schon die Ärzte und das Pflegepersonal überfordert waren, würde ich es garantiert sein.

»Er legt sich ständig auf den Boden und sagt, er kann das weiche Bett nicht ertragen. Er braucht Härte in seinem Leben, das ist das Einzige, was ihm zusteht. Er verweigert jede Decke, er verweigert Essen, er schlägt um sich, wenn man sich um ihn kümmern will. Wir haben schon seinen Bettnachbarn verlegen müssen, weil der beinahe wahnsinnig geworden wäre.«

Ich dachte an den rundlichen Mann, der mir bei meinem ersten Besuch von Benks Albträumen erzählt hatte. Bestimmt nicht angenehm, wenn der Zimmergenosse in der Nacht schrie und tagsüber ständig unters Bett kroch.

»Nun, das ist schlimm, aber was genau kann ich jetzt machen?«, fragte ich ratlos.

»Er wollte unbedingt mit Ihnen sprechen. Mit uns redet er ja nicht. Vielleicht können Sie ihn zur Vernunft bringen.«

»Oh, da machen Sie sich bitte keine Hoffnungen. Aber ich werde mein Bestes geben.«

Ich betrat das Zimmer. Benk lag auf dem Rücken gefesselt mit geschlossenen Augen im Bett. Mein Magen krampfte sich zusammen. Der Anblick war schrecklich. Dieser alte Mann, dürr wie Reisig, seine Gestalt flüchtig wie eine Nebelschwade, wurde wie ein Schwerverbrecher behandelt. Das waren ja Methoden wie im Mittelalter.

Ich rückte einen Stuhl neben das Bett und griff nach Benks Hand. Ich erschrak, wie kalt sie war.

»Herr Benk«, sagte ich, »ich bin's, Jola Andersen. Sie wollten mich sprechen.«

Es erfolgte keine Reaktion. Hatten sie ihm auch etwas gespritzt? War er vielleicht gar nicht ansprechbar?

»Nur wegen dir liege ich hier«, krächzte der Mann plötzlich. »Sonst wäre ich tot.«

»Das hatten wir doch schon mal, Herr Benk.«

»Nur wegen dir.« Er riss die Augen auf und starrte mich an.

Ich erschrak. Sein Blick war so voller Schmerz und Verzweiflung, dass es mir in der Seele wehtat.

»Was kann ich für Sie tun?«, fragte ich.

»Hol mich hier raus.«

»Die Ärzte werden niemals zustimmen«, sagte ich matt. »Sie sind sehr schwach, Herr Benk. Sie können nicht allein bleiben.«

»Ich will heim. Auf meine Bank. Die ist hart.«

»Herr Benk, es tut mir wirklich leid, dass es Ihnen so schlecht geht, aber …«

»Bring mich heim und ich erzähl dir die Geschichte vom Skelett am Fabrikgelände.« Für einen Moment flackerte ein ungeahntes Feuer in Benks trüben Blick, dann schloss er die Augen und schwieg.

47

»Herr Benk möchte nach Hause«, sagte ich zu der Krankenschwester.

»Das ist unmöglich. Er kommt allein nicht zurecht. Der stürzt, und das nächste Mal, wenn ihn einer findet, ist er tot.«

Wahrscheinlich war genau das seine Absicht, aber ich behielt den Gedanken für mich.

»Es ist so, Henrik Neuland und ich würden Herrn Benk mit zu uns nehmen. Er wäre also nicht allein, wir würden uns um ihn kümmern.«

Ich hatte zwar keine Ahnung, wie wir das anstellen sollten, aber irgendeine Lösung würde uns schon einfallen. Ich konnte den Mann doch nicht gegen seinen Willen im Krankenhaus lassen.

»Hm, das ist natürlich etwas anderes. Warten Sie, ich versuche, den zuständigen Arzt zu erreichen.« Die Krankenschwester zog ein Telefon aus ihrer Tasche und schüttelte dann den Kopf. »Ist wahrscheinlich noch auf

Morgenvisite. Trinken Sie doch kurz eine Tasse Kaffee in der Cafeteria und ich kläre das, ja?«

Anstatt in die Cafeteria ging ich nach draußen zu Henrik. Er lehnte am Auto und ließ sich die Sonne ins Gesicht scheinen.

»Na, welche dunklen Geheimnisse hat dir der Benk verraten?«

»Bisher noch gar keins«, erwiderte ich. »Dazu müssen wir ihn erst mit nach Hause nehmen.«

»Wir müssen bitte was?« Henrik sah mich verdutzt an.

»Er erzählt mir, was es mit dem Skelett auf sich hat, wenn ich ihn aus dem Krankenhaus hole.«

»Das ist doch ein Witz. Der Mann ist krank.«

»Mag sein. Aber da drin geht er vor die Hunde. Sie haben ihn fixiert.«

»Fixiert? Du meinst, wie in diesen Horrorheimen, die immer wieder durch die Medien geistern?«

»Genau so. Er randaliert sonst den ganzen Tag.«

»Na toll. Und den sollen wir mit nach Hause nehmen?«

»Wir finden schon eine Lösung«, sagte ich. »Vielleicht weiß Gesa Haym, was wir tun sollen.«

»Na, am besten, wir bringen ihr den Benk im Hotel vorbei«, sagte Henrik.

Ich zog mein Handy aus der Tasche und wählte die Nummer der Polizistin. Allerdings nahm niemand ab. Ich wollte gerade eine Nachricht tippen, da klingelte mein Handy. Es war die Krankenschwester von Benks Station. Sie meinte, wir könnten ihn mitnehmen. Das Formular, dass er die Klinik auf eigenen Wunsch verlässt, habe er bereits unterschrieben.

Ich gab die Info an Henrik weiter.

»Das war's dann wohl mit unserem gemütlichen Mittagessen. Und dabei hätte es heute Burger vom Weiderind gegeben«, sagte er enttäuscht.

»Ich lade dich später zu McDonald's ein«, scherzte ich.

»Banausin.« Er hakte sich bei mir unter. »Na, dann mal los, lass uns den alten Griesgram aus seinen Ketten befreien.«

Hans Benk folgte uns bereitwillig. Er schien sichtlich erleichtert, das Krankenhaus verlassen zu können. Gesprächiger wurde er dadurch allerdings nicht.

»Du kommst jetzt erst mal mit zu mir und isst etwas«, sagte Henrik. »Dann sehen wir weiter.«

»Nein«, kam es krächzend vom Rücksitz. »Ich will heim.«

»Das geht nicht. Du bist viel zu schwach.« Henrik schnaufte genervt.

»Ich zeig dir gleich, was schwach ist.« Der Benk nestelte am Gurt herum. »Wenn ihr mich nicht heimbringt, dann spring ich aus dem Auto.«

Ich bremste ab und warf einen erschrockenen Blick in den Rückspiegel. Benk schien zu allem bereit.

»Wir bringen dich nach Hause«, lenkte ich ein. »Aber unter Auflagen.«

Der Benk brummte etwas Unverständliches und hielt den Rest der Fahrt den Blick stur aus dem Fenster gerichtet. Erst, als wir den alten Gutshof erreichten, kam Leben in den ausgemergelten Körper. Er konnte gar nicht schnell genug aus dem Auto klettern und ins Haus schlurfen.

»Die Regeln.« Ich schaute Benk streng an. Wir saßen in seiner Küche auf den unbequemen Holzstühlen, er hockte zusammengekauert auf der Bank, die ihm auch als Bett diente. »Erstens: Wir sehen mehrmals täglich nach dir. Sterben ist nicht. Zweitens: Du isst jeden Tag mindestens eine Dose von deinen Vorräten. Drittens: Du erzählst mir und Gesa Haym, was es mit dem Skelett auf sich hat.«

Der Benk hob die Hand.

»Keine Widerrede«, sagte ich forsch. »Wenn du nicht einverstanden bist, bringen wir dich auf der Stelle zurück ins Krankenhaus und sie sollen dich wieder ans Bett binden.« Ich wunderte mich selbst über meine Entschlossenheit, aber die klare Ansage schien Wirkung zu zeigen.

»Lasst mich allein«, sagte Benk.

Henrik und ich standen auf.

»Wir kommen wieder«, sagte ich zum Abschied.

Ich wusste, dass es in Benks Ohren wie eine Drohung klang. Aber irgendwie war es das ja auch.

48

»Lass uns zu Gustav fahren«, sagte ich.

Henrik und ich saßen im Auto und verließen gerade Benks Hof.

»Zu Gustav? Heute ist Samstag und bestes Segelwetter. Der wird kaum zu Hause im Garten sitzen und Däumchen drehen.«

»Sehen wir nach«, sagte ich übermütig. »Ich will Nägel mit Köpfen machen. Das mit dem Benk, das zeigt mir, wie wertvoll ein zufriedenes Leben ist. Wenn dir das Glück vor der Nase herumbaumelt, dann solltest du zugreifen und nicht auf später warten.« Ich drückte aufs Gas.

Wir erwischten Gustav und seine Frau Barbara genau beim Mittagessen.

»Das trifft sich gut«, sagte Henrik. »Wir sind quasi am Verhungern.«

»Henrik«, zischte ich entsetzt. »Wir können uns doch nicht selbst einladen.«

»Oh doch, das könnt ihr«, sagte Gustav. »Es gibt Fischsuppe. Ist genug für alle da.«

Gustavs Frau hatte den Tisch auf der Terrasse gedeckt. Rasch holte sie noch zwei Gedecke für uns. Sie schien keineswegs gestresst über unser Erscheinen zu sein, sondern wirkte vielmehr erfreut.

»Schön, dass ich dich endlich kennenlerne, Jola. Gustav hat schon viel von dir erzählt. Du könntest dir vielleicht vorstellen, sein Büro zu übernehmen?« Barbara reichte mir einen Teller Suppe, die köstlich duftete.

»Genau deswegen sind wir hier«, sagte ich.

»Oh nein, du hast es dir anders überlegt«, sagte Gustav. Sein Löffel sank mit einem Klappern auf den Unterteller. »Lass dich doch von diesem Stübben nicht unterkriegen. Er ist ein Wichtigtuer. Genau wie Lingrön.«

»Nein, ich habe es mir nicht anders überlegt. Und ich lasse mich auch nicht unterkriegen. Ganz im Gegenteil. Ich will hierbleiben.« Unter dem Tisch griff ich nach Henriks Hand.

Es war nicht nur eine Entscheidung für meine berufliche Zukunft. Es war auch eine Entscheidung für Henrik. Ein eindeutiges Ja zur Liebe.

»Großartig«, rief Gustav. »Absolut großartig. Barbara, sag mal, haben wir noch Sekt im Kühlschrank?«

»Ich denke schon.« Barbara stand schmunzelnd auf und ging ins Haus.

Kurz darauf kam sie mit vier Sektgläsern zurück.

»Oh, Barbaras berüchtigter Sanddornspritz«, sagte Gustav. »Sehr schön.«

Wir stießen an und Gustav nahm mich kurzerhand in

die Arme. Für einen reservierten Menschen wie ihn glich das schon einem Gefühlstsunami.

»Ich freue mich wirklich sehr, Jola. Und es wartet jede Menge Arbeit auf dich. Ich habe einige spannende Anfragen im Postfach.«

»Danke für dein Vertrauen, Gustav. Vor allem nach der Sache mit Ingo.«

»Ich bin weiterhin der Meinung, dass du etwas dagegen unternehmen solltest. Verleumdung ist kein Kavaliersdelikt.« Gustav sah mich eindringlich an. »Meine volle Unterstützung hast du.«

»Meine auch«, sagte Henrik und drückte mir einen Kuss auf die Wange.

»Ihr zwei seid ein schönes Paar«, sagte Barbara. »Darauf stoßen wir gleich noch mal an.«

Wir verbrachten zwei vergnügliche Stunden bei den Finkes, bevor wir den Heimweg antraten. Ich fühlte mich voller Energie. Gustav hatte mir die Anfragen gezeigt und es juckte mich bereits in den Fingern, mit dem Zeichnen anzufangen. Viel zu früh, immerhin wussten die potenziellen Kunden ja noch gar nicht, dass ich das Büro übernehmen würde. Aber meine Kreativität spornte das noch mehr an.

»Du hast doch heute Nachmittag bestimmt noch etwas im Garten zu tun, oder?« Ich warf Henrik einen schnellen Seitenblick zu, bevor ich wieder auf die Straße schaute.

»In einem Garten gibt es immer etwas zu tun. Das heißt aber nicht, dass ich mir nicht auch eine andere Beschäftigung vorstellen könnte.« Er legte seine Hand auf meinen Oberschenkel.

»Kriech du mal ruhig in deinen Beeten herum«, sagte ich. »Ich muss nämlich kurz an den Schreibtisch.«

»Das kurz, das mehrere Stunden dauern kann?« Henriks Stimme klang belustigt. »Das kenne ich nur zu gut.«

Mein Handy klingelte. Gesa Haym rief zurück. Da ich am Steuer saß, nahm Henrik den Anruf entgegen und aktivierte den Lautsprecher.

»Was gibt's?«, fragte die Polizistin salopp.

»Der Benk wird über das Skelett reden«, sagte ich. »Haben Sie heute Abend schon etwas vor?«

»Selbst wenn. Ich würde es absagen.« Die Aufregung in Gesa Hayms Stimme war greifbar. »Wie haben Sie ihn dazu gebracht?«

»Ich habe ihn aus dem Krankenhaus befreit. Er ist wieder zu Hause auf dem Gut.«

»Herrje, glauben Sie, das war eine gute Idee? Vielleicht hat er sich schon aufgehängt. Der Mann befindet sich doch in einem psychischen Ausnahmezustand.«

»Wenn er Selbstmord begehen wollte, hätte er doch dreißig Jahre Zeit gehabt. Ich glaube, er will einfach wieder auf der harten Bank in seiner Küche liegen. Und genau dort werden wir ihn heute besuchen.«

»Okay. Neunzehn Uhr?«, schlug die Polizistin vor.

Ich stimmte zu und beendete das Gespräch. Trotzdem nahm ich mir vor, gleich jetzt auf dem Rückweg kurz bei Benk vorbeizuschauen.

Wie immer strahlte das Gehöft ehrwürdige Vernachlässigung aus. Es empfing uns wie eine in die Jahre gekommene Filmdiva – wissend, dass die besten Zeiten vorbei waren, aber trotzdem stolz auf das, was mal gewesen war.

Henrik und ich klopften an die Haustür, es ging jedoch nur das Küchenfenster auf. Ich atmete trotzdem erleichtert auf – Tote öffneten schließlich keine Fenster.

»Was wollt ihr?«, krähte Benk.

Ich trat ans Fenster und spähte hinein. »Nach dir sehen, ob alles in Ordnung ist. Und dir Bescheid sagen, dass ich heute Abend mit der Polizistin vorbeikomme.«

»Nimm einen Ostseeflüsterer mit«, sagte Benk. »Den werden wir brauchen.« Dann knallte er mir das Fenster vor der Nase zu.

49

Bewaffnet mit einer Flasche Ostseeflüsterer, einer Packung Salzstangen und zwei bequemen Sitzkissen stand ich um Punkt neunzehn Uhr vor Benks Tür. Ich klopfte, aber wieder ging nur das Fenster auf.

»Ist offen«, knurrte der Hausherr.

Seine Laune schien sich nicht gebessert zu haben, außerdem sah er wilder aus als je zuvor. Die dünnen weißen Haare standen von seinem Kopf ab wie gefrorene Spinnweben, tiefe Falten zogen sich wie Gräben durch sein Gesicht. Zum Glück fuhr Gesa Haym in den Hof und ich musste nicht allein zu ihm ins Haus gehen.

»Guten Abend Herr Benk.« Die Polizistin streckte ihm die Hand entgegen.

»Nichts da mit Sie. Ich bin der Hans.« Gesa Hayms Hand ergriff er trotzdem nicht.

Nachdem wir uns darauf geeinigt hatten, uns alle mit Vornamen anzureden, fragte Hans nach dem Ostseeflüsterer. Ich stellte die Flasche auf den Tisch und er nickte zufrieden.

»Gläser sind da drüben in der Anrichte.« Er machte eine Kopfbewegung hin zu einem alten Bauernschrank.

Das bunt bemalte Möbelstück war der einzige Farbklecks in der tristen Küche, doch der Lack war verblichen und blätterte an vielen Stellen ab. Der Schrank fügte sich daher ganz gut in die Trostlosigkeit des Raumes ein.

Ich holte drei Gläser und setzte mich. Gesa nahm dankbar mein Kissen entgegen. Sie hatte bereits Bekanntschaft mit den unbequemen Stühlen gemacht. Ich riss die Packung mit den Salzstangen auf und schenkte uns Ostseeflüsterer ein.

Hans griff sofort nach seinem Glas und stürzte die bernsteinfarbene Flüssigkeit hinunter. »Noch einen.«

Ich schenkte ihm nach.

Nun schloss er seine knochigen Finger um das Glas und starrte auf die zerkratzte Tischplatte. Eine unbehagliche Stille breitete sich aus, sie war schwer von Trauer und hatte etwas Bedrohliches. Gesa und ich wagten es nicht, etwas zu sagen, sondern saßen einfach nur da und gaben Hans die Zeit, die er brauchte.

»Das Skelett am Fabrikgelände, das ist meine Mutter«, sagte er schließlich und kippte den Schnaps auf ex hinunter. Dann starrte er wieder mit wässrigen Augen vor sich hin.

Gesa und ich warfen uns einen Blick zu. War Hans der Ostseeflüsterer zu Kopf gestiegen? Der alte Mann wog wahrscheinlich keine sechzig Kilo und hatte vermutlich noch nichts gegessen.

»So weit ich weiß, ist deine Mutter Minna 1990 gestorben. Sie war einundachtzig Jahre alt«, sagte Gesa vorsichtig.

»Minna war nicht meine Mutter«, flüsterte Hans.

Und dann weinte er. Stille Tränen, ohne einen Schluchzer. So viel Leid musste in ihm stecken, aber es bahnte sich nur tröpfchenweise seinen Weg hinaus.

Ich wusste nicht, was ich tun sollte. Ihm eine Hand auf die Schulter legen? Über seine Haare streichen? Aber so, wie ich Hans kennengelernt hatte, legte er wenig Wert auf Körperkontakt.

Gesa ging die Sache pragmatischer an. Sie schenkte ihm noch einen Schnaps ein und trank ihren eigenen mit einem Schluck aus.

»Die Frau, die wir gefunden haben, ist laut Forensiker Europäerin, etwa zwanzig bis dreißig Jahre alt und ungefähr 1,60 Meter groß. Todesursächlich war ein Schädelbruch sowie ein gebrochenes Genick. Beides wurde wahrscheinlich durch einen Sturz mit Aufprall auf einen harten Gegenstand verursacht«, ratterte Gesa herunter.

Ich fand ihre emotionslose Art ziemlich grausam, aber Hans schien darauf anzusprechen.

»Sie ist die Treppe runtergefallen. Hat mich im Arm gehalten und Minna wollte mich an sich reißen. Dabei ist meine Mutter rückwärts gestolpert. Unten an der Treppe stand irgendein Teil aus Eisen. Da ist sie mit dem Kopf draufgefallen. So hat Minna es mir erzählt.«

»Wie hieß deine Mutter?«, fragte Gesa.

»Das weiß ich nicht. Ich weiß gar nichts über sie. Minna hat es mein ganzes Leben vor mir geheimgehalten, dass sie nicht meine leibliche Mutter ist. Erst am Sterbebett wollte sie ihr Gewissen erleichtern. Ich habe ihr keine Absolution erteilt. Ich habe ihr gesagt, dass sie in der Hölle schmoren soll. Das waren meine letzten Worte an sie.« Hans strich sich durch die Haare, sichtlich aufgewühlt. Dann ballte er die Hände zu Fäusten.

In meinen Augen eine Geste der Verzweiflung, weil er nicht wusste, wohin mit all der Wut und dem Schmerz.

»Und deine leibliche Mutter? Wer war sie? Wie kam sie zu euch aufs Gut?«, fragte Gesa mit einer Sanftheit in der Stimme, die mich überraschte.

»Ich weiß es nicht genau. Sie war wohl eine polnische Jüdin auf der Flucht. Minna sagte, Vater hätte sie irgendwo aufgelesen und mit nach Hause gebracht. Sie habe gleich gewusst, dass dieses Weib nur Unheil über die Familie bringen würde, aber Vater meinte, er schafft die Arbeit nicht mehr allein. Er hatte ja schlimme Verletzungen vom Krieg. Also blieb sie. Als Erstes haben sie ihre Habseligkeiten verbrannt. Pass, Kleidung, einfach alles, was anderen Hinweise auf ihre Identität hätte geben können. Sie haben sie fortan nur die Magd genannt. Ich habe Minna angefleht, mir ihren Namen zu nennen, doch sie behauptete steif und fest, sich nicht daran zu erinnern. Meine Mutter, also die Magd, war fortan wohl nur auf dem Gut und auf den Feldern anzutreffen. Niemals in der Stadt oder in einem Gasthaus. Wenn doch mal Leute gefragt hatten, wer denn die junge Frau sei, dann redeten sich Minna und Helfried damit heraus, eine entfernte Verwandte aus Berlin aufgenommen zu haben.« Hans hielt inne und rieb sich über die Augen. »Es hat keinen interessiert«, fuhr er fort. »Die Menschen hatten ihre eigenen Probleme. Mein Vater hingegen fand Gefallen an *der Magd*. So bin ich entstanden. Ich bin mir sicher, dass er sie vergewaltigt hat. Warum sollte sich ein junges, polnisches Mädchen zu einem alten Invaliden ins

Bett legen, hm?« Hans griff nach dem Schnapsglas und trank es aus. Diesmal schenkte er sich gleich selbst nach.

Mittlerweile pfiff der Wind ums Haus und es wurde unangenehm kalt in der Küche. Mich fröstelte, aber mehr als die kühle Luft von draußen waren die Worte von Hans dafür verantwortlich. Wie eine dünne Eisschicht lagen sie auf mir und ich verspürte den starken Drang, mich in eine wärmende Decke zu hüllen oder eine flauschige Strickjacke um meine Schultern zu ziehen.

»Der Minna, der war das ganz Recht, mit Vater und der Magd«, sagte Benk. »Minna konnte nämlich keine Kinder bekommen, dabei war ein Sohn dringend nötig, damit es mit dem Gut weitergeht. Aber meine Mutter, also meine echte Mutter, die hat mich anscheinend geliebt. Die wollte mich nicht hergeben. Als der Krieg aus war, im Mai 1945, da wollte sie nichts wie weg von hier. Und dann ist das auf der Treppe passiert. Der Stahlhut hat sie schließlich vergraben, auf dem Fabrikgelände. Mein Vater hat das ausgehandelt. Der Eckart Stahlhut und er waren gemeinsam im Krieg. Vater hat ihm wohl das Leben gerettet und wurde dabei selbst schwer verletzt. Da hatte er was gut beim Stahlhut. Dem hat das nicht gefallen mit der toten Magd, die er vergraben soll. Er meinte, dass er doch schon für gutes Geld den Grund gekauft habe. Aber Vater war das nicht genug. ›Ich habe dir das Leben gerettet. Nun musst du meines retten. Und das meiner Familie dazu‹, soll er gesagt haben. Da hat der Stahlhut zugestimmt.«

Plötzlich stand Hans auf und streckte die dürren Arme aus wie ein Prediger.

»Nun schaut mich an. Mein Vater ein Vergewaltiger,

meine vermeintliche Mutter eine Mörderin, meine echte Mutter ein Skelett ohne Namen und ohne Gesicht. Und das alles ist meine Schuld. Hätte es mich nicht gegeben, wäre so viel Unrecht nicht geschehen.«

»Ich würde sagen, es gibt in diesem Fall einige Schuldige«, sagte Gesa. »Aber du gehörst ganz sicher nicht dazu. Du warst ein Säugling.«

»Was zählt das schon?« Benk sank wieder auf die Bank.

»Ich werde jetzt nicht sagen, dass du dir selbst vergeben musst und dieses ganze Blabla, das Psychologen dir sagen werden. Wenn du denn ihre Hilfe in Anspruch nehmen wirst. Was ich dir übrigens sehr ans Herz lege. Ich werde dir jemanden vorbeischicken. Dann hörst du dir das einfach mal an.« Gesa griff nach Hans' Hand. Zu meiner Überraschung zog er sie nicht weg. »Danke, dass du mit uns darüber gesprochen hast. Wenn deine Mutter nun auch keine Gerechtigkeit mehr erfahren kann, so kann sie wenigstens ein Gesicht bekommen. Dafür werde ich sorgen.«

50

Ich hatte Hans zum Abschied gefragt, ob er nicht mit zu Henrik kommen wollte. In ein warmes Haus. In ein richtiges Bett. Aber er lehnte ab. Ich versprach, gleich am nächsten Morgen wiederzukommen.

Für ihn klang es wahrscheinlich mal wieder wie eine Drohung, aber vielleicht würde er sich trotzdem zu einer Tasse Kaffee überreden lassen.

Henrik schloss mich fest in die Arme, als er sah, in welchem Zustand ich nach Hause kam. Er fragte nicht, was passiert war, sondern war einfach nur für mich da. Noch nie hatte ich ihn stärker geliebt als in diesem Moment, als in dieser Nacht.

Am nächsten Morgen fuhren wir gemeinsam zu Hans. Im Gepäck hatten wir einen üppig gefüllten Frühstückskorb. Nicht, weil ich annahm, dass Hans mit großem Appetit zuschlagen würde. Aber ich wollte ihm ein Gefühl von Teilnahme und Geborgenheit vermitteln.

Leider blieb es nur bei einer Tasse Kaffee, die Hans zu

sich nahm. Gesprächig war er auch nicht, insgesamt tauschten wir keine drei Sätze aus. Aber es wäre auch utopisch gewesen, anzunehmen, dass Hans Benk über Nacht ein anderer Mensch geworden wäre. Das Unaussprechliche auszusprechen, war erst der Anfang gewesen. Es würde Zeit und Unterstützung brauchen, die Vergangenheit zu akzeptieren. Zeit, die er möglicherweise gar nicht mehr hatte, immerhin war er schon neunundsiebzig Jahre alt. Und Unterstützung würde er vielleicht gar nicht annehmen.

»Der Benk ist, wie er ist«, sagte Henrik, als wir wieder nach Hause fuhren.

»Nein, Hans ist nicht einfach so, wie er ist. Das Leben und die Umstände haben ihn zu dem gemacht.«

»Geschieht das nicht mit uns allen?« Henrik zuckte die Schultern. »Du kannst die Vergangenheit nicht ungeschehen machen. Wir können für ihn da sein, das schon. Aber wenn jemand keine Hilfe annehmen möchte, dann muss man auch das akzeptieren. Sonst geht man daran kaputt.«

»Du bist ein sehr weiser Mann.« Ich drückte lächelnd seine Hand.

»Ich weiß. Wie sonst hätte ich mir so eine tolle Frau aussuchen können?«

Plötzlich prasselten Regentropfen auf die Windschutzscheibe.

»Oh nein, wo kommt das denn jetzt her?«, sagte ich. »Ich hatte mich schon darauf gefreut, den Tag heute draußen zu verbringen. Der Wonnemonat Mai macht seinem Namen bisher nicht gerade alle Ehre.«

»Dafür hatten wir im April bereits dreißig Grad. Ich kann mir übrigens auch sehr gut vorstellen, wie wir uns den Tag im Haus vertreiben können.« Henrik schenkte mir ein anzügliches Grinsen.

Wir hatten sein Anwesen erreicht und beeilten uns, hinein zu kommen, ohne klatschnass zu werden. Henrik brachte den Korb mit den Resten des Frühstücks in die Küche. Ich schlüpfte gerade aus meinen Schuhen, als mein Handy klingelte. Es war die Redakteurin des Einrichtungsmagazins, die eine Stellungnahme zu Ingos Vorwürfen wollte. Dass sie an einem Sonntag anrief, war ungewöhnlich. Ich nahm den Anruf entgegen und nach einer kurzen Begrüßungsfloskel folgte prompt die Erklärung.

»Bitte entschuldigen Sie, dass ich an einem Sonntag störe – aber ich würde mich gerne in Ruhe mit Ihnen unterhalten. Und der stressige Redaktionsalltag lässt dazu kaum Zeit. Haben Sie einen Moment für mich?«

»Wenn es darum geht, dass Sie mir eine Aussage über Ingo Stübben entlocken wollen, dann nicht«, sagte ich. »Ich will keine öffentliche Schlammschlacht.«

»Natürlich geht es um Ingo Stübben«, gab die Redakteurin freimütig zu. »Aber wir wollen keine Schlammschlacht im Stil der Boulevardpresse inszenieren. Viel mehr geht es darum, toxische Männlichkeit zu hinterfragen.«

»Toxische Männlichkeit? Interpretieren Sie da nicht ein bisschen viel in seine Aussage hinein?« Ich setzte mich im Wohnzimmer auf die Couch.

Henrik hielt eine Flasche Wasser in meine Richtung.

Ich nickte ihm dankbar zu. Er brachte mir die Flasche und ein Glas und zog sich dezent zurück.

»Nein, ich denke nicht«, sagte die Redakteurin. »Sie beide waren ein Paar. Und jetzt sind Sie es nicht mehr. Stübbens Frau hat die Scheidung eingereicht, die gute Fee in seinem Büro hat gekündigt. Ich kann mir da so einiges zusammenreimen.«

»Sie sind ja gut informiert«, sagte ich.

»Das ist mein Job. Also, wie sieht es aus? Würden Sie mir ein Interview geben?«

Ich dachte daran, zu welch unlauteren Mitteln Ingo gegriffen hatte, um mich fertigzumachen. Aber wollte ich deswegen öffentlich seinen Ruf beschädigen, so wie er es bei mir versucht hatte? Nein. Auge um Auge führte nur zu einer Spirale aus Gewalt. Dabei musste diese gar nicht physisch sein. Psychischer Druck besaß die gleiche Sprengkraft.

»Nein«, sagte ich. »Ich werde in dieser Angelegenheit kein Interview geben. Aber Sie können sich gerne meinen neuen Wirkungsort notieren. Ich werde das Büro von Gustav Finke in Prielhagen übernehmen. Vielleicht haben Sie ja mal Lust, etwas über Architektur an der Ostsee zu schreiben. Ludger Lingrön, der amtierende Kurdirektor, ist ein Designliebhaber. Er legt sich mächtig ins Zeug, damit sein Ort von Jahr zu Jahr mehr Strahlkraft erhält.«

»Hm, Sie werden verstehen, dass das nicht die Antwort ist, die ich mir gewünscht habe. Aber ich behalte Sie und Ihre Arbeit auf jeden Fall im Auge. Danke für das Gespräch.«

Ich schenkte mir ein Glas Wasser ein. Die Redakteurin hatte zum Abschied nicht gerade begeistert geklungen. Bereute ich meine Entscheidung? Ich schloss für einen Moment die Augen und horchte in mich hinein.

Nein, es gab nichts zu bereuen. Meine Entscheidung fühlte sich richtig an. Bestimmt würde sich eine andere Möglichkeit finden, um Ingo in die Schranken zu weisen.

51

Der Regen stellte sich nur als kurzer Schauer heraus. Danach vertrieb der Wind sämtliche Wolken und die Sonne strahlte in voller Kraft. Es war herrlich, wie die Regentropfen auf den Gräsern glitzerten. Als hätte jemand ganze Hände voll Diamanten über die Landschaft gestreut.

Wir waren auf dem Weg zum Meer, weil wir das herrliche Wetter für einen ausgedehnten Strandspaziergang nutzen wollten. Den Wind im Haar, die Schreie der Möwen im Ohr, den Geruch von Salz und Freiheit in der Nase – das war genau das, was ich brauchte, um morgen wieder voller Elan in die neue Arbeitswoche starten zu können.

»Hast du Lust auf Menschen oder Lust auf Einsamkeit?«, fragte Henrik.

»Einsamkeit«, sagte ich.

»Okay.« Henrik setzte den Blinker und bog auf eine schmale Landstraße ab.

Sie führte zu einem wilden, unberührten Küstenabschnitt, den ich noch nicht kannte. Sturmzerzauste Kiefern beugten sich tief Richtung Meer, allerhand Treibholz lag kreuz und quer im weißen Sand. Wir wanderten schweigend dahin, die Ruhe und die gute Luft genießend.

Plötzlich hielt mich Henrik zurück und deutete auf die Wasseroberfläche der Ostsee. »Da, schau.«

Im ersten Moment sah ich nur einen dunklen Schatten, der schnell näherkam. Doch dann erkannte ich, dass es sich um einen großen, schwarzen Vogel handelte. Er zog immer kleiner werdende Kreise, bis er schließlich zielstrebig und pfeilgerade kopfüber ins Wasser stürzte. Nur wenige Sekunden später tauchte er wieder auf – mit einem sich windenden, silbrig glänzendem Fisch im Maul.

»Das ist ein Kormoran«, erklärte Henrik. »Der setzt sich jetzt gleich auf die Steine da drüben und verzehrt sein Mahl. Danach muss er erst einmal seine Flügel trocknen.«

Alles trat genauso ein, wie Henrik es vorausgesagt hatte. Nachdem der Vogel auf den Steinen gelandet war, schlang er den Fisch gierig hinunter. Danach nahm er eine ziemlich lustige Haltung ein. Er breitete die Flügel weit aus und verharrte regungslos in dieser Pose. Es sah aus, als würde er nach Beifall heischen.

»Will er, dass wir klatschen?«, fragte ich belustigt.

Henrik schüttelte den Kopf.

»Kormorane besitzen keine Bürzeldrüse wie andere Wasservögel. Die entnehmen daraus Fett und verteilen es auf dem Gefieder, damit es wasserundurchlässig wird.

Der Kormoran muss sich daher nach jedem Tauchgang trocknen.«

»Wieder was gelernt.« Ich hakte mich bei Henrik unter.

Eine Weile betrachteten wir den stattlichen Vogel bei seinem eigentümlichen Gebaren, dann zogen wir weiter. Ich schlüpfte aus meinen Schuhen und tapste barfuß durch das seichte Wasser. Ab und zu bückte ich mich nach einer Muschel und ließ besonders schöne Exemplare in die Hosentasche gleiten. Mein Spähen nach Bernstein blieb jedoch erfolglos.

Wir marschierten einige Zeit dahin, bis wir das erste Mal auf Menschen trafen. Schon von hinten kamen mir die beiden Personen bekannt vor. Knut trug die Klamotten, die er bei Sonnenschein immer trug – blaue Hose, weißes Shirt, außerdem stieg Pfeifenrauch neben seinem Kopf auf. Gesa identifizierte ich anhand ihrer Haarpracht. Die beiden bewegten sich viel gemütlicher vorwärts als wir, daher hatten wir sie bald eingeholt.

»Ja, Knut, sag mal – lässt du tatsächlich deinen Leuchtturm allein. Und das an einem Sonntag«, sagte ich.

»Zu viele Leute«, brummte er. »Man will ja auch mal ungestört sein.«

»Wink mit dem Zaunpfahl verstanden«, sagte Henrik. Er nahm meine Hand. »Habt noch einen schönen Tag.«

»Unsinn, lasst uns ein Stück gemeinsam gehen«, sagte Gesa. »Es gibt sowieso noch etwas, das ich mit dir besprechen wollte, Jola.«

»Kaum treffen zwei Frauen aufeinander, geht das Gesabbel los.« Knut schüttelte den Kopf. »Komm

Henrik, lass uns schweigend vorausziehen, wie echte Männer das tun.«

»Worüber wolltest du denn mit mir reden?«, fragte ich Gesa.

»Als Erstes wollte ich mich bei dir bedanken. Ohne dich hätten wir niemals herausgefunden, was es mit dem Skelett am Fabrikgelände auf sich hat.«

»Das war nicht mein Verdienst. Nenn es Glück, Zufall oder Schicksal, aber da hatten auf jeden Fall andere Mächte ihre Hände im Spiel.«

»Egal. Du hast was gut bei mir. Und das meine ich ernst.« Gesa blieb stehen und sah mir fest in die Augen. »Wenn du jemals die Hilfe einer Polizistin brauchst, zögere nicht, dich an mich zu wenden, okay?«

»Danke.« Ich musste sofort an Ingo denken.

»Was ist? Du siehst aus, als würde dir etwas auf dem Herzen liegen«, sagte Gesa.

Diese Frau besaß wirklich feine Antennen. Die schroffe Art, die sie manchmal an den Tag legte, mochte darüber hinwegtäuschen, aber wahrscheinlich war das nur Selbstschutz.

»Es ist wegen Ingo«, sagte ich.

»Wer ist Ingo?«

»Mein Ex. In zweifacher Hinsicht. Ex-Chef. Ex-Affäre.«

»Oh je. Lass hören.«

Ich berichtete Gesa, was vorgefallen war und wie Ingo nun mit aller Kraft versuchte, mich fertigzumachen. Als ich zu Ende erzählt hatte, legte Gesa ihre Hand auf meine Schulter.

»Ich kümmere mich darum. Er wird dir keine Probleme mehr machen.«

»Das hört sich an wie in einem Agentenfilm«, sagte ich. »Als würdest du einen Auftragsmörder auf ihn ansetzen.«

»Ach, das wird gar nicht nötig sein. Ich kenne Typen wie ihn. Ein scharfer Blick und sie sind zahm wie ein Lämmchen.« Gesa lachte herzhaft und zündete sich eine Zigarette an.

Mir war zwar nicht klar, was genau sie vorhatte, aber ich vertraute auf ihre Kompetenz als Polizistin. Mit Sicherheit hatte sie schon mit schlimmeren Kalibern zu tun gehabt als eitlen und egogekränkten Architekten.

»Ich habe eine Gesichtsrekonstruktion in Auftrag gegeben«, sagte Gesa unvermittelt. »Von Benks Mutter. Ich finde, er sollte wenigstens ein Bild von ihr haben, wenn er schon keinen Namen und keine Geschichte von ihr hat.«

»Das ist eine wirklich schöne Idee«, sagte ich. »Aber ist das nicht wahnsinnig teuer?«

»Ich hatte noch etwas gut beim Forensiker.«

»Du bist unglaublich.« Ich schüttelte den Kopf, konnte mir aber ein breites Grinsen nicht verkneifen.

»Ach ja, am Mittwoch geben wir übrigens eine kleine Party am Leuchtturm. Nur für die engsten Freunde. Henrik und du, ihr kommt doch, oder?«

Es ehrte mich, dass Gesa mich zu diesem Kreis zählte. Natürlich nahm ich die Einladung an.

»Das werden wir uns auf keinen Fall entgehen lassen. Was gibt es denn zu feiern?«, fragte ich.

»Überraschung.« Gesa zwinkerte mir zu, dann drehte sie sich zum Meer und starrte mit einem glücklichen Lächeln aufs Wasser.

52

Auf der Baustelle war es heute drunter und drüber gegangen und ich war froh, als ich den Computer herunterfuhr und Feierabend machen konnte. Immerhin wartete noch ein kleines Highlight auf mich: Knut und Gesas Party am Leuchtturm.

Als es am Baucontainer klopfte, sprang ich auf. Das war bestimmt Henrik, der mich abholte. Doch ich hatte mich zu früh gefreut. Es war Lingrön, der seinen Kopf hereinsteckte.

»Liebste Jola, einen wunderschönen Abend wünsche ich«, flötete der Kurdirektor.

Ich atmete auf. Wenigstens hatte er gute Laune.

»Keine Sorge. Ich störe nicht lange, ich bin nur auf der Durchreise zu einem Termin.« Er lachte affektiert. »Aber ich wollte dir eine höchst erfreuliche Neuigkeit nicht vorenthalten.«

»Ja?« Ich zog erwartungsvoll die Augenbrauen nach oben.

»Eine gewisse Luisa Noll hat mich gerade eben angerufen. Sie ist Redakteurin eines der bedeutendsten Einrichtungsmagazine des Landes, weißt du?«

Ich nickte und verdrehte innerlich die Augen. Warum musste Lingrön immer so dick auftragen?

»Auf jeden Fall hat diese Frau Noll sehr lobende Worte für dich gefunden und meinte, du hättest sie auf unser schönes Örtchen aufmerksam gemacht. Ob ich als Designenthusiast Interesse hätte an einem Porträt von Prielhagen. Ich habe natürlich zugesagt.« Lingrön lächelte selbstverliebt.

»Das freut mich. Frau Noll ist eine tolle Redakteurin. Der Artikel wird Prielhagen ins beste Licht rücken.«

»Sie hat übrigens erwähnt, dass sie das Interview von Ingo Stübben gelesen hat und meinte, dass sie sein Urteil ›Provinzarchitektur‹ überhaupt nicht teilt. Ganz im Gegenteil, sie hält Stübben für einen alternden, eitlen Selbstdarsteller, der sich im Rampenlicht sonnt, während seine meist weiblichen Untergebenen die Drecksarbeit machen. Ich habe ihr vollumfänglich zugestimmt. Stübben war mal gut, das stimmt. Er war einer von den ganz Großen. Aber man muss auch mit der Zeit gehen, nicht wahr? Moden ändern sich.« Lingrön schaute mich beifallheischend an.

Ich wusste, dass das so etwas wie eine Entschuldigung sein sollte und er seine Vorwürfe an mich zurückzog. Ich wusste allerdings auch, dass Lingrön ein Fähnchen im Wind war. Er flatterte immer dort herum, wo der größte Nutzen für ihn wartete.

»Das hast du schön gesagt, Ludger.« Ich schenkte ihm ein falsches Lächeln.

Ich würde diesen Mann nicht ändern. Und ich

musste noch länger mit ihm auskommen. Warum also nicht gute Miene machen und mir meinen Teil dazu denken.

»Ich wusste von Anfang an, dass du ein Glücksgriff für Prielhagen bist. Von Anfang an!« Er nickte mir zu und machte sich vom Acker.

Ich verließ den Baucontainer und ging zum Parkplatz. Mein Handy piepste. Es war Henrik.

Sorry. Verspäte mich um zehn Minuten.

Ich antwortete, dass ich mich schon mal zu Fuß auf den Weg zum Leuchtturm machen würde und schickte einen Kuss hinterher. Ein flotter Spaziergang war jetzt genau das Richtige.

Der Frühling zeigte sich heute von seiner schönsten Seite und trug bereits einen Hauch Sommer in sich. Es war angenehm warm, nur ab und zu wehte ein laues Lüftchen. Die Blumen in den Gärten drängten ihre vollen Blüten durch die Holzzäune, würziger Grillgeruch zog durch die Luft.

Die Wellen rollten eher gemächlich an den Strand. Sanftes Plätschern war die Begleitmusik auf meinem Weg. Ich blieb stehen und hielt einen Moment inne, schaute aufs Meer, bewunderte die kunstvollen Reflexionen der goldenen Sonnenstrahlen auf der tiefblauen Oberfläche.

Das ist jetzt dein Zuhause, dachte ich, und mein Herz machte einen kleinen Sprung.

Noch war mir nicht klar, wo ich leben würde. In einer kleinen Wohnung in Prielhagen? Oder bei Henrik?

Ich war eine freiheitsliebende Frau und es kam mir ein bisschen übereilt vor, gleich bei ihm einzuziehen. Andererseits verstanden wir uns richtig gut. Und wenn meine Wohnung dann ständig leer stand, weil ich sowieso bei ihm sein würde, wäre das auch Verschwendung.

Ach, egal.

Kommt Zeit, kommt Rat, dachte ich fröhlich. Alles wird sich fügen.

Als ich den Leuchtturm erreichte, schaute ich in viele bekannte Gesichter.

Steppke war da. Yvi und Janosch, natürlich. Elias und Sophie. Judith und Bjarne. Leon und Sina. Ein sehr großer, hagerer Mann mit schlohweißem Haar, den ich noch nie gesehen hatte. Einige ältere Herrschaften, die ich ebenfalls nicht kannte. Und natürlich Gesa und Knut.

Auf dem Areal irrten noch Touristen herum, ein paar Leute saßen auch auf der Wiese vor dem Leuchtturm und tranken ein Bier. Doch Knut hatte die Feierlichkeit heute auf die kleine Terrasse vor dem Haus verlegt, um ihren privaten Charakter zu unterstreichen. Er bat uns gerade, Platz zu nehmen, da kam Henrik um die Ecke.

»Sorry und hallo allerseits.« Er winkte in die Runde und huschte zu mir. »Hi.« Er hauchte mir einen Kuss auf die Wange.

Opa Gertraud sprang auf den Tisch und richtete den Schwanz auf. Gesa scheuchte den Kater davon, was dieser mit einem Laut des Unmuts kommentierte. Dafür stellte sie zwei Sektkühler samt Inhalt auf den Tisch. Yvi sorgte für Gläser.

Es gab also wirklich etwas zu feiern. Das Grinsen von Yvi und Janosch verriet, dass sie bereits Bescheid wussten.

Vielleicht ihr Auszug in ein neues Leben? Die offizielle Verkündung der Schwangerschaft? Gleich würden wir es erfahren.

Knut bat um Aufmerksamkeit.

»Meine Lieben. Ich danke euch, dass ihr heute gekommen seid. Prielhagen ist ein Kaff. Und in Käffern wird gerne getratscht. In Großstädten auch, aber da bekommt man es nicht so mit. Weil ihr mir alle am Herzen liegt, will ich euch von dieser Last des Klatsches und der Gerüchte, die in den kommenden Wochen sicherlich durch Prielhagen ziehen werden, befreien. Ihr gehört zum inneren Zirkel. Zu den Eingeweihten. Fühlt euch stolz oder nicht, ist mir ganz egal. Was mir nicht egal ist: Mein Mädchen Yvi. Sie wohnt ab sofort bei Janosch. Die beiden werden in absehbarer Zeit zu dritt sein, da bietet sich das an.« Knut schenkte seiner Tochter ein Lächeln.

Steppke pfiff durch die Zähne, die anderen klatschten. Yvi grinste und senkte ein wenig verlegen den Blick.

»Tja, aber das Schicksal hat es gut mit mir gemeint. Es hat mir Gesa geschickt. Einfach so. Und wenn einem das Schicksal einen Engel schickt, dann sollte man den nicht mehr gehen lassen. Also, die Gesa und ich, wir sind zusammen. Und sie wird bei mir einziehen, sobald das mit der Pension durch ist. Das macht mich zu einem sehr glücklichen Mann.« Knut strahlte über das ganze Gesicht.

Und dann küsste er seine Liebste und dieser Kuss zwischen diesen zwei Unikaten war eindeutig filmreif.

»Gesa und Knut, das wird gut«, grölte Steppke.

Wieder wurde applaudiert. Und dann ging alles ganz schnell. Die Sektkorken knallten, Janosch zog eine

Gitarre unter dem Tisch hervor, es wurde gesungen, getanzt und gelacht.

»Was für ein schönes, kleines Fest«, sagte ich später zu Henrik. »Eine Ode an das Leben, irgendwie. So einfach und doch so perfekt. Sollte ich jemals heiraten, will ich genau diese Freude und Leichtigkeit haben.«

»Ist abgespeichert.« Henrik stellte sich hinter mich und schlang seine Arme um mich.

Wir waren an den Strand gegangen und schauten aufs Meer. Der funkelnde Sternenhimmel spiegelte sich im Wasser, das Rauschen der Wellen klang sanft und voller Sehnsucht in unseren Ohren.

»Ich liebe dich«, sagte Henrik.

Langsam drehte ich mich zu ihm um.

»Ich liebe dich auch.«

Wir küssten uns. Der Kuss schmeckte nach Zukunft und Meer. Und nach Freude und Leichtigkeit, diesem wunderbaren Lebensgefühl, das man nur in Prielhagen fand.

EPILOG

Die Sommersonne brannte vom Himmel. Der regnerische und durchwachsene Mai hatte einem tropischen Juni Platz gemacht. Prielhagens Strände waren voll fröhlich kreischender Kinder mit roten Gesichtern, das satte Grün der Landschaft war einem verblichenen Gelb gewichen. Selbst das Unkraut auf Benks Gutshof war vertrocknet.

Hans kam aus dem Haus und ich hätte ihn beinahe nicht erkannt. Er trug seinen feinsten schwarzen Anzug. Dieser schlackerte zwar ein wenig um seine dürre Gestalt, verlieh dem alten Mann aber trotzdem eine feierliche Würde.

An seiner Seite stand Cornelius Haym. Er war der große, hagere Kerl mit dem schlohweißen Haar von der Feier am Leuchtturm. Gesa hatte ihn mir schließlich als ihren Bruder vorgestellt.

Cornelius war Psychotherapeut in Rente und hatte sich an die Aufgabe herangewagt, Hans bei der Aufarbeitung der Vergangenheit zur Seite zu stehen. Obwohl er in

Rostock wohnte, war er sich nicht zu schade, zweimal die Woche zum Gutshof zu fahren und stundenlang mit Hans zu sprechen.

Auch heute war er natürlich gekommen, an diesem großen, wichtigen, traurigen Tag. Hans' Mutter sollte beerdigt werden. Ein Ereignis, das Hans viel Kraft kostete und bereits gekostet hatte.

Er hatte sich sehr schwergetan, was mit ihren Überresten passieren sollte. Verbrennen und eine Seebestattung? Schließlich hatte seine Mutter nach dem Krieg frei sein wollen, das Gut verlassen, weggehen. Aber hatte sie das Meer überhaupt gemocht? Oder gar Angst vor dem Wasser gehabt? Hatte sie schwimmen können oder nicht? All diese Gedanken quälten Hans und er entschied sich für eine Erdbestattung.

Aber wo? Im Grab von Minna und Helfried? Auf gar keinen Fall. Es kam ihm wie Folter vor, wenn seine Mutter selbst nach dem Tod noch ihren Peinigern ausgeliefert wäre. In einem Trauerwald? Aber was, wenn sie sich in Wäldern gefürchtet hatte? Hans quälten diese Fragen sehr.

Schließlich stimmte er Lingröns Angebot zu. Der Kurdirektor hatte vorgeschlagen, Hans' Mutter auf dem Prielhagener Friedhof in einem Ehrengrab beizusetzen. In Erinnerung und als Achtung all der unbekannten Opfer des Krieges.

Aber das schönste Geschenk hatte ihm Gesa gemacht. Der Forensiker hatte in mühevoller Arbeit das Gesicht der Toten rekonstruiert. Nun besaß Benk ein Bild seiner Mutter, was ihm unglaublich viel bedeutete.

Gesa hatte sich auch wahnsinnig ins Zeug gelegt, um

den Namen der Toten herauszufinden, aber das sollte sich als ein Ding der Unmöglichkeit erweisen. Da Minna und Helfried alle Spuren verbrannt hatten und keine Menschen mehr lebten, die noch Hinweise geben konnten, musste sie die Suche vorerst als gescheitert erklären.

Aber Gesa gab nicht auf. Sie hatte das rekonstruierte Porträt an Behörden und Vereine geschickt, die sich mit der Aufarbeitung des Nationalsozialismus beschäftigten. Vielleicht würde es auf diesem Wege zu einer Identifizierung kommen. Möglicherweise gab es ein altes Klassenfoto, ein Bild in einer Zeitung, eine Vermisstenanzeige. Das Schicksal ging oft verschlungene Wege.

Es war still im Auto, als wir zur Beerdigung fuhren. Aber ich empfand das Schweigen nicht als bedrückend, sondern als andächtig und dem Anlass angemessen.

Der Andrang auf dem Friedhof war riesig. Natürlich waren einige Leute nur erschienen, um ihre Neugierde zu befriedigen. Aber die meisten waren gekommen, um Hans Benk ihre Solidarität zu bezeugen. Seine Geschichte hatte sie erschüttert, was auch das Meer an Blumen bewies, die das Grab seiner Mutter in einen leuchtenden Farbfleck verwandelten.

Es war eine würdevolle Veranstaltung, von Lingröns salbungsvollem Geschwafel einmal abgesehen. Aber sowohl Gesas als auch Cornelius' Rede nahm die Menschen gefangen. Zum Schluss trat Hans Benk nach vorne ans Grab, um ein paar persönliche Worte zu sprechen, doch die Emotionen überwältigten ihn. Er sank auf die Knie und weinte. Kaum ein Auge blieb daraufhin trocken.

Ich war froh, dass Henrik an meiner Seite stand und

den Arm um mich legte. Die vergangenen Monate waren anstrengend und aufwühlend gewesen. Aber sie hatten mich auch auf eine besondere Art und Weise mit Prielhagen und Henrik zusammengeschweißt.

Noch war ich nicht offiziell zu ihm gezogen, sondern wohnte bei Sophie in Oves Kate. Aber eigentlich gab es keinen Grund, noch länger zu warten. Wir liebten uns. Was interessierten uns da Konventionen oder die Meinung anderer Leute? Eine junge Liebe war schließlich nicht mehr oder weniger wert als eine alte.

Nach der Beerdigung gab es einen großen Festakt, doch Hans hatte bereits signalisiert, dass er nicht hingehen wollte.

»Sollen wir wenigstens auf ein Getränk bleiben oder willst du gleich nach Hause?«, fragte ich.

»Nach Hause. Ich habe zu tun«, sagte Hans.

»Ach ja? Was denn?«, fragte ich neugierig.

»Ich muss den Garten umgraben. Habe lang genug Dosenfraß gegessen.«

Henrik und ich warfen uns einen Blick zu. Heilung hatte viele Gesichter.

»Ich helfe dir«, bot Henrik an.

»Nichts da. Ich bin Gutsbesitzer, schon vergessen? Ich könnte einem Jungspund wie dir noch so manchen Trick beibringen.« Hans reckte sein spitzes Kinn in die Höhe.

Es konnte sein, dass ich es mir einbildete, aber in seinen Augen glänzte für einen Moment etwas, das man fast als Lebenslust deuten konnte.

»Gut, dann halt nicht. Ich werde mich nicht mit störrischen alten Männern anlegen«, sagte Henrik. »Störrische junge Frauen sind schon anstrengend genug.« Er drückte mir einen Kuss auf die Wange.

»Was ist mit Cornelius?«, fragte ich. »Kommt der mit?«

»Nein, der findet den Festakt prima«, sagte Hans. »Kostenloses Essen und Getränke. Genau sein Ding.«

»Er sieht gar nicht danach aus«, sagte ich.

»Das täuscht. Ich glaube, er kommt nur deswegen zweimal in der Woche zu mir, um meine Vorräte zu plündern«, brummte Hans. Aber seine Mundwinkel zuckten dabei verdächtig. Zwischen den Männern war längst eine Art Freundschaft entstanden.

Still und heimlich stahlen wir uns davon und brachten den alten Haudegen nach Hause.

»Bleibt sitzen«, sagte er, als wir auf den Hof gefahren waren. »Ich finde allein in mein Haus.«

Doch auf halbem Weg drehte er um und klopfte gegen meine Scheibe.

»Ich glaube, ich habe mich kein einziges Mal bei dir bedankt.«

»Ist auch nicht nötig«, sagte ich.

»Oh doch, das ist es. Danke, Jola. Danke für alles.«

Nun sprang ich doch aus dem Auto und nahm Hans in den Arm. Wieder flossen Tränen, aber diesmal waren es Tränen des Glücks.

»Im Grunde war es Dara, die Hans gerettet hat«, sagte ich später zu Henrik. »Hätte sie mir damals nicht die Tür geöffnet, wäre ich nicht geflüchtet und hätte Hans nicht gefunden.«

»Ich halte die Theorie zwar für etwas weit hergeholt, aber Dara würde sie gefallen«, sagte Henrik.

»Wir sollten sie besuchen, was hältst du davon? Wenn die Sanierung des Fabrikgeländes abgeschlossen ist und dieser endlose, ungemütliche deutsche Winter beginnt, dann fliehen wir nach Afrika.«

»Mit dir gehe ich überall hin«, sagte Henrik. »Denn das Einzige was zählt, ist, dass wir beide zusammen sind.«

– Ende –

Printed in Dunstable, United Kingdom